FANTASTIC ORIENTAL HEROES
설봉 新무협 판타지 소설

KB238896

십검애사 1

설봉 新무협 판타지 소설

초판 1쇄 찍은 날 § 2012년 3월 13일
초판 1쇄 펴낸 날 § 2012년 3월 20일

지은이 § 설봉
펴낸이 § 서경석

편집부장 § 권태완
편집책임 § 주소영

펴낸곳 § 도서출판 청어람
등록번호 § 제1081-1-89호
등록일자 § 1999. 5. 31
어람번호 § 제2-2211호

주소 § 경기도 부천시 원미구 심곡2동 163-2 서경B/D 3F (우) 420-822
전화 § 032-656-4452 팩스 § 032-656-4453
http://www.chungeoram.com
E-mail § chungeoram@chungeoram.com

ⓒ 설봉, 2012

ISBN 978-89-251-2807-8 04810
ISBN 978-89-251-2806-1 (세트)

※ 파본은 구입하신 서점에서 교환하여 드립니다.
※ 저자와 협의하여 인지를 붙이지 않습니다.
※ 이 책은 도서출판 청어람과 저작자의 계약에 의해 출판된 것이므로,
   무단 전재 및 유포·공유를 금합니다.

십검애사
十劍哀史

FANTASTIC ORIENTAL HEROES

설봉 新무협 판타지 소설

1

심신빈척(心身貧瘠)
몸도 마음도 메마르다

도서출판 청어람

目次

序

화화공자(花花公子)라고 불렸다.

환락공자(歡樂公子), 표도공자(嫖賭公子), 색랑(色狼)이라고
비아냥거렸다.

부랑자(浮浪子), 날급인(垃圾人), 호색광(好色狂), 바람둥이,
팔난봉꾼, 난봉쟁이, 오입쟁이, 풍객(風客), 파락호(破落戶), 봉
짜, 탕아(蕩兒)…….

아버지다.

절염색녀(絶艶色女)라고 불렸다.

춘희(春嬉), 야계(野雞), 보아(鴇兒), 음녀(淫女)라고 쑥덕거렸
다.

창녀(娼女), 유녀(遊女), 매춘부(賣春婦), 밀매음녀(密賣淫女),
가창(街娼), 매음부(賣淫婦), 노류장화(路柳墻花)……
어머니다.

푹!
한 번 찔리고,
푹푹! 푹푹푹!
혈화(血花)가 피어날 때, 색랑은 생을 마쳤다.

생각해 본다.
왜 죽었지? 왜 죽였지?

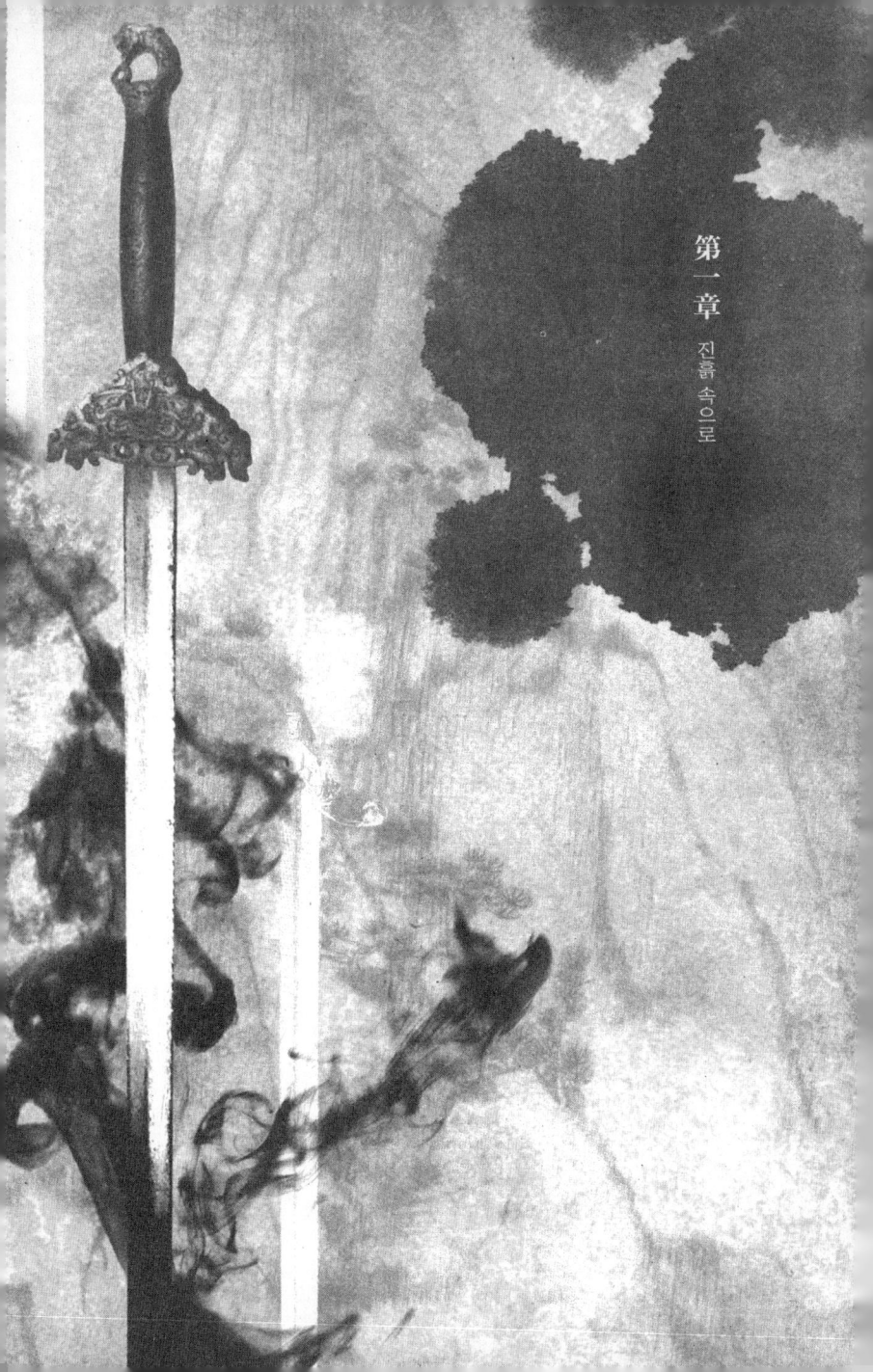

第一章

진흙 속으로

1

오월의 밤은 상쾌하다.

산에서 풍겨오는 흙냄새, 나무 냄새, 바람 냄새가 심신을 상쾌하게 일깨운다.

뎅! 뎅! 뎅!

인시초(寅時初)를 알리는 종소리가 세 번 울렸다.

그러자 기다렸다는 듯이 마을 전체에 불이 밝혀졌다.

불이 켜지지 않은 집은 한 집도 없다. 백여 가구는 훨씬 넘어 보이는 대촌락(大村落)이 일제히 새날의 숨을 내쉬었다.

그렇다고 움직이는 사람이 있는 건 아니다.

집집마다 불은 밝혀졌는데 오가는 사람은 없다. 사람 목소리가 들리는 것도 아니다.

쥐 죽은 듯 조용하다.

컹컹! 컹컹컹!

개 한 마리가 깊은 침묵을 이겨내지 못하고 짖어댔다.

컹컹! 컹! 꼬끼오!

다른 개들이 따라 짖는다. 날이 밝으려면 아직도 한 시진 이상이 남았는데 수탉이 목청 높여 회를 친다.

하나 그것도 잠시뿐, 불 밝힌 마을은 또다시 깊은 침묵에 휘감겨 들었다.

뎅! 뎅! 뎅! 뎅!

한 시진 후, 묘시초(卯時初)가 되자 종소리기 네 번 울렸다.

덜컹! 덜컹!

여기저기서 사람들이 문을 열고 나섰다.

"잘 잤냐?"

"밤새 안녕하셨습니까?"

"안녕했지."

밖으로 나온 사람들은 반갑게 인사를 나눴다.

젊은 사람들과 어린아이들은 집안 어른에게 인사를 드린 것에 그치지 않고 곧바로 대문을 밀치고 나가서 동네를 돌아다녔다.

"안녕!"

"안녕."

길에서 만난 사람들이 즐겁게 인사를 나눴다. 뿐만이 아니다. 그들은 일정한 순서에 의해서 가가호호(家家戶戶)를 방문하면서 마을 어른 모두에게 인사를 드렸다.

반 시진, 인사를 마치는 데 소용된 시간이다.

그동안 집집마다 밥 짓는 연기가 구수하게 번져 나갔다. 그리고 어느 마을과 다름없는 일상이 시작되었다. 아낙은 아침을 준비하고, 사내는 농기구를 점검했다.

따각! 따각! 따각!

금빛으로 휘황찬란하게 장식한 마차가 관도를 따라서 천천히 움직였다.

날이 밝기 전에 아침 식사를 하고, 동녘에 떠오르는 해를 논과 밭에서 맞이한 사람들이 관도를 쳐다봤다.

"이렇게 이른 아침에… 무슨 마차지?"

"천… 요루(天妖樓)? 내가 잘못 봤나? 저거 천요루라고 적힌 것 맞지?"

"어느 풍류 귀신이 지난밤을 뜨겁게 불살랐는지 모르지만, 이곳까지 마차를 타고 버젓이 들어서다니 정신머리 나간 거 아냐? 도대체 어떤 놈이야!"

마차의 정체를 알게 되자 사람들의 말투가 날카로워졌다.

"그러게. 정신머리 나가도 단단히 나간 놈이지. 허! 마차까지 타고…… 허! 아예 소문을 내고 다니지 그래."

농부들의 안색이 딱딱하게 굳어갔다.

느릿느릿 다가오는 마차에는 어사식(馭者席) 좌우로 큼지막한 깃발이 꽂혀 있다. 그리고 천요루라고 쓰인 금빛 글씨가 요사스럽게 번쩍거린다.

"천요루에 대해서 말해봐라."

늙직한 노인이 허리를 꼿꼿하게 펴며 말했다.

노인의 눈빛은 순한 농부의 눈빛이 아니었다. 칼처럼 날카로운 안광이 줄기줄기 뻗어 나왔다.

"육 개월 전 북경(北京)에 터를 잡은 신흥 기루(新興妓樓)입니다."

노인 곁에서 논일을 하던 중년 사내가 안광을 형형하게 빛내며 말했다.

"기루인 줄은 짐작하고 있다."

노인의 말투가 싸늘했다.

"루주(樓主)가 상당히 수완이 좋은 자인 듯합니다. 개업하자마자 단번에 고관대작(高官大爵)을 휘어잡았습니다. 북경 부호 중에 천요루에서 술 한잔해 보지 않은 사람이 없다는 풍문이 나돌 정도로 대성황을 이룬답니다."

"흥!"

노인이 싸늘하게 코웃음을 쳤다.

"수완이 좋다고 했느냐?"

"네."

"쯧! 그걸 어찌 수완이 좋다고 말하누. 세상일이라는 건 상식선에서 움직여야 하는 거야. 상식을 넘어서는 건 뭔가 냄새 나는 게 있다는 뜻이지. 저 마차… 아주 더러운 냄새가 나."

노인의 말은 곧 명령이었다.

중년인이 관도 곁에서 논일을 하던 청년에게 손짓을 했다.

쒜엑!
청년의 움직임이 날랜 비호(飛虎)를 연상시켰다.
발끝을 살짝 움직이는가 싶었는데 어느새 관도 위로 올라서서 마차를 제지했다.
"서라!"
마부는 급히 마차를 세웠다.
팽가(彭家) 집성촌(集成村)!
옆집에 삼촌이 살고 건넛집에는 조카가 산다. 마을 전체가 혈연(血緣)으로 뭉쳐 있다. 아니다. 팽가 집성촌은 어느 집성촌처럼 친인척이 모여 산다는 식으로 간단하게 생각하면 안 된다.
하북(河北) 팽가(彭家)!
중원인이라면 모르는 사람이 없는 절대(絶大) 무가(武家)다.
중원에서 가장 뛰어난 무가 다섯 곳을 거론하라면 언제나 거론되는 가문이기도 하다.
일명 오대세가(五大勢家)다.
팽가는 하북의 자랑거리다. 하북의 맹주(盟主)이며, 영도자(領導者)이며, 선망의 대상이다.
하북 사람들은 팽가 집성촌인 석경산(石景山) 일대를 성역으로 여기며 신성시한다.
마부가 어찌 감히 거역하겠나.

"안에 누구냐?"

묻는 음성이 칼이라도 담긴 듯 날카로웠다.

마부는 물음이 끝나기가 무섭게 즉시 대답했다.

"이, 이공자님이십니다."

"이공자? 팽효뢰(彭曉雷) 공자란 말이냐?"

마차를 세운 청년이 깜짝 놀라며 마차 문을 덜컹 열어젖혔다.

"욱!"

마차 문을 열던 사내가 역한 냄새에 코를 잡고 뒤로 물러섰다.

안에서 무슨 일이 있었는지 문을 열자마자 시궁창 오물 냄새가 역하게 쏟아져 나왔다.

"어휴! 이런!"

청년은 인상을 찌푸렸다.

마차 안은 그야말로 엉망진창이었다.

한 사내가 죽은 듯이 쓰러져 있다. 한 번씩 숨을 쉴 때마다 썩는 냄새가 풀풀 풍겨 나온다. 입고 있던 백의(白衣)는 여인의 지분 자국으로 뒤범벅이다.

마차를 타고 오면서도 술을 마셨는지 술병이 어지러이 널려 있고, 안줏거리는 거지들이 동냥 받아온 것처럼 뒤범벅이 되어 있다. 거기에 토악질까지 해놓아서 어지간한 비위로는 쳐다보고 있기조차 힘들었다.

"정말 효뢰냐?"

쉬익!

날카로운 음성과 함께 칼바람 소리가 울렸다.

청년 곁으로 많은 사람들이 모여들었다.

노인 곁에 있던 중년인은 물론이고, 논일을 하던 사람 중 대부분이 신형을 날려 쏘아왔다.

팽가(彭家) 사람들은 일찍 일어난다.

인시에 일어나서 운공(運功)을 하고, 아침 먹고 난 후에 쌀 한 말을 거두며, 점심 먹고 한 말을 거둔다. 이렇게 쌀 두 말을 거둔 후에야 저녁 식사 자리에 앉을 수 있다.

팽가 사람들이 얼마나 부지런한지 단적으로 말해주는 사례다.

그들은 무인이라고 해서 무공만 수련하지 않는다. 무공도 일상생활의 일부분일 뿐이다. 건강한 삶을 영위하기 위해서 무공이 필요한 것이지 무공을 위해서 사는 게 아니다.

그들은 무인이지만 논과 밭에서 일하는 것도 당연히 해야 할 의무다.

일일부작 일일불식(一日不作一日不食)!

일하지 않은 자는 먹지도 마라.

당나라 때 백장(百丈) 회해(懷海) 선사(禪師)가 한 말이지만 지금은 팽가의 가훈(家訓)이나 마찬가지가 되었다.

아침 식사를 마친 후 모두들 일하고 있을 시간이다. 모두 마차를 보는 것은 당연하고, 팽효뢰라는 말이 흘러나오는 순간에 염려 반, 걱정 반으로 달려오는 것도 당연하다.

쒜엑! 쉬익! 쉬잇!

사방에서 파공음이 울린다.

평화롭던 촌락에 느닷없이 풍운(風雲)이 일어난다.

"효뢰가 맞아?"

되물을 필요도 없다. 놀란 안색, 경직된 표정, 깊은 탄식……. 얼굴 표정만 보고도 마차 안의 인물이 누구인지 짐작하기는 어렵지 않았다. 마부가 말한 대로 이공자 팽효뢰다.

"아휴! 술 냄새. 도대체 얼마나 마신 거야?"

"아주 인사불성이네."

"천요루라면 술만 마신 것도 아니잖아. 기녀하고 밤을 새웠다면… 끙! 도대체 무슨 짓을 한 거야!"

사람들은 탄식을 넘어서 질책까지 했다. 그때,

"조용히들 해라!"

나직하지만 폐부를 찌르는 듯한 강한 음성이 사람들의 입에 재갈을 채웠다.

사람들은 일제히 입을 다물고 노인에게 길을 열어주었다.

노인은 다가올 생각도 하지 않았다. 못마땅한 눈으로 화려한 마차를 흘깃 쳐다본 후 예의 중년인에게 눈길을 주었다.

"효뢰를 내 집으로 옮겨라. 조용히. 가주님께는 내 따로 말씀드릴 터이니 입조심하고!"

"당숙, 어쩌시려고……."

중년인이 난색을 표했다.

노인의 눈에서 한광이 피어났다.

"시키는 대로 해. 모두들 행동 조심, 입조심. 알았어!"

"네."

"알겠습니다."

주변에 모인 사람들이 일제히 허리를 조아렸다.

애당초 숨길 수 있는 일이 아니었다.

팽가촌 사람들은 모두 한식구나 마찬가지다. 아니, 한식구이다. 그들 사이에 비밀이란 있을 수 없다.

팽가촌에는 팽 씨 성을 쓰는 사람이 삼 할밖에 안 된다. 팽가 집성촌이라고는 하지만 칠 할은 타성(他姓)이다.

하지만 그들 역시 가족이다.

이 할은 혼인으로 얽혀 있다. 할머니, 어머니…… 타성이지만 팽가의 귀신이 된 사람들이다.

나머지 오 할은 집안일을 도와주는 식솔이다.

세상은 그들을 하인이나 종이라는 말로 부른다. 하지만 팽가촌에서는 같은 사람일 뿐이다. 본분이라는 것이 존재하지만 그런 점을 의식하고 사는 사람은 없다.

팽가 사람들은 종이나 하인이 하는 일도 손수 하는 경향이 많아서 상하(上下) 관계가 의식되지 않는다.

그들도 팽가촌의 귀신이 된 지 오래다.

모두들 좋은 점은 기뻐해 주고 나쁜 점은 덮어준다.

만약 외인(外人)이 비밀을 물어왔나면 결대로 토설하지 않을 게다. 회유, 협박, 고문을 가해도 팽가 사람들의 무식하리만

치 투박한 고집은 꺾을 수 없다.

하지만 팽가촌 안에서만은 비밀이 없다.

점심이 되기 전, 팽가촌 사람들은 팽효뢰가 술에 취해서 기루 마차에 실려 왔다는 사실을 거의 대부분 알았다.

한 사람만, 가주만 모르면 된다.

"효뢰에게 무슨 일이 있었대? 뭔 술을 그렇게 마셨을까? 한 번도 그런 적이 없잖아."

"실연(失戀)이라도 당한 거 아냐?"

"누굴 사귀었다는 소리는 듣지 못했는데? 무슨 소리 들은 적 있어?"

"아니."

"그런데 뜬금없이 무슨 실연?"

"안 하던 행동을 하니까 그렇지."

오늘의 이야깃거리는 단연 팽효뢰다. 하지만 이야기는 중심으로 들어가지 못하고 겉에서만 맴돌았다.

사내가 기루에서 술을 마셨다. 대취하여 외박을 했고, 아침에서야 마차에 실려 들어왔다.

이것이 팽효뢰가 저지른 행동의 모든 것이다.

'허허!' 하고 웃어버리면 그만이다. 누구나 저지를 수 있는 가벼운 행동이다.

사내치고 술 취해서 인사불성 되어보지 않은 사내가 어디 있을까. 기녀와 함께 술을 마시지 않은 사내가 또 어디 있을까? 황상이라고 해도 웃어줄 수 있는 문제다.

정말로 별것 아닌 일이다. 하북팽가 사람만 아니라면.

하북팽가에서는 이 아무렇지도 않은 일이 아주 큰 실수가 된다.

팽효뢰가 저지른 실수는 혈연을 끊어버릴 정도로 중하다. 가뢰(家牢)에 한 달 이상 갇혀 있어야 할 정도로 도저히 있을 수 없는, 치명적인 실수다.

팽효뢰는 술에 취해 곯아떨어지는 실수를 저질렀다.

그는 무인이다. 언제 어디서 누구와 싸우게 될지 모르는, 칼 한 자루에 목숨을 맡긴 무인이다.

무인이기 때문에 술 취한 것이 중대 실수다.

무인이라고 술을 마시지 말란 법은 없다. 하지만 무인이라면 어떠한 순간에도 자신을 방어할 수 있어야 한다. 한순간이라도 정신을 놓으면 목숨을 내놓은 것과 진배없다.

그런 일은 마을 사람 전체가 호법이나 마찬가지인 팽가촌 안에서도 있을 수 없다.

팽효뢰는 무인으로서 정신 상태가 틀렸다.

천요루에서 술을 마신 것도 용서받을 수 없다.

무인이 주(酒) 다음으로 경계해야 할 것이 색(色)이다.

마음을 다한 사랑까지 하지 말란 것이 아니다. 그런 사랑을 가졌다면 열 명을 만나든 백 명을 만나든 상관하지 않는다. 바람둥이가 괜찮다는 뜻이 아니다. 늘 여자를 조심하라는 뜻이다. 신중하게 만나라는 경고다.

무인이 주색에 빠지면 퇴락한다.

취기에 검을 뽑고, 객기에 사람을 죽인다. 이성적인 판단을 내리지 못한 상태에서 일을 저지른다.

그런 일이 없도록 극도로 경계하라.

이는 팽가 무인이라면 어렸을 때부터 귀에 못이 박이도록 듣는 말이다.

팽효뢰는 그런 실수를 저질렀다.

만일 가주가 오늘 아침에 있었던 일을 알게 된다면 절대로 그냥 지나가지 못한다.

이공자, 가주의 둘째 아들. 신분 같은 건 문제되지 않는다. 가주는 신상필벌(信賞必罰)에 관한 한 염라대왕보다도 엄격하다. 오히려 이공자가 친 혈육이기에 더욱 강력히 징계할 게다.

"효뢰는 아직이야?"

"아침에 보니 완전히 맛이 갔던데, 뭘. 일어나도 술기운을 빼려면 시간 좀 걸릴걸? 아무래도 오늘 하루 정도는 눈에 안 띄는 게 좋을 거야."

"아무리 그래도 저녁 연공 때는 찾으시지 않을까?"

"효뢰가 요즘 뭘 수련하지?"

"아이쿠!"

"왜?"

"맙소사! 혼원벽력도(混元霹靂刀)야!"

"혼원벽력도!"

"제길! 효뢰도 안 되는 건가?"

"불길한 소리 마라. 효뢰가 어떤 애인지 잊었어? 아홉 살에

오호단문도(五虎斷門刀)를 펼쳐 낸 애야!'

"그럼 왜 술을 마시냐고!'

"그걸 내가 어떻게 알아! 좌우지간 혼원벽력도 때문은 아냐! 그건 그렇고, 당숙님도 이 사실을 아시나?'

"아시지 않을까? 그래서 효뢰의 말도 들어보고, 격려도 해주고…… 그러기 위해서 살짝 숨겨준 거 아냐?'

"그럴 수도 있고……."

말을 나누던 사람들의 표정에 짙은 그늘이 깔렸다.

혼원벽력도는 몰아(沒我)의 상태에서 펼쳐야 한다. 무아경(無我境)이라고도 하고 황홀경(恍惚境)이라는 말을 쓰기도 하는데, 자신을 망각한 상태에서 도를 펼쳐야 한다.

고도의 집중 상태이면서 또 집중을 완전히 풀어버린 이완 상태이기도 하다. 적과 나의 인식도 없고, 삶과 죽음 같은 일체의 사고(思考)도 떨쳐 내야 한다.

일상생활 속에서 이러한 상태를 얻어내는 것은 도(道)를 깨우치는 것만큼이나 어렵다.

초식을 수련하는 것은 쉽다.

혼원을 이뤄내는 것은 하늘의 별 따기만큼이나 어렵다.

그렇게 고단한 수련과정을 밟아나가는 자가 고주망태가 되도록 술을 마셨다.

혼원벽력도를 포기했다는 말로 들리지 않는가.

"휴우!'

진한 한숨만 흘러나온다.

그들은 팽효뢰를 사랑한다. 성품이 착하고, 어른 공경할 줄
알고, 학문에 힘쓰고, 상승 자질을 타고나서 무공도 뛰어나고,
어느 한군데 빠짐없는 훌륭한 청년이다.

그라면 팽가의 모든 절기를 완벽하게 습득할 것이라고 기대
했다.

하지만 그에게도 혼원벽력도는 무리였는가. 그래서 그리 술
을 마셔댄 건가.

햇볕이 따갑게 내리쬐었다.

*   *   *

천요루…….

불길한 예감이 머리를 스쳐 간다.

천요루는 최근에 급성장한 신흥 기루이다.

간판을 내건 지 반년 만에 북경제일기루로 자리매김했으니,
루주란 자의 수완이 매우 뛰어난 듯하다.

그런 점이 마음에 들지 않는다.

뛰어난 것, 그중에서도 기루 쪽으로 뛰어난 것은 무조건 싫
다. 뛰어난 기녀가 있는 것도 싫고, 장사 수완이 좋은 루주가
있는 것도 싫다.

주변에 그런 게 없었으면 한다.

다행히 하북팽가는 무인혼(武人魂)이 살아 있는 가문이다.
사치나 향락에는 눈길도 주지 않는다.

그런데 팽효뢰가 엮이기 시작했다.

왠지 불안하다.

속이 상해서, 혹은 혈기 방장한 젊은 사내가 잠시 유흥에 젖
어든 것뿐인데 가슴이 마구 뛴다.

'기분 나빠……'

2

해가 중천에 떠서 뜨거운 입김을 쏘아댔다.

팽가촌은 평온했다.

안으로 작은 불씨 하나를 안고 있지만, 그 정도는 문제라고
할 것도 없다. 팽효뢰가 금기를 어기기는 했지만, 그 사연이 혼
원벽력도에 대한 절망감 때문이라면 이해가 된다.

죽고 싶을 것이다.

자신이 고작 이 정도였나?

말로 표현하지 못할 자괴감(自愧感), 절망감(絶望感), 상실
감(喪失感)이 거칠게 회오리칠 게다. 무림에서 살아남기도 힘
들 것 같다는 패배 의식까지 생긴다.

이런 느낌은 절대무봉(絶對無峰)에 도전했다가 떨어져 본 자
가 아니면 말할 수 없다.

많은 사람이 혼원벽력도에 도전했다가 실패했다.

그 심정, 충분히 이해한다.

모두들 아무런 일도 없었던 듯 태연하게 일을 했다. 논일을

하는 사람은 논에서 하루를 보내고, 밭일을 하는 사람은 밭에서 흙냄새를 맡는다.

무공 수련에 매진하는 사람도 있다.

어느 것 하나 속박하는 건 없다. 일을 하든 말든, 무공을 수련하든 말든 상관하는 사람은 없다. 자신이 알아서 무엇을 해야 할지 결정하고, 하고 싶은 일을 하면 된다.

어떤 일이든 하기만 하면 된다.

자기 자신에게 물어봤을 때, 하루를 값지게 보냈다고 말할수 있으면 된다.

그런 사실을 누구에게 증명할 필요는 없다.

이것은 양심의 문제이다. 팽가의 자존심이며, 근본 바탕이며, 팽가 무공의 정신이다.

팽가촌 사람들은 팽효뢰를 잊고 일에만 몰두했다.

"식사하세요!"

"백부님, 여기서 식사하세요. 이 사람이 닭을 잡아왔네요. 하하!"

"자네나 먹게. 킁킁! 허! 냄새를 맡아보니 하수오(何首烏)까지 넣었구먼. 자네 요즘 부실한가? 허허허!"

"어구, 백부님도……."

점심때면 흔히 주고받는 말이다.

새참을 날라오고, 들판에서 식사를 한다. 이곳저곳 눈에 보이는 모든 사람들이 친인척이니 부를 수 있는 데까지 모두 불러서 함께 식사를 한다.

풍요롭고 평온한 정오다. 그런데,

다각! 다각! 다각!

멀리 산굽이 너머에서 신경을 긁는 소리가 들려왔다.

아침부터 마차 때문에 한바탕 난리가 난 터이다. 빨리 달려오는 마차 소리는 익숙하지만, 산천을 유람하는 듯 느릿느릿 다가오는 마차 소리는 귀에 익지 않다.

기분 나쁘다.

사람들은 하던 일을 중지하고 소리가 들려온 곳을 쳐다봤다.

"뭐야? 아침에 그 천요루 마차 소리하고 비슷하지?"

"천요루 이야기는 꺼내지도 마. 에잉!"

한데, 온다! 무심히 생각하던 바로 그 마차가 매우 느린 속도로 산굽이를 돌아섰다. 천요루 마차는 오색으로 울긋불긋 휘황찬란하게 치장해 놓은 탓에 멀리서도 한눈에 알아볼 수 있다.

"천요루!"

"또?"

"정말 이것들이! 이번에는 또 어떤 물건이야! 도대체 요즘 젊은것들 왜 이래! 정신머리가 있는 거야, 없는 거야! 지금이 술이나 마시고 해롱해롱할 때야!"

새벽에 팽효뢰를 본 사람들은 걱정보다 불안이 앞섰다.

아침에 실려 온 팽효뢰도 아직 깨어나지 못하고 있다. 이런 판에 또 한 위인이 술에 취해서 마차를 타고 온다. 그것도 남들은 모두 일하는 벌건 대낮에 술을 퍼마셨다.

이건 보통 문제가 아니다.

짐작되는 건 있다. 간밤에 두 놈이 천요루로 술을 마시러 갔다. 좌절한 팽효뢰를 위로해 준답시고 젊은 혈기에 불야성(不夜城) 속으로 뛰어들었다.

한 놈은 취해서 새벽에 들어왔다. 또 한 놈은 아예 한낮까지 퍼질러 자다가 기어들어 온다.

제정신을 가진 놈이라면 마차를 타고 오지는 않을 것이고, 아마도 이놈 또한 술에 취해 널브러진 것을 억지로 마차에 태워서 돌려보낸 것 같다.

"자네가 가보게. 에잉!"

백부라고 불렸던 사람이 젊은 사람에게 말하며 못마땅해했다.

아침에는 부산을 떨었지만 지금은 그럴 기분도 아니다.

팽효뢰와 이놈! 어떻게 할까? 두 번 다시 이런 짓을 못하도록 단단히 혼꾸멍을 내줘야 하는데. 가주가 알면 회초리 몇 대 정도로는 끝나지 않을 게고, 못해도 할 달 폐관(閉關)이요, 심하면 일 년 폐관…… 에잉! 이놈도 팽효뢰처럼 숨겨줘야 하나.

마차를 지켜보는 마음들이 매우 불편했다.

젊은 사내는 소리도 지르지 않았다. 널찍한 관도로 걸어가서 손을 들어 올리기만 했다.

푸득! 푸드득!

말들이 거칠게 투레질을 하며 멈춰 섰다.

사내는 마부를 쳐다봤다.

윗머리가 반질반질하다. 아주 심한 대머리다. 주변머리마저 없었다면 머리통 큰 돼지로 보였을 게다.

머리 큰 돼지?

문득 떠오른 생각이었는데, 그런 생각을 하면서 마부를 보자 정말로 머리 큰 돼지처럼 보인다.

머리가 다른 사람들보다 절반은 더 커 보인다. 오관(五官)도 굵직굵직한데, 기묘하게도 조화를 이루지 못한다. 마치 진흙에 발길질을 한 듯 엉망진창이다.

두 번, 세 번 자꾸 보면 정이 들지도 모르겠지만 첫인상치고는 아주 더럽게 생겼다.

사내는 머리를 흔들었다.

팽가 무인들은 사람 차별을 하지 않는다. 잘생긴 사람, 못생긴 사람, 남녀노소에 구분이 있을 수 없다. 잘사는 사람도 있고, 못사는 사람도 있는 게다.

이 사람인들 마부가 되고 싶어서 됐을까.

천요루가 문제다. 천요루에 대한 인상이 아주 안 좋기 때문에 마부까지도 곱지 않은 눈으로 보게 된다.

사내는 마부에게 마차 문을 열라고 눈짓을 하면서 문을 향해서 걸어갔다.

마차 문이 열리면 아침처럼 역한 냄새가 쏟아져 나올 것이다. 마차 안은 쓰레기를 쌓아놓은 듯 엉망진창일 게고, 그 속에 술 취한 누군가가 팔자 좋게 널브러져 있으리라.

그런데 이번에는 사정이 조금 달랐다.

덜컹!

사내가 마차 곁에 이르기도 전, 문이 열리며 한 사내가 모습을 드러냈다.

"웃!"

젊은 사내는 숨을 급하게 들이마셨다.

마차에서 내리는 사내는 아름답다. 사내에게 아름답다는 말을 써도 될지 모르겠지만 우아하고, 기품있고… 한마디로 그냥 아름답다.

조각을 해놓은 듯 뚜렷한 이목구비(耳目口鼻), 검미(劒眉)가 무엇인지 보여주는 듯 곧게 뻗은 눈썹, 잔잔한 호수처럼 깊은 눈, 오뚝한 코, 붉은 입술……

사내가 이렇게 생겨도 괜찮은지 묻고 싶다.

단순히 아름답기만 한 것도 아니다. 사내다운 구석도 물씬 풍긴다. 훤칠한 키에 균형 잡힌 몸이 썩 보기 좋다. 마르지도 뚱뚱하지도 않은 몸에서는 말 근육 같은 탄탄함이 엿보인다.

한마디로 사내를 정의하자면 강함과 아름다움을 조화롭게 갖췄다고 말할 수 있다.

아니다. 잘못 봤다!

사내에게서는 야성(野性)이 풍긴다. 학문 같은 것으로 정제되지 않은, 시서(詩書)에는 눈을 돌리지 않을 것 같은, 들판에 마구 피어나는 들꽃 같은 존재.

팽가 사내는 무인이기에 사나운 사내를 알아본다.

마차에서 내린 사내는 한 대를 맞으면 반드시 두 대를 때리려고 달려들 게다.

아니, 아니다. 그 정도에서 그칠 사내가 아니다.

'이놈… 싸움꾼이야!'

여간해서 흔들리지 않을 것 같은 눈빛이 마음에 걸린다. 목에 칼을 들이대도 동요하지 않을 담담함, 죽음조차도 위협이 되지 않는 무신경이 읽힌다.

사내의 아름다움은 단번에 지워졌다. 대신 팽팽하게 당겨진 투지(鬪志)가 피어났다.

"천요루주입니다."

사내가 먼저 신분을 밝혔다. 최대한 정중하게 포권지례(抱拳之禮)를 취하면서.

"천요… 루주?"

청년은 불편한 신색을 숨기지 않은 채 반문했다.

'또 천요루?'

속내가 분명하게 읽혔다. 말로 표현하지만 않았다 뿐이지 천요루와 자꾸 얽히는 것이 못마땅한 듯했다.

"이곳엔 어쩐 일인가?"

"어젯밤 이공자님께서 저의 가게에 들르셨습니다."

"아침에 돌아왔더군. 마차에 태워서 무딜하게 보내준 점은 고맙다고 해야겠군."

"말씀들을 만한 일은 아닙니다. 취객(醉客)을 집까지 안전하게 모셔다 드리는 것도 저희 영업의 일환이니까요."

"그런가? 그럼 무슨 일인가?"

"어제 공자께서 외상으로 술을 드셨습니다."

"술값을 받으러 왔단 말인가?"

"그렇습니다."

천요루주는 시종일관 정중했다.

청년은 심사가 매우 불편했다.

시시비비(是是非非)를 떠나서 이건 모욕이다.

하북에서 감히 어떤 인간이 팽가에 외상값을 청구한단 말인가.

팽가의 거주지는 작은 촌락에 불과하지만 영향력은 하북을 뒤덮는다. 팽가에서 잔기침을 하면 하북에는 지진이 일어난다는 속설이 있을 정도다.

대부호, 고관대작, 무인, 학자, 장사꾼…… 사농공상(士農工商)을 불문하고 하북 사람이라면 어느 한 사람 팽가와 인연을 맺지 않은 사람이 없다.

단언컨대 하북에서 팽가의 입김이 통하지 않는 일은 없다.

위세를 짐작하기 어려운 팽가에 외상 술값 몇 푼 받겠다고, 그것도 보란 듯이 마차를 타고 나타나서 손을 벌릴 수는 없다. 하북팽가를 허수아비로 보지 않은 한 있을 수 없는 일이다.

도대체 이자는 하북팽가를 어떻게 본 것일까?

팽가가 영향력을 행사하면 그까짓 기루 하나 정도는 지금 당장에라도 몰락시킬 수 있다는 사실을 모르는 것일까? 이놈 주위에는 그만한 사실을 조언해 주는 놈도 없는 것인가?

물론 팽가 무인은 외상을 져본 적이 없다.

없으면 차라리 굶고 말자는 주의다. 돈을 빌려서까지 무엇을 해본 적이 없다.

민폐(民弊)를 끼치는 일은 최대한 삼가고 있다.

정말 있을 수 없는 일이지만, 설혹 외상을 졌다면 반드시 갚아준다.

술값만 해도 그렇다. 이공자가 깨어나면 어련히 갚아줄까. 외상술을 마신 지 사나흘이 지난 것도 아니지 않나. 정작 당사자는 아직 숙취에서 깨어나지도 않았는데 다짜고짜 집안으로 밀고 들어와서 손을 내미는 건 무례하지 않은가.

심사는 매우 불편하다. 하나 어쩌겠는가. 외상술을 마셨다면 술값을 셈해주는 게 당연하다.

청년은 불쾌함을 참고 말했다.

"용건은 알았다. 공자께서 깨어나면 갚아주시겠지. 술값 몇 푼 떼어먹을 팽가가 아니다. 돌아가서 기다려라."

"그럴 수 없습니다."

천요루주가 조용히, 그러나 단호히 거부했다.

"뭐, 뭣!"

"이해해 주시기를. 원래 앉아서 주고 서서 받는 게 외상값입니다. 얼마 되지 않으니 지금 주시면 고맙겠습니다."

'이놈!'

청년의 눈가에 기광이 번뜩였다.

그는 천요루주의 말을 듣고 있지 않았다.

루주가 방문한 목적을 알았고, 지불해 주면 끝난다.

천하의 팽가라고 해도 자기 권리를 주장하는 장사치에게는 당할 도리가 없다.

그가 기광을 번뜩인 것은 루주에게서 다른 면을 봤기 때문이다.

루주는 특이하게도 어느 장사꾼들처럼 값싼 웃음을 팔지 않는다. 형식적인 웃음도 흘리지 않는다. 인상을 찡그리는 것도 아니다. 감정 표현을 하지 못하는 사람처럼 무표정하다.

싸움 직전에 마음을 차분하게 가라앉히는 무인의 부동심(不動心)이지 않은가.

실제로 루주는 주눅이 들거나 겁을 먹지 않았다.

팽가의 텃밭에서 팽가 무인의 심사를 건드리면서도 당당하게 할 말을 한다.

팽가 무인은 그 점을 주목했다.

그의 얼굴에서도 불쾌함을 나타내던 감정의 흔적들이 지워졌다.

이자는 외상값을 빌미로 팽가 무학에 도전하고 있는지도 모른다.

무언가 시빗거리를 만들어서 직접, 혹은 간접적으로 팽가 무학을 견식하고자 하는 자는 많다.

팽가 무학은 실전 무학, 비무(比武)는 일절 사양한다.

그렇기에 종종 이런 일이 일어나곤 한다. 목숨 걸고 무공을 보고 싶은 마음은 없고 그저 간단하게 초식이나 구경하고자 하는 자들이 소소한 일로 시비를 걸어온다.

그런 자를 상대로 살도(殺刀)를 뽑아낼 수도 없지 않은가.

청년은 마음을 차분히 가라앉힌 후 말했다.

"시비냐?"

"저희 같은 놈, 한순간에 죽여 없앨 수 있는 용담호혈(龍潭虎穴)에서 시비를 걸 만한 배짱은 없습니다."

"좋다. 공자가 아직 깨어나지 않았지만 술값을 지불하마. 얼마냐?"

"은 열 냥입니다."

"뭣!"

청년은 깜짝 놀랐다.

은 열 냥!

은 열 냥이면 쌀이 서른 석이다.

아무리 천요루가 고급 기루라고 해도 이토록 터무니없는 술값이 어디 있단 말인가.

"하룻밤 술값이 은 열 냥이라……. 시비군."

"시비가 아닙니다. 다른 곳보다 비싸기는 하지만 그것도 저희 영업의 일환. 저희는 기본이 석 냥부터 시작합니다. 은 석 냥이 없으면 문턱도 밟지 못합니다."

천요루주는 태연했다. 거짓말을 하거나 사기 치는 사람의 표정은 아니다.

일순, 청년은 당황했다.

하북팽가 사람들은 이런 종류의 호화로움에 익숙하지 않다.

돈이 없지는 않다. 하북팽가가 소유한 전답(田畓)만 해도 오만 평이 넘는다. 석경산에 올라섰을 때, 굽어보이는 모든 논과 밭이 팽가의 소유라고 해도 가히 틀린 말이 아니다.

그럼에도 불구하고 팽가 사람들은 부유함을 모른다.

굳이 알 필요가 없다. 무공을 수련하는 데 호화스러움 따위는 전혀 도움이 되지 않는다. 무공이 절정에 이르렀다면 어느 정도 편안함을 누려도 될 게다. 하지만 수련 중인 사람에게는 호의호식(好衣好食)이 오히려 독이 된다.

전답에서 취득한 모든 곡물은 생활에 필요한 최소량만 남기고 모두 매각된다. 그리고 매각된 자금은 즉시 기부된다. 없는 사람을 위해서 구휼원(救恤院)에, 아픈 사람을 위해서 의원(醫院)에…… 크고 작은 곳에 기부된다.

팽가 사람들은 근검절약(勤儉節約)이 몸에 배어 있다.

술값으로 은 열 냥? 꿈도 꾸지 못할 거액이다. 집구석을 샅샅이 뒤져도 열 냥은커녕 한 냥도 나오지 않는다.

그만한 거액을 지불하려면 어른들께 고해야 한다.

청년이 난감해할 때 천요루주가 말했다.

"술값은 흥정해 드릴 수 있습니다. 기루에서 팽가 도련님을 모신 적이 없다고 들었습니다. 그러니 도련님이 찾아주신 것만으로도 저희에게는 크나큰 영광입니다."

청년은 가슴 깊은 곳에서 불길한 예감이 스멀스멀 피어나는 걸 느꼈다.

천요루주는 거짓을 말하지 않는다. 과장도 하지 않는다. 루주는 시정잡배들이 저지르는 하찮은 짓거리를 하지 않을 사람으로 보인다. 그의 말은 믿어도 좋다는 확신이 든다.

그런 사람이 낯빛을 굳힌 채 좋은 소리를 할 때는 더 큰 무엇이 남아 있다는 뜻이다.

"그까짓 술값, 열 냥이 아니라 스무 냥, 서른 냥이라도 탕감해 드릴 수 있습니다. 하지만……."

드디어 올 것이 왔다. 술값을 받으러 온 것이 아니라 이것 때문에 왔다.

"나와라!"

천요루주가 고개도 돌리지 않은 채 말했다.

"으음!"

마차 안에서 뭔가 불편한 소리가 났다. 그리고 차마 눈 뜨고 볼 수 없을 정도로 심하게 얻어맞은 여인이 모습을 드러냈다.

먼저 붕대를 감은 모습이 보였다.

머리가 깨진 것 같고, 팔도 부러진 것 같다. 부목(副木)을 대고 붕대를 칭칭 감은 모습이 꽤 심각해 보인다.

그다음으로 얼굴에 눈길이 갔다.

누가 봐도 얻어맞은 게 분명하다.

여인의 얼굴은 용모를 알아볼 수 없을 정도로 퉁퉁 부었다. 온통 멍투성이, 검은 먹칠을 해놓은 것 같다. 입술은 돼지비계를 얹어놓은 듯 부풀었고, 눈두덩은 아예 혹 하나를 얹어놓왔다.

죽지 않은 게 천만다행이다.

"으음!"

여인이 몸을 움직이기 불편한지 신음을 토해냈다.

청년이 손을 들어 제지했다.

"내릴 필요 없다."

"……."

여인은 대답하지 않았다. 독기, 원기에 찬 눈으로 청년을 쏘아본 후 몸을 축 늘어뜨렸다.

"공자께서 이랬단 말이냐?"

"누가 그랬겠습니까?"

청년은 할 말을 잃었다.

기루에서 술 마시고 취한 게 문제가 아니다. 연약한 여자를 무지막지하게 때렸다. 그녀가 기녀라고 할지라도 이럴 수는 없다. 아무리 술김이라고 해도 이건 너무하다.

하지만 쉽게 믿을 수도 없다.

천요루주가 맞은 여인을 데려왔지만, 증거가 명백하지만, 아무리 술에 취했다고 하지만 팽효뢰가 그랬을 리 없다는 생각이 강하게 든다.

평소의 싹싹하고 예의 바르던 팽효뢰를 생각하면 오늘 하루에 벌어진 일은 모두 꿈만 같다.

천요루주가 차분하게 말했다.

"이 아이를 어떻게 하실지 말씀해 주셔야겠습니다."

"마지막으로 한 번만 더 묻겠다. 공자께서 저 여인을 저리 만들었단 말이냐?"

"아이가 맞는 것을 본 사람이 한두 명이 아닙니다. 저희 천요루 식구들만 본 것이라면 팔이 안으로 굽는다고 하겠지만… 당시 손님으로 오셨던 분들도 보셨습니다."

"뭐라고!"

그럼 이미 소문이 번지고 있을 것 아닌가!

"그분들께 최대한 함구(緘口)를 부탁드렸습니다만… 소문은 퍼질 것으로 생각됩니다."

천요루주가 못을 박았다.

팽가 무인이 기루에서 기녀를 품고 술을 마셨다. 만취해서 죽도록 때렸다.

개망나니 같은 행동.

팽가의 얼굴에 먹칠을 하는 행동이다. 그리고 그에 대한 소문이 지금 이 순간에도 번지고 있다.

'이제는 어떻게 할 수가 없어. 감춰줄 일이 아냐.'

        *   *   *

'왔구나…….'

불길한 예감은 인제나 적중한다. 한 번도 그냥 지나가지 않는다. 팽효뢰가 기루와 엮이는 순간부터 불길한 느낌이 들었는데 기어이 현실로 나타났다.

놈이 왔다.

놈은 그 사람을 빼다 박았다.

많은 세월이 흘렀지만, 꼬맹이 때 보고 처음 보는 것이지만 한눈에 알아볼 수 있다.

이런 일은 영원히 일어나지 않았으면 좋았을 터인데, 하지만 한편으로는 그리운 감회도 밀려온다.

검은 휘장으로 가려두었던 과거의 일부분이 들춰진다.

그 사람, 정말 좋았는데, 죽지만 않았다면 한 번쯤 만나보고 싶은 사람인데……

놈은 나타나지 말았어야 한다.

무슨 준비를 갖추고 나타났는지 모르겠지만, 돌이킬 수 없는 실수가 되리라.

하지만 이 순간만큼은 좋다.

한순간만이라도 지난날 행복했던 순간을 떠올릴 수 있으니 좋다.

'정말 좋았어.'

3

쉐엑! 쉐엑! 쉐엑! 쉑!

때로는 부드럽게, 때로는 격렬하게, 때로는 질주하는 군마(軍馬)처럼 활력있게 한 자루의 도에서 뿜어지는 숨결이 천변만화(千變萬化)를 이룬다.

중년인의 도법은 완벽 그 자체였다.

한 자루의 도와 혼연일체(渾然一體)가 되어서 움직이는 모습 속에 파고들 틈은 없어 보였다.

스읏!

중년인이 연무(鍊武)하는 곳에 백발 성성한 노인이 찾아왔다.

"오셨습니까."

호법무인이 포권지례를 취했다.

"시작하신 지 오래되셨나?"

"반 시진쯤 되셨습니다."

"흐음! 그래."

"급하신 일입니까?"

"급하다고 할 수도 있고 아닐 수도 있고……."

"여쭐까요?"

"아닐세. 굳이 그럴 필요까지는 없고……. 흐음! 가주의 도법은 볼 때마다 경이롭단 말이야. 어쩌면 저리 매끄러운지. 연공이 끝나시면 세심루(洗心樓)로 모시게. 먼저 가 있음세."

"그러시지요."

호법은 노인을 눈으로 배웅했다.

쐐엑! 쐐에엑!

도풍(刀風)이 분다. 칼바람이 너울진다.

노인이 다녀간 이후에도 가주의 연공(練功)은 한 시진 동안이나 이어졌다.

"하아!"

연무를 마친 가주가 상쾌한 숨을 토해내며 대도(大刀)를 거뒀다.

작은 바윗덩어리를 얹어놓은 것 같은 가슴, 어린아이의 허리만 한 팔뚝, 단단하면서도 섬세한 근육들, 그리고 그 위에 울퉁불퉁하게 솟구친 핏줄.

예순을 앞둔 나이라고는 믿을 수 없을 정도로 강건한 몸에 땀줄기가 흘러내렸다.

"종조부(從祖父)께서 다녀가셨습니다."

"알고 있다."

가주는 수련용 대도를 기분 좋게 넘겨주었다.

"씻으실 물을 준비해 놨습니다."

"어른을 기다리게 할 수 있나. 바로 간다."

"그래도 땀은 닦으시고."

"됐어."

가주는 겉옷으로 몸을 쓱 훔친 후 땀이 묻은 옷을 그냥 걸쳐 입었다. 그리고 성큼성큼 걸어갔다.

세심루는 석경산 중턱에 세워진 아담한 정자다.

정자에 올라서면 북경 도읍이 한눈에 조망된다. 또한 오른쪽으로 흐르는 양하(洋河)의 물줄기도 같이 감상할 수 있다.

정상에 위치하지는 않았지만 좋은 목에 위치한다.

하지만 팽가촌에서 차지하는 세심루의 위치는 단순한 정자가 아니다. 원로(元老)나 중진(重鎭)들이 모여서 중요 회합을 하는 의사 결정의 장소다.

세심루에서 기다리겠다는 말은 한담(閑談)이나 나누자는 말이 아니다. 중요하게 의논할 일이 있다는 뜻이며, 가주의 결단을 촉구하는 경우가 생겼다는 뜻이다.

가주는 평지를 달리듯 산을 치올라가 세심루에 도착했다.

세심루에는 팽가오로(彭家五老)라고 불리는 최고 배분의 노인들이 모두 앉아 있었다.

가주에게는 한 배분 위로 숙부(叔父)가 된다.

"쯧! 저놈의 성미하고는⋯⋯."

깡마른 노인이 못마땅한 투로 말했다.

"허! 이 사람, 일가의 가주에게 성미라니!"

옆에 앉아 있던 노인이 웃음을 머금고 나무랐다.

"쯧!"

깡마른 노인은 못마땅한 표정을 지우지 않았다.

"하하! 오래 기다리셨습니까?"

가주가 웃으면서 세심루에 올랐다.

"이 사람아, 가주 직을 그리 오래했으면 이제 진중할 때도 되지 않았나. 호법이 따라올 시간은 줘야지!"

깡마른 노인이 기어이 한마디 했다.

"하하! 내 집안에서조차 마음대로 움직이지 못한다면 어디 그게 사람 사는 곳이겠습니까. 숙부님, 걱정 마십시오. 밖에 나가서는 저놈이 답답해서 앞서 나갈 정도로 느릿느릿 움직이겠습니다."

"제발 좀 그러게. 쯧!"

"그런데 무슨 일로……?"

가주는 자리에 앉기가 무섭게 물었다.

"흠!"

팽가오로가 일제히 미간을 찌푸렸다.

천요루 루주는 팽가의 손님이 아니다. 그러므로 손님에 준해서 대접해 줄 수 없다.

천요루 마차는 마을로 들어서지 못했다.

팽가촌은 평범한 촌락(村落)이 아니다. 무림 오대세가 중 일가다. 그들이 사는 마을 전체가 아주 강력한 무림문파다. 손에 삽과 곡괭이를 잡은 촌로들이 모두 일절을 구비한 무인들이다.

허락받지 않은 자, 마을로 들어서지 못한다.

그렇다고 방문객을 점검하는 사람이 따로 있는 것은 아니다. 논과 밭에서 일하는 모든 사람이 수문(守門) 무인이다. 모두가 감시의 눈초리를 번뜩인다.

그들 중 누구라도, 하다못해 코 흘리는 어린아이라고 할지라도 외인을 제지할 권한이 있다.

그들에게 아무런 제지도 받지 않으면 진입이 허락된 것이다. 천요루 마차처럼 중간에 제지당하면 특별 허가가 떨어질 때까지 진입할 수 없다.

가주는 동구 밖에 서 있는 마차를 쳐다봤다.

"저게 천요루 마차입니까?"

"그렇다네."

"안에는 피멍 든 기녀가 타고 있고요?"

"그렇다네."

"사실 확인은 하셨습니까?"

"그건 내가 직접 했네."

팽가오로 중에서 가장 나이가 젊은, 그래도 일흔은 훌쩍 넘어선 노인이 나섰다.

"얼굴과 복부를 가격한 수법은… 휴우! 본가의 파갑추(破甲錘)가 분명하네. 다리도 부러뜨렸는데 철혈백사십팔퇴(鐵血百四十八腿)의 흔적이 역력하고."

노인이 차마 말을 잇지 못하고 입을 닫았다.

절정 무인을 상대하기 위해 고련한 무공으로 일개 기녀를 두들겨 팼다. 무림 강호들도 상대하기 벅차 하는 절정 무공을 웃음이나 파는 여인에게 썼다.

"죽지 않은 게 다행이군요."

"그렇지. 그마나 그거라도 다행으로 생각해야지. 휴우!"

"소문을 최대한 막아주십시오."

팽가오로 중 가장 나이 많은 노인에게 말했다.

"그러잖아도 동원할 수 있는 모든 인맥을 가동시켰네. 위에서 흐르는 소문은 차단되겠지만……."

노인이 말끝을 흐렸다.

문제는 풀뿌리다. 밑에서 흐르는 소문은 제아무리 거대한 권력을 거머쥐고 있어도 막을 수 없다. 입에서 입으로, 귀에서 귀로 흐르는 소문이야말로 정말 무서운 것이다.

가주가 마차에서 눈길을 떼지 않은 채 말했다.

"그거라도 막아주십시오. 그래도 새어나가는 건 어쩔 수 없는 일이고……. 저쪽에서 요구하는 건 뭡니까?"

"팽가의 사과네."

"보상이 아닙니까?"

"돈은 차고 넘친다는군."

"사과에도 방식이 있을 텐데요?"

"일족이 모인 자리에서 공식적으로 가주의 사과를 받고 싶어 하네."

노인이 담담하게 말했다.

팽가의 가주가 기루의 루주에게 공식 사과를 한다는 건 있을 수 없다. 그런 일은 꿈에서조차 생각할 수 없다.

팽가는 하북무림의 맹주다.

하북의 권력 구도에 상당한 영향력을 미친다.

가주의 말 한마디에 천 사람의 목숨이 좌우된다. 만 사람의 행복이 결정된다.

그런 사람에게 한낱 기루의 주인이 사과를 요구할 수 있나?

천요루주의 요구는 당연한 듯하지만 세상 물정을 몰라도 너무 모르는 무식의 소치다. 팽가의 위상을 아는 자라면 기녀가 매 맞아 죽었다고 할지라도 사과나 배상을 요구하지 못한다.

또 팽효뢰의 일이 가주가 사과까지 할 정도로 중대한 일도 아니다.

사내가 술 한잔 걸치고 계집 좀 팼다. 그게 뭐가 어때서? 기루에서 그런 일이 한두 번 일어나는가? 그럴 때마다 일파의 문주가 사과를 하는가?

기루를 운영하는 입장에서는 기녀보다 오히려 손님 쪽을 감싸는 것이 상례다.

기녀는 매를 맞아도 하소연할 곳이 없고, 칼에 맞아 죽어도 묻힐 곳이 없다. 팔다리가 부러져서 병신이라도 되면 동정 한 닢 받지 못하고 쫓겨난다.

이것이 기루의 실정이거늘…….

천요루주의 요구는 당연한 게 아니다. 조그만 일로 가주의 사과까지 받으려고 하는 데는 모종의 흑막이 있다.

팽효뢰가 잘했다는 게 아니다.

그는 그대로 벌을 받을 것이다. 다만 천요루주의 요구가 지나치다는 것이다.

"공식 사과라……. 하하하! 어떤 자인지 보고 싶군요."

가주의 얼굴에 호기심이 일렁거렸다.

천요루는 개업한 지 반년밖에 안 된 신흥 기루다.

그 반년 동안에 북경의 고관대작을 휘어잡았다. 대부호를 단골로 끌어들였다.

단순한 사업 수완만 가지고는 해낼 수 없는 일이디.

기루는 정직하게 장사하는 곳이 아니다.

일단 술장사가 끼어든다. 술에 대한 이권 때문에 주먹다짐도 오고 간다. 이미 이권을 장악한 패거리와 새로 이권을 차지하고자 하는 패거리 사이에 싸움이 벌어진다.

천요루처럼 새로 개업하는 기루가 생길 때에는 싸움이 한층 치열해진다.

사람 장사도 끼어든다.

기녀를 사고판다. 하인, 종, 노예를 사고판다. 사고판 자들을 관리하는 자도 있어야 한다. 혹여 도주라도 하는 자가 생기면 추적해서 잡아와야 한다.

모든 부분에서 주먹이 개입된다.

반년 동안 순탄하게 터를 잡았다는 말을 다시 뒤집어서 생각하면 수많은 주먹을 찍소리 못하게 눕혔다는 말이 된다. 자신이 직접 했거나 그만한 패거리를 끌고 있거나.

그런 자가 정식 사과를 요구하면서 나섰다.

팽효뢰는 암계(暗計)에 걸려든 불쌍한 불나방이다. 그가 아니었어도 오늘 이 사건은 벌어졌다. 어떤 자이든 작심하고 펼쳐 놓은 천요루주의 암계를 벗어나지 못했을 게다.

그렇다면 천요루주는 왜 이런 수작을 부리는 걸까? 하북팽가를 뒤엎고 하북무림의 패권이라도 쥐겠다는 건가? 그렇지 않으면 단순히 팽가 무공을 견식하고자 함인가.

그 어느 쪽도 아니다.

팽가를 적으로 돌리기에는 천요루의 힘이 너무 미약하다. 그리고 그럴 만한 힘이 있으면 이런 식으로 쳐들어오지 않는다. 당당하게 정면에서 치고 들어온다.

무공을 견식하려는 생각도 없다.

그럴 것 같았으면 팽효뢰만으로도 충분하다.

천요루주는 무공 수련에만 매진하던 아이를 꾀어내서 만취시킬 정도로 암계를 깊이 짤 줄 안다. 그런 머리로 무공을 보고자 했다면 팽효뢰가 버티지 못했을 게다.

오호단문도는 물론이고 혼원벽력도까지 시전했으리라. 그가 수련한 모든 무공을 낱낱이 펼쳐 보였으리라.

가주는 사건의 밑그림을 단번에 파악해 냈다.

그러자 천요루주에 대한 호기심이 생긴다.

천요루주가 쳐들어온 목적은 따로 있다.

그것이 무엇일까? 이런 식으로 쳐들어온 자가 뒤를 봐달라는 말을 할 것 같지는 않고, 후원을 바라는 것도 아닌 것 같고, 뭔가를 부탁할 사람도 아닌 것 같고…….

하북팽가에 도전장을 내밀 생각이 아니라면 정말로 사과를 받을 생각도 없을 터이다.

도대체 무슨 수작인가?

웃기지 않은가.

무슨 말을 하려는지 들어보기나 할 셈이다. 사과를 할지 말지는 천요루주를 만나본 다음에 생각해도 늦지 않다.

그때, 호법무인이 다가와 아뢰었다.

"가모(家母)께서 오십니다."

"가모께서?"

팽가오로가 몸을 일으켰다.

촌수로 말하면 그들에게 가모는 조카며느리다. 하지만 그보다 앞선 배분이 있다.

가주의 부인!

일가를 다스리는 수장의 부인이라는 위치는 촌수보다 한 걸음 앞서서 생각해야 할 배분이다.

사박! 사박!

옷자락 끌리는 소리가 산새 우짖는 소리와 어울려 한 가락의 음률이 되어 퍼졌다. 그리고 절요절색(絶妖絶色)의 여인이 모습을 드러냈다. 목석(木石)도 심장이 뛰게 만들 정도로 아름다운 여인이다.

그녀가 모습을 드러내는 순간, 석경산의 푸름은 빛을 잃었다.

하얀 옷을 나풀거리면서 사뿐사뿐 걸어오는 모습이 월궁(月宮) 항아(姮娥)를 연상시킨다.

도도하다. 깨끗하다. 기품있다. 포근하다.

좋은 감정을 느끼게 만드는 여인의 모든 면모가 한 여인에게서 뿜어져 나왔다.

진정으로 석경산이 숨을 죽인다.

"하하! 떨어지는 낙엽도 조심해야 할 부인이 아니오. 여긴 어쩐 일이오."

가주는 말과는 달리 활짝 웃는 얼굴로 반겼다.

"제가 오면 안 되나요?"

중년 부인이 곱게 눈을 흘겼다.

"허허허! 가모, 어서 오시게. 태아(胎兒)가 염려되어서 하는 말 아닌가. 하기는… 태중(胎中)이라고 방 안에만 있는 것도 좋지 않지. 가끔 나들이를 하는 것도 좋아."

"어멋! 숙부님, 놀리시는 거예요?"

중년 부인이 얼굴을 붉혔다.

그녀는 이제 갓 서른 정도로밖에 보이지 않았다.

주름살이라고는 눈을 씻고 찾아봐도 없다. 피부는 백옥(白玉) 같이 하얗고, 명경(明鏡)처럼 맑고 깨끗하며, 고무처럼 탱탱한 탄력이 묻어나왔다.

하지만 실제 나이는 쉰을 바라본다.

가주보다 십 년가량 차이가 나지만 임신을 하기에는 무리인 나이. 상당한 노산(老産)이다.

"허허허! 가주가 복이 많단 말이야."

"하하! 그러게 말입니다. 제 나이에 아이를 볼 줄 누가 알았겠습니까. 어서 이리 올라오시오."

가주는 계단을 밟아 올라오는 부인에게 손을 내밀었다.

부인은 사양하지 않고 손을 살짝 잡고 사박사박 유리 위를 걷듯이 조심스럽게 계단으로 올라섰다.

"아침부터 분주하셨다고요?"

중년 부인이 자리에 앉으며 말했다. 눈길은 팽가오로에게 향해 있었다.

"허허허! 소문을 들으셨나 보군. 그렇게 입단속을 했는데,

웬 놈들의 입이 그리 싼지."

"호호호! 이런 소문은 한 분만 못 들으면 되지 않나요?"

중년 부인이 가주를 힐끔 쳐다보며 말했다.

"험! 나 귀머거리 아니오."

가주가 부인의 말에 짐짓 맞장구를 쳤다.

"정말 눈치없는 분이셔. 이런 말은 못 들은 척하는 거예요. 호호호! 아! 말 많은 마차가 저거군요. 그자의 마차. 호호호! 촌스럽기도 해라. 어쩌면 색깔도 저리 못 맞췄을까."

중년 부인이 동구 밖에 세워진 루주의 마차를 봤다.

"허허! 요물단지가 따로 없어요. 아침부터 저놈 때문에 골치 썩은 생각을 하면……."

키 작은 노인이 웃는 얼굴로 말했다.

"저자를 어쩌실 생각이세요?"

"후후! 얼굴이나 볼 생각이오. 이런저런 수작들이 상당히 재미있는 말을 할 것 같아서 말이오. 하하하!"

가주가 크게 웃었다.

"저… 죄송하지만 이번 일은 소첩에게 맡겨주세요."

중년 부인이 생긋 웃으면서 말했다.

그녀가 웃자 백화(百花)가 만발한 듯 세심루가 환해졌다.

붉은 입술 사이로 가지런한 이가 드러난다.

매혹적인 웃음이다. 색감적인 미소다. 웃음은 보이지 않고 붉은 입술만 보인다.

"험! 그건 좀……."

가주가 망설였다.

자신없는 자, 일을 꾸미지 않는 법이다.

천요루주는 어중간한 자와 맞선 게 아니다. 하북팽가를 정면으로 들이쳤다. 일의 성패와는 상관없이 할 수 있다는 확신이 섰기에 팽가까지 쳐들어온 것이다.

부인이 나서기에는 벅차지 않을까? 무공을 수련했다지만 구중심처(九重深處) 깊은 곳에서 화초처럼 살아온 여인이 능구렁이를 당할 수 있을까?

부인이 말했다.

"기루 루주 따위가 대가문의 가주를 직접 면대(面對)하는 일은 없었어요. 아이가 실수를 했지만, 그런 일로 윗사람이 우르르 나서는 깃도 보기 흉해요. 저런 자는 제 선에서 처리하는 게 좋아요."

"하지만……."

가주가 망설이고 있을 때 백발노인이 말했다.

"아닐세, 가주. 말릴 것만은 아닌 것 같네. 원래 집안일은 안사람에게 맡기는 법. 아이가 저지른 일은 가모가 처리하는 게 이치에도 맞네. 가모께 맡겨보세."

백발이 성성한 노인은 재미있겠다는 표정을 지었다.

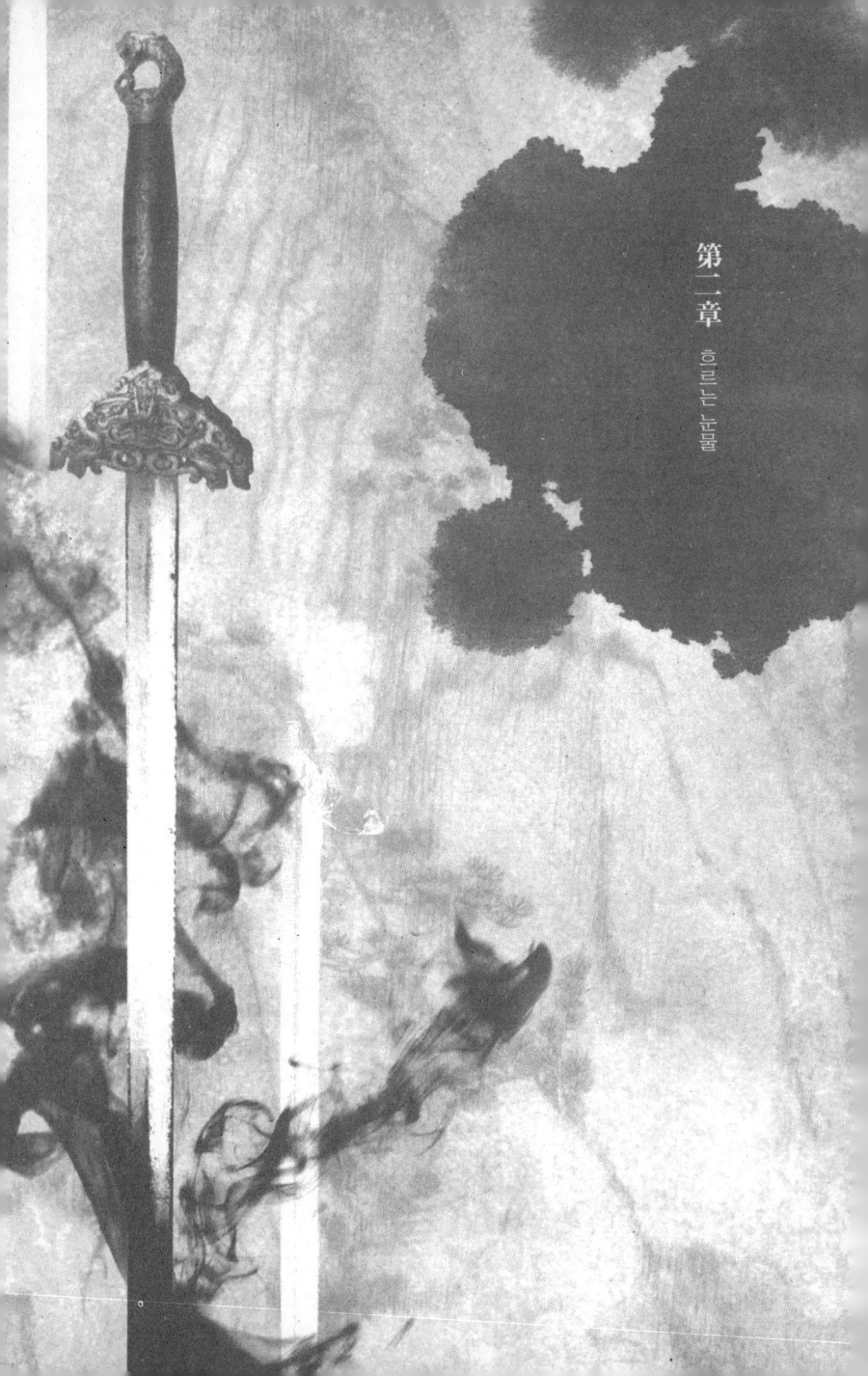

第二章 흐르는 눈물

1

"마차가 되게 화려하다."

"사면(四面)에 그려진 매란국죽(梅蘭菊竹) 좀 봐. 살아 있는 것 같지 않아? 저 사람이 직접 그렸대."

"사군자(四君子)도 잘 치는 모양이지?"

"아무렴 루주이니까. 풍류(風流) 쪽에는 달통하지 않았겠어?"

"그런데 왜 마차 안에만 있는 거야. 그 소문 자자한 얼굴 한번 봤으면 좋겠는데."

"그러게."

여인들은 화려한 마차를 힐끔힐끔 쳐다봤다.

천요루에 대한 이야기는 사내들뿐만 아니라 여인들의 입에서도 심심찮게 오르내렸다.

사내들은 하나같이 절색인 기녀들을 이야기한다.

천요루 기녀들 중에 박색은 없다. 눈을 감고 잡아도 한눈에 반할 만한 선녀들뿐이다.

그녀들은 금기서화(琴棋書畵)에 능통하다.

글도 잘 쓰고, 그림도 잘 그리며, 악기도 명인(名人)과 견줄 만큼 잘 탄다.

그런 여인들이 노예라도 된 듯이 극진하게 떠받들어 준다.

여인에게 흥미가 없는 자는 술과 안주를 음미해도 좋다. 이름도 들어보지 못한 최고급 술과 안주는 인생 최고의 주락(酒樂)을 경험하게 해준다.

기본이 은자 석 냥이라면 상당한 부담이다.

어중간한 부호도 쉽게 발길을 들여놓을 수 없다. 기본이 은자 석 냥이라면 허리띠를 풀어놓고 마음껏 즐기면 도대체 얼마를 지불해야 한단 말인가.

그래도 가는 사람은 간다.

어중이떠중이들을 걸러내 주기 때문에 일종의 특권 의식까지 느끼면서 즐긴다.

사내들에게 천요루는 환락의 궁전이다.

반면에 여인들은 전혀 다른 면에서 천요루를 언급한다.

아름다운 사내, 천요루주!

루주의 눈은 보석처럼 빛난다. 흑요석(黑曜石)처럼 맑은 광채가 흘러나오는 두 눈을 바라보다 보면 영혼까지 빨려든다.

루주의 입은 주문(呪文)에 걸려 있다. 입을 열기만 하면 마력 담긴 말이 쏟아져 나온다. 옷을 벗으라고 하면 벗어야 하고, 침상으로 들어오라고 하면 들어가야 한다. 어떠한 말도 거역하지 못한다. 거역하고 싶지 않다.

루주의 마음은 얼음이다.

긴긴밤 깊은 정을 쌓았어도 날이 밝으면 남남으로 돌아간다. 어떠한 여인도 그의 마음을 훔칠 수 없다. 마음이 너무나 차디차게 굳어서 비집고 들어갈 틈이 없다.

아름다운 사내, 천요루주에 대한 소문은 어디까지가 과장이고 어디까지가 진실인지 구분할 수 없을 정도가 되었다. 다만 한 가지, 그가 매우 매혹적인 사내라는 것만은 분명하다.

여인들은 마차를 쳐다봤다.

천요부 마차를 보는 것은 불쾌하지만, 천요루주가 어떻게 생겼는지는 보고 싶었다.

"끼럇! 끼럇!"

우두두두!

말 대여섯 필이 뿌연 먼지를 일으키며 달려왔다.

"저거, 저거 여자가 조신(操身)하지 못하고……."

"쟤가 언제 조신하는 거 봤어? 조신할 사람에게 조신하라고 해야지. 하하하!"

일을 하던 사람들이 허리를 쭉 펴며 웃어댔다.

선두에 한 필, 뒤따라서 네 필.

말을 모는 사람은 여인들이다.

선두에 선 여인은 하얀 무복(武服)을 입었고, 허리에는 날렵하게 생긴 유엽도(柳葉刀)를 찼다.

뒤따르는 여인들은 앞의 여인과는 전혀 상반된 색깔, 검은색의 무복을 입었다. 네 명 모두 팔과 다리를 끈으로 묶어서 움직이는 데 편리하도록 했다.

그녀들의 병기는 금배대도(金背大刀)다.

그녀들은 말머리를 나란히 하고 앞 여인을 부지런히 쫓았다.

"끼럇! 끼럇! 끼럇!"

마을이 가까워질수록 말채찍이 힘차게 떨어졌다.

두두두두두!

다섯 필의 말이 질주하는데 수천 필의 군마가 치달리는 듯한 소리가 울린다.

말들은 동구 밖에 서 있던 천요루 마차를 스치며 지나갔다. 아니, 지나가는 듯했다.

마차를 지나쳐서 일 장쯤 나아갔을까?

히히힝! 히이잉! 히잉!

전력으로 질주하던 말들이 요란하게 울어대며 앞발을 추켜올렸다. 약간의 예고도 없이 급작스럽게 말고삐를 잡아당긴 탓에 말들이 꼬꾸라질 듯 발버둥 쳤다.

여인들은 능숙하게 말을 다뤘다.

"워워! 워!"

몇 번의 토닥거림으로 말들이 진정되었다.

선두에서 달리던 백의의 여인이 말 머리를 돌려서 마차를 향해 다가왔다.

다각! 다각! 다각!

순백의 말이 한 걸음씩 떼어놓자, 어자석에 앉아 있던 마부가 어쩔 줄 모르고 쩔쩔맸다.

내려가서 인사해야 하나, 아니면 그대로 있어야 하나?

말을 탄 여인은 간단한 행동조차도 고민스럽게 만든다.

여인은 방년(芳年)이 되면서부터 하북제일미(河北第一美)라는 칭호를 들어왔다.

그 말은 사실이다.

어디가 어떻게 아름답냐고 하면 할 말이 없다.

눈을 설명하다 보면 코가 더 예쁜 것 같고, 코를 말하다 보면 입을 제대로 설명하지 않은 것 같다.

풋풋하다. 싱그럽다.

그녀에게는 때가 전혀 묻지 않은 순수함이 있다.

천하일색의 미모, 그리고 상아 손잡이의 유엽도.

그녀의 신분을 짐작하는 건 어렵지 않다. 팽가 가주의 장중보옥(掌中寶玉)이라는 팽가연(彭佳姸)이다.

"뭐야!"

그녀가 가까이 다가와 싸늘하게 물었다.

"네? 네네, 저, 천요루입니다."

마부는 더듬거리며 말했다.

"글은 나도 읽을 줄 알아."

"아, 네."

"천요루인 건 알겠고……."

팽가연은 마차에 꽂힌 깃발을 펼쳐 보았다.

물감으로 쓴 게 아니다. 붉은 깃발에 금색 실로 천요루라는 글자를 수놓았다.

"내 집 앞에 왜 더러운 물건들이 서 있냐는 거지."

"예? 더, 더러운 물건… 이랍시면……."

"너희!"

"저희요?"

"구더기 냄새나는 족속들! 너희가 왜 여기 있냐고!"

"아, 예, 더러운 물건이라고 하셔서 저희가 아닌 줄 알고……. 이상하다. 오늘 아침에 세수했는데, 옷도 빨아 입었고. 몸에서 구더기 냄새가 나나요? 킁킁!"

마부는 소매를 들어 냄새를 맡았다.

팽가연의 눈매가 상큼 올라갔다.

"더러운 족속들의 특징이라면 꼭 매를 들어야만 능글거리지 않는다는 거지. 너도 그래?"

"아, 아닙니다."

마부는 급히 손을 내저었다.

팽가연은 어머니로부터 미모를, 아버지로부터는 상승 근골과 성품을 물려받았다.

그녀의 성격은 가주를 꼭 빼닮았다.

호쾌하고 복잡한 것을 싫어한다.

입으로 내뱉은 말은 반드시 이행한다. 그래서 그녀의 말 한 마디는 천금(千金)이라는 말까지 나돈다.

팽가연은 천방지축(天方地軸), 철없이 날뛰는 것 같지만 그렇지 않다. 마음에 없는 말은 하지 않는다.

그런 그녀가 '매'를 말했다.

그다음은 생각할 것도 없다. 계속 능글거리다가는 팽가 무공의 진수를 단단히 맛봐야 한다.

마부는 급히 말했다.

"저, 그게… 어젯밤에 이공자님께서 저희 기루에서 술을 잡수셨는데… 저, 그게 외상으로 잡수셔서…… 외상값도 받아야 하고…… 다른 일도 있고……."

마부는 머리 한 톨 없는 민머리를 손바닥으로 박박 긁어대면서 말했다.

"오라버니가? 기루에서? 이게 도대체 무슨 소리야? 외상? 이건 또 무슨 소리고? 이 사람, 지금 뭐라고 말하는 거니?"

그녀가 뒤돌아보며 말했다.

말 머리를 나란히 하고 그녀의 뒤에 시립해 있던 흑의여인들도 곤혹스러운 표정을 지었다. 마부의 말뜻을 알아듣지 못하기는 그녀들도 마찬가지다.

"공자께서 외상술을 잡수셨다는 말로 들리는데요?"

"그 말이야?"

팽가연이 마부에게 물었다.

"네, 네. 바로 알아들으셨습니다. 바로 그 말입니다."

"그러니까… 호호! 하도 말 같지 않은 말이라 말도 잘 안 나오네. 그러니까 지난밤에 오라버니가 너희 냄새나는 족속들과 어울렸다 이 말이지?"

"네, 네."

"너흰 외상값을 받으러 온 거고?"

"네."

"호호호! 호호호호! 오라버니가 웬일이래? 기녀들을 다 찾고. 호호호호!"

팽가연은 재미있다는 듯 배를 움켜잡고 웃었다.

"그렇게 여자 좀 만나보라고 해도 다 사양하더니 기껏 찾은 게 기녀야? 호호호호! 아휴, 배 아파. 그만 웃어야겠다. 너무 웃었더니 배 아파서 죽겠어. 그런데… 안에 있는 놈들은 뭐야? 왜 코빼기도 안 비치는 거야?"

팽가연의 눈빛이 마차 안을 쏘아보았다.

"저 그게……."

"넌 빠져."

"안에 있는 것들, 안 나올래!"

팽가연의 음성은 차분했다. 마치 옆에 있는 친구에게 잡담을 하는 것처럼 긴장감이 깃들지 않았다.

"……"

마차 안에서는 침묵이 흘렀다. 아예 사람이 없는 것처럼 숨소리조차 흘러나오지 않았다.

"셋 센다. 셋 셀 때까지 나와라. 하나."

"저… 아씨, 그게……."

마부가 다시 한 번 사정을 말하려고 했지만 성난 눈빛 앞에 가로막혔다.

팽가 동구 밖에 빚쟁이가 서 있다.

그녀는 그녀 자신이 모욕을 당하는 것처럼 느꼈다.

도대체 안에서는 무엇들을 하고 있는 것인가. 감히 기루의 점소이 따위가 팽가를 찾아와서 외상값을 내놓으라고 손을 내밀고 있다. 모두들 무엇을 하고 있기에 이런 자들이 마을을 기웃거리게 만드는 것인가.

불쾌하다. 아주 불쾌하다.

그런데 마차 안에 있는 작자들은 아예 얼굴도 비치지 않고 있다.

돈을 받으러 왔다고 유세를 부리는 건가. 건방을 떠는 건가. 감히 하북팽가의 면전에서!

팽가연은 이자들의 행동이 용납되지 않았다.

"둘!"

그녀가 둘을 셌다.

마부는 아예 고개를 돌려 버렸다. 더 이상 만류해 봤자 소용없다는 것을 깨달았다. 그녀의 분노를 누그러뜨리려면 루주가 마차 밖으로 나오는 길밖에 없다.

"셋!"

쒜엑!

마지막 숫자가 헤아려졌다. 그리고 일말의 망설임도 없이 한줄기 도광(刀光)이 번뜩였다.

탁! 쫘아악!

시퍼런 도광을 뿜어내는 유엽도가 마차를 쫙 쪼개 버렸다. 천장에서부터 문짝까지 단숨에 갈라 버렸다.

"엇!"

팽가연은 두 번째 도를 쳐내려다 말고 화들짝 놀라 물러섰다.

마차 안에는 한 쌍의 남녀가 앉아 있었다. 여인은 완전한 나신(裸身), 사내는 여인 앞에 쭈그리고 앉아서 몸을 더듬는다.

"이런!"

팽가연은 분노가 치밀었다.

팽가촌 어귀에 냄새나는 기루 마차를 대놓은 것만 해도 화가 치밀어 미칠 지경이다. 한데 그것도 모자라서 노골적으로 성애(性愛)까지 벌이고 있지 않는가!

더 기가 막힌 것은 마차가 부서졌는데도 성애에 몰두한 남녀가 쳐다보지 않는다는 점이다.

사내는 계속 여인을 만지작거린다. 두 손으로 온몸을 더듬는다. 여인은 눈을 지그시 감고 애무를 즐긴다. 밖에서 무슨 일이 벌어지든 상관없다는 투다.

"이런 벼락 맞아 죽을 것들이!"

팽가연은 유엽도에 살기(殺氣)를 담았다.

그녀의 도는 사람을 상하게 하는 살도(殺刀)가 아니지만 이

번만큼은 용서할 수 없었다.

쉐엑!

두 번째로 내려친 살도가 마차를 향해 뻗어갔다. 그때,

스읏!

어자석에 앉아 있던 마부가 느닷없이 내려와 살도 앞을 가로막았다.

"읏!"

팽가연은 급히 손목을 꺾었다.

쉐에엑!

살기를 실은 유엽도는 방향을 꺾어 빈 허공을 갈랐다. 하지만 마부가 너무 급작스럽게 내려온 탓에 완전히 피하지는 못했고, 어깨 부위를 살짝 가르며 지나갔다.

마부의 어깨에서 피가 주르륵 쏟아진다.

하나 그것만 해도 천만다행이다. 거리가 워낙 가까웠던 탓에 반응이 조금만 늦었어도 목숨을 앗을 뻔했다.

"뭐야!"

팽가연이 신경질적으로 쏘아붙였다.

"헤헤! 죄송하지만… 지금은 치료 중이시라서……."

마부는 피가 줄줄 흐르는 어깨를 움켜잡으면서도 아픈 표정을 짓지 않았다. 비명을 내지르며 나뒹굴어도 모자랄 판인데 바보처럼 실실 웃기까지 한다.

팽가연이 눈가에 기광(奇光)이 스쳐 깄다.

보통 마부가 아니다. 적어도 칼에 맞는 것을 두려워하지 않

는 싸움꾼 정도는 된다.

'이것들이!'

팽가연은 치솟는 분기를 억눌렀다. 당장 성질을 부리기보다
는 마부가 했던 뒷말을 더 들어봐야 한다.

"치료라니? 무슨 소리냐?"

"저… 그게 그러니까… 어젯밤에 이공자님께서 대패질을
해버린……. 아, 그러니까 대패질이라는 게 우리 사이에서는
누구를 흠씬 두들겨 패는데, 아예 원형을 알아볼 수 없을 정도
로 패대는 것을 대패질이라고……. 헤헤!"

한마디면 열 마디를 알아들을 수 있다.

팽가연은 죽은 듯이 누워 있는 여인을 쳐다봤다.

붕대를 칭칭 감았고, 얼굴이며 몸이며 온통 멍투성이다. 환
히 드러낸 상반신이 완전히 썩은 빛이다.

한눈에 봐도 누군가에게 얻어맞았다는 것을 알 수 있다.

'오라버니가?'

그녀는 말을 듣고 짐작까지 했으면서도 도무지 이 사실을
믿을 수 없었다.

오라버니는 시골 샌님처럼 조용하다. 책을 읽으라면 읽고,
무공을 수련하라면 수련한다. 자라오면서 부모님 말씀을 거역
한 적이 없고, 말썽을 피워본 적도 없다.

그런 오라버니가 기루에서 술을 마셨다는 것도 믿기 어려운
데 여인까지 때렸다?

마부가 말을 이었다.

"죄송합니다만 루주께서는 아마도 소저께서 하신 말씀을 듣지 못했을 겁니다. 어떤 일이든 시작만 했다 하면 정신을 쏙 빼놓는지라 옆에서 사람이 죽어도 모른다니까요."

대단한 집중력이다.

마부의 말은 사실인 듯하다. 그녀가 전개한 도에는 살기가 담겨 있었다. 누구라도 제정신을 가진 사라면 막거나 피할 수밖에 없는 살초가 전개되었다.

무인은 당연히 피한다.

무인이 아닌 자, 무공을 전혀 모르는 자라도 본능적으로 피하게 되어 있다.

그녀는 사람을 죽일 생각이 없었다. 건방지게 마차 안에 앉아 있는 자에게 낭패만 안겨줄 생각이었다. 하북팽가를 건드리면 큰 코 다친다는 점을 살짝, 아주 조금만 맛보여 줄 생각이었다.

그런데 루주라는 자는 피하지 않았다. 아니, 주뼛거리는 모습조차 보이지 않고 하던 일을 이어가고 있다.

아예 살초를 의식하지 못했다는 소리다.

그녀는 사내를 쳐다봤다.

나신의 여인을 주무르고 있는 것은 맞다. 하지만 손길에 강약(强弱)이 담겨 있다.

추궁과혈(推宮過穴)!

혈(穴)을 만져서 진기의 순환을 원활하게 터주고 있다.

그런다고 해도 흙빛이 되어버린 살색이 제 색으로 돌아오지는 않겠지만 고통은 많이 감소될 게다.

"실수했군."

팽가연은 솔직하게 실수를 시인했다.

"발라라."

그녀는 품에서 금창약(金瘡藥)까지 꺼내 건네주었다.

"아이구, 안 그러셔도 되는데……."

마부는 입으로는 너스레를 떨면서 손으로는 냉큼 받아 들었다.

그동안 팽가연은 혼란스러운 사건을 재빨리 정리했다.

오라버니가 기루에서 기녀를 끼고 외상술을 마셨다.

여기까지는 쉽게 해결될 수 있는 문제다. 아무라도 단돈 몇 푼이면 해결할 수 있다.

술김에 시중을 들던 기녀를 때려서 죽음 직전까지 몰고 갔다.

이 부분이 문제였다.

이자들은 치료비와 손해 배상을 요구했을 것이다.

돈으로 해결할 요량이면 서신을 보내는 선에서 그쳤을 텐데 직접 환자를 마차에 태우고 왔다는 것은 보상을 받아도 단단히 받아내겠다는 속셈이다.

하면 왜 어른들은 치도곤을 쳐서 쫓아내지 않는 것일까? 이런 자들은 그리 처리해도 무방한데. 사람으로 대해줄 만큼 떳떳하게 사는 자들이 아니잖은가.

무작정 쫓아낼 수 없는 이유가 있다.

소문!

기루에서 벌어진 일처럼 낱낱이 공개되는 일도 없다. 워낙에 눈이 많다.

팽가의 위신을 생각해서라도 어떻게든 달래야 할 입장이다.

팽가연은 미간을 찌푸렸다.

'내가 사건을 더 키웠군.'

그녀가 생각을 정리하고 있을 때, 뒤에 시립해 있던 흑의여인 중에 한 명이 입을 열었다.

"아씨, 가모께서 오시는데요?"

2

"왜 나오셨어요!"

팽가연은 급히 말에서 내리며 밀했다.

가모, 아버지의 부인이 눈길을 밟듯이 사뿐사뿐 걸어온다.

여자가 봐도 시샘이 날 정도로 고요한 기품과 절제를 고루 갖춘 자태다.

"어휴, 땀 좀 봐. 가연이는 말을 너무 심하게 타는 것 같아."

"호호호! 걱정 마세요. 이렇게 한바탕 땀을 흘려야 뭔가 살아 있다는 느낌이 들잖아요."

"그래도 살살 타. 아버님이 걱정하시잖아."

"아버님만요?"

"왜 아버님뿐이겠어. 나도 걱정이 많아."

가모는 팽가연의 섬섬옥수를 부드럽게 감싸 쥐었다.

팽가연이 활짝 웃었다.

두 모녀 사이에는 행복만이 가득한 것 같았다. 슬픔이라거나 불행 같은 건 끼어들 틈이 없어 보였다.

팽가연이 말했다.

"그런데 여긴 왜 나오셨어요. 어서 들어가세요. 임신 중에는 더러운 걸 보면 안 된대요."

그러자 뒤에 시립해 있던 무인이 말했다.

팽가연에게는 사촌 오라버니가 되며, 건곤미허신공(乾坤彌虛神功)을 칠성까지 깨우친 절정고수다.

"가모께서는 저놈들에 대한 처리를 위임받으셨다. 지금 저놈들을 처리하려고 나오신 거야."

"왜 하필 어머니세요. 다른 사람도 많은데."

팽가연은 볼멘소리를 했다.

가모는 온실에서 자란 난초 같은 여인이다. 강풍이 불거나 눈보라가 휘몰아치면 여지없이 꺾여 버릴 나약한 여자다.

가주가 그런 여인과 재혼한다고 했을 때, 팽가촌 사람들은 그럴 줄 알았다는 표정을 지었다.

만약 가주가 재혼을 한다면 틀림없이 바람만 불어도 쓰러질 것 같은 여인을 택할 것이다. 아니다. 이제 사별(死別)한 가모와 닮은 사람을 택할 리 없지 않나. 이번에는 정반대로 기가 아주 센 여인을 택할 것이다.

가주가 홀아비로 지내는 십여 년 동안 오십 대 오십의 내기는 팽팽하게 균형을 유지했다.

결국 한쪽 오십이 이겼다.

가주는 전처와 너무나도 흡사한 여인을 찾았다.

고귀한 집안에서 사람을 부리며 자란 덕분에 가모로서의 위엄을 자연스럽게 구비했다. 성격은 매우 상냥해서 친화력(親和力)이 무척 뛰어나다. 불쌍한 사람을 긍휼히 여겨 거지를 보면 그냥 지나치지 못하는 모습은 전처를 다시 보는 듯하다.

다행스러운 점은 그녀가 팽가에 쉽게 녹아들었다는 점이다.

팽가 사람들을 이해할 줄 알고, 근검절약(勤儉節約)에 앞장서고, 전처가 남긴 이남일녀(二男一女)를 자기 자식처럼 사랑하고…… 어느 한구석 나무랄 데가 없다.

가주는 복이 많은 사람이다.

가모의 유일한 단점이라면 세상 풍파를 너무 모른다는 것인데.

팽가연이 염려하는 부분도 그 점이다.

하지만 아버지는 바보가 아니다. 사건을 접하는 직감력은 그 누구도 따라가지 못한다.

아버지가 어머니에게 해결을 맡겼다면 그만한 이유가 있을게다.

그녀는 가모의 두 손을 꽉 쥐며 소곤거렸다.

"어머니, 제가 옆에 있을 게요. 마음 내키는 대로 혼내주세요."

"그래, 알았어."

가모가 싱긋 웃으면서 말했다.

서로가 얼굴도 보지 않았다.

사내는 여인의 음성만 들었다. 그것만으로도 심장이 떨린다.

여인은 사내의 등만 봤다. 등만 쳐다보고 있어도 온몸이 사시나무처럼 부들부들 떨린다.

이 만남, 좋지 않다.

서로의 심장에 검을 겨누기 전에 상견례나 하자고 찾아왔다. 그런 뜻이니 응해줘야 하지 않나.

'어머니……. 후후!'

'오지 말았어야지.'

'후후후! 오게 만들어놓고 오지 말라면 되겠소. 너무 늦게 와서 미안하외다.'

'지금이라도 돌아가라. 돌아가는 게 좋아.'

그들은 소리없는 말을 주고받았다.

여인의 나신에 옷을 입히는 손길이 매우 자연스럽다.

그림을 그리는 화가의 손길처럼, 악기를 탄주하는 악공의 손가락처럼……. 가만히 보고 있자니 마치 자신에게 옷을 입혀주는 착각까지 생긴다.

"색골이 따로 없네."

팽가연이 중얼거렸다.

말을 하지 않았다 뿐이지 다른 사람들도 같은 생각이다.

천요루주는 옷을 벗기고 있는 게 아니라 입혀주고 있다. 하지만 그 모습이 꼭 벗기는 것처럼 느껴진다. 너무 능숙하고 자연스러운 손길에 뱀이 허물을 벗듯이 스르륵 흘러내린다.

단순히 옷만 입히는 것뿐인데 그런데도 루주는 색(色)에 대해서 아주 능숙해 보인다.

또 그런 점이 이상하지도 않다.

그는 기루의 주인이 아니던가. 여성 편력이 다양할 것이라는 것쯤은 짐작 가고도 남지 않은가.

천요루주는 옷매무새까지 꼼꼼하게 챙겨준 후에야 몸을 돌렸다.

"아!"

"음……!"

누가 터뜨렸는지 모를 탄성들이 나직하게 울려 나왔다.

천요루주의 얼굴은 예상했던 것과는 완전히 딴판이다.

소문을 들었기 때문에 잘생겼을 것이라고 생각했지만 그보다 훨씬 더하다. 미공자(美公子), 아주 빼어난 미공자라고 말해도 약간은 부족한 것 같다.

천요루주가 마차에서 내려와 포권지례를 취했다.

파팟!

천요루주와 가모 사이에 심상치 않은 눈길이 오갔다. 하지만 그런 점에 신경을 쓰는 사람은 없었다.

"저 아이가 고통을 너무 호소하기에 실례를 무릅썼습니다. 용서하십시오."

순간, 아무도 예상하지 못한 일이 벌어졌다.

쉐엑! 쫘악!

가모의 손이 허공을 번뜩이더니 루주의 빰을 사정없이 후려 쳤다.

루주는 피하지 않았다.

피하지 않은 것일까, 피할 수 없었던 것일까?

가모는 동남(東南) 절강성(浙江省) 금화부(金華府)의 명문(名門)인 금화산(金華山) 금검문(金劍門) 출신이다. 현(現) 금검문 주(金劍門主)의 누이이며, 사십팔로(四十八路) 무수검법(撫綏劍法)의 유일(唯一) 전인(傳人)이다.

그녀의 무공은 팽가 고수들마저 함부로 대할 수 없을 정도 로 지고하다.

그럼에도 불구하고 그녀는 변변한 별호조차 없다. 강호(江湖)의 시비에서 벗어나 있었기 때문이다. 절에 틀어박혀 세상 에 나서지 않은 스님처럼 금검문이라는 울타리 안에 틀어박혀 서 오직 무공 수련에만 매진해 왔다. 평생!

그녀는 무공밖에 모르는 순둥이다.

강호의 음모나 험계, 중상모략 같은 것은 생각지도 못한다.

그런 노력이 있었기 때문에 사십팔로 무수검법이라는 절학 의 유일한 전인이 될 수 있었다.

가모가 작심하고 손속을 떨쳐 냈다면 한낱 루주로서는 피하 기 어려웠으리라.

하지만 그런 것 같지는 않다. 고개가 홱 돌아갈 정도로 매섭 기는 했지만 큰 타격은 없어 보인다. 만약 진심으로 가격했다면 턱뼈가 부러져 나갔을 게다.

"여기가 어딘 줄 알고!"

가모의 일갈이 쩌렁 울렸다.

매섭다. 차갑다. 찬바람이 휙휙 분다. 단언컨대 그녀가 보여 준 모습 중에서 가장 날카로운 모습이다.

"제가 오기 전에… 해결해 주셨더라면 좋았을 뻔했습니다."

따귀를 맞은 탓일까? 천요루주의 음성이 가늘게 떨렸다.

살을 만졌다.

살결의 감촉이 매우 부드럽다. 마치 자신의 살을 만지는 것처럼 이질감이 느껴지지 않는다.

이것이 자식의 살인가.

살이 닿았다.

따귀의 아픔보다 살의 감촉 때문에 눈물이 핑그르르 돈다.

이것이 어미의 손길인가.

쒜엑! 쫘악!

두 번째 따귀가 작렬했다.

"말대꾸하지 마라. 물을 때만 대답하라. 감히 네놈 같은 하류잡배가 대팽가를 농락하는 것이냐!"

가모의 음성에 서릿발이 맺혔다.

그녀의 뒤에 시립해 있던 호법은 물론이고 팽가연과 흑의여인들까지 놀란 표정을 지었다.

가모가 언제 이렇게 화낸 적이 있던가?

그녀가 팽가에 들어와서 생활한 것이 십 년은 훌쩍 넘었다. 서른 후반에 가주와 혼인하여 쉰을 바라보는 나이가 되었으니 강산이 변할 만큼의 세월이 흘렀다.

그동안 그녀는 화라는 것을 내본 적이 없다.

요조숙녀(窈窕淑女), 현모양처(賢母良妻)의 표본이다. 그 외에 다른 모습은 전혀 생각할 수 없다.

그랬던 가모가 처음으로 화를 냈다. 무섭게! 용암이 분출하듯이 뜨거운 분기를 토해낸다.

그녀가 사람을 때린 것도 이번이 처음이요, 입에 '놈' 자를 올린 것도 처음이다.

천요루주는 말씀을 따른다는 뜻으로 허리만 숙였다. 그러자,

쒜엑! 쫘악! 쒜에엑! 쫘악!

연이어 두 번이나 따귀가 올려쳐졌다.

'오지 말았어야지! 오지 말았어야지!'

강한 분노, 강한 힘을 손길에 담았다.

놈은 충분한 힘을 길렀다고 자신했기에 찾아왔을 게다.

그 힘이 무엇인지 알고 싶지 않다. 나름대로 만반의 준비를 갖췄겠지만 그 또한 알고 싶지 않다.

어떤 힘, 어떤 준비를 했든 간에 계란으로 바위 치기다.

그것만은 알려주고 싶다.

이런 행동이 그동안 하북팽가에서 쌓은 성덕(聖德)에 흠이

된다는 것은 안다. 모두들 놀란 표정을 짓고 있는데 모를 리 있겠나. 하지만 단 한 번만이라도 소위 '어미의 은혜'라는 것을 베풀고 싶다.

'살을 만지지 말아야 했어. 그냥 남에게 맡기는 것이 더 좋을 뻔했어.'

이번에는 천요루주도 버티지 못했다. 뒤로 한 발 밀려나며 상반신을 크게 휘청거렸다.

입가로 붉은 핏물이 주르륵 흘러내린다.

가모는 작심하고 때렸다.

처음에는 단순한 손찌검에 불과했지만 방금 전에 때린 따귀에는 진기가 깃들어 있었다.

"네놈 따위에게 인사를 받을 일 없다. 예(禮)도 차리지 마라."

"알겠습니다."

천요루주가 꼿꼿이 선 채 말했다.

말을 할 때마다 핏물이 줄줄 흘러내렸다. 입안만 찢어진 것이 아니라 이빨까지 상한 것 같다.

가모가 말했다.

"지금부터 네 죄를 다스린다."

천요루주의 입꼬리가 살짝 비틀어졌다.

아주 잠깐 스쳐 지나간 웃음. 하지만 가모를 비롯해서 보는 사람이 똑똑히 지켜볼 정도로 분명했다. 부지불식간에 지은

웃음이 아니라 고의적인 비웃음이다.

웃음은 말한다.

'하고 싶은 대로!'

가모는 눈을 가늘게 뜨면서 말했다.

"감히 이곳을 찾아온 죄는 따귀로 대신했으니 불문에 부친다. 하지만 지금부터 거론하는 죄는 매로 다스리겠다. 너라는 축생(畜生)을 인간으로 만들어주는 매이니 달게 받아라."

가모는 뒤에 서 있던 호법을 쳐다봤다.

가모의 호법 팽효문(彭曉雯)이 앞으로 나섰다. 그의 손에는 연무할 때 사용하는 목도(木刀)가 들려 있었다.

팽효문이 말했다.

"꿇어라. 꿇기 싫으면 저항해도 좋다."

팽효문은 오호단문도의 기수식(起手式)을 취했다.

그래도 한가락 잔재주를 지녔으니 팽가를 찾아온 게 아니겠는가.

호랑이는 토끼를 잡을 때도 최선을 다한다. 기루의 잡배에 불과한 자일지라도 싸움을 아는 놈이니 방심하면 안 된다.

그런데 천요루주는 순순히 무릎을 꿇었다.

이것은 아무도 예상하지 못했던 일이다. 팽효문이 무엇을 할지 익히 예상된다. 그런 마당에 누군들 억울하기 짝이 없는 공매를 순순히 맞겠는가.

천요루주는 무릎을 꿇고 앉아서 눈을 감았다.

"저 아이가 고통을 호소했다고 했느냐!"

가모의 추궁이 시작되었다.

"그렇습니다."

"그래서 추궁과혈을 해줄 수밖에 없었다고 했느냐!"

"그렇습니다."

"추궁과혈을 하느라고 예도 차리지 못했고?"

"그렇습니다."

"넌 예의도 차리지 못할 정도로 다급한 환자를 마차에 실어 왔다. 저 여인이 괴로워도 상관없다는 게냐! 고통보다 금전에 대한 욕심이 앞서더냐!"

말도 안 되는 꼬투리다. 억지로 갖다 붙인 이유다.

지금이라도 물러갈 수 있다. 이제 그만 물러가겠다는 의사 표시만 한다면…….

루주의 입꼬리가 비틀린다.

두 사람은 서로의 의중을 확인했다.

'끝을 봐야 끝나겠어.'

루주가 담담한 음성으로 말했다.

"제가 잘못했군요."

"저 아이의 고통을 느껴봐라. 닷 대!"

가모도 담담하게 말했다.

이제 격동은 필요없다. 옛 기어도, 추억도 지워 버린다. 혈 육의 애잔함도 잊는다. 복수의 칼을 든 자와 방어하는 자만 남는다.

'그래, 네가 준비한 수… 써봐라. 재롱을 떨어봐. 뭘 하려는지 구경이나 해보자꾸나. 호호!'

가모의 말에 목도를 들고 있는 팽효문이 움찔했다. 정말 닷대를 때리느냐고 눈으로 물었다.

가모는 감정이 개입되지 않은 딱딱한 표정으로 재촉했다.

어서 때려!

이건 너무 심하지 않나. 잘못한 것은 팽효뢰이지 이자가 아니지 않은가. 억지. 가모가 따귀를 때리면서 하는 말도 억지고 죄를 묻는 것도 억지다.

하지만 팽효문은 목도를 들었다.

"뼈마디 부러지지 않게 잘 맞아라."

"……."

천요루주는 대답하지 않았다. 눈을 감은 채 묵묵히 매를 기다렸다.

쒜엑! 따악!

목도가 등짝에 작렬했다.

루주는 고통스러운 듯 얼굴을 찡그렸다. 상반신을 휘청거렸고, 두 손으로 땅을 짚기까지 했다.

진기를 가미하지는 않았지만 목도 자체가 상당한 타격을 준다.

'이왕 맞을 바에는…….'

쒜엑! 따악! 쒜엑! 딱! 쒜엑!

팽효문은 남은 네 대를 연달아 후려쳤다.

"꺼억!"

루주가 격한 신음을 토해냈다.

그는 철인(鐵人)이 아니었다. 살과 피로 이루어진 인간이었다. 도법으로 다져진 하북팽가 무인의 목도를 맨몸으로 받아내기에는 무리일 수밖에 없다.

가모는 그것으로 끝내지 않았다.

"벌써 소문이 번졌다고 했느냐!"

"그렇습니다."

"루주로서 손님을 어떻게 챙긴 것이냐! 기본이 은자 석 냥이라! 호호호! 그만한 대가를 지불하고 술을 마실 정도라면 자잘한 실수쯤은 감싸줄 수도 있어야 하는 것이거늘!"

"밀씀을 듣고 보니 그것도 제가 잘못했군요."

천요루주는 약간 허리를 굽혀서 등을 댔다.

"닷 대."

"가모."

팽효문이 불가하다는 표정을 지었다.

때리지 않으면 모를까, 일단 목도를 들어 올리면 죄를 다스리는 심정으로 내려친다.

거기에는 일말의 사정도 담기지 않는다.

먼저 때린 다섯 대로 루주의 등짝은 해질 대로 해져 버렸다. 살이 찢어져서 피가 흘렀다. 뼈외 근육에 빚은 충격도 한 달 동안은 정양을 해야 할 정도로 중하다.

팽가 무인에게 목도와 살도(殺刀)를 구분한다는 건 의미없다.

"닷 대!"

가모가 싸늘하게 일갈했다.

"다섯 대를 한 대처럼 맞아라. 그럼 조금은 나을 터이니."

팽효문은 말을 하면서도 이자가 과연 자신의 말을 알아들을지 확신이 서지 않았다.

무인은 상처를 입는 경우가 다반사다. 가벼운 경상에서부터 움직일 수 없을 정도의 중상까지 다양한 상처가 기다린다. 그리고 그런 상태에서도 싸워야 할 때가 있다.

어떻게 할 것인가?

무조건 이겨내야 한다. 신경을 분산시켜도 좋고, 육제를 망각하는 방법도 좋고, 집념(執念) 같은 정신적인 문제에 몰입하는 것도 좋은 방편이다.

아픔을 망각해야 한다.

팽효문은 자신이 해줄 수 있는 일이라고는 그저 빨리 때려주는 것밖에 없다고 생각했다.

쌕! 따악! 쒜엑! 따악! 쉑!

다섯 대가 순식간에 터졌다.

"끄으으으윽!"

루주는 고통스러운 신음을 내지르며 허리를 숙였다. 목도가 작렬할 때마다 한 치씩 숙여갔다.

마지막 다섯 대가 떨어졌을 때, 루주는 더 이상 견디지 못하고 땅에 머리를 처박고 말았다.

살이 부들부들 떨린다. 손끝이 파르르 떨린다. 하반신은 경
련이 일어나는지 풀썩거린다. 입고 있는 옷은 붉은 물감을 들
여놓은 듯 시뻘겋다.

그래도 가모의 음성은 냉랭했다.

"할 말이 있느냐?"

이 순간만큼은, 천요루주를 만나는 순간만큼은 인자함을 찾
아볼 수 없었다.

"외상값을 주시겠습니까?"

천요루주는 어느새 평온을 되찾았다. 무심한 표정, 딱딱한
어조. 등에서 치미는 고통을 참느라고 이마에 핏발이 섰지만
겉으로 내색하지는 않았다.

이빈에는 가모도 트집을 삽지 않았다. 이 정도면 됐다는 듯
이 고개를 까닥거렸다.

팽효문이 품에서 작은 전낭(錢囊)을 꺼내 홱 던졌다.

천요루주가 떨어지는 전낭을 낚아챈 후 마부에게 건네주었
다.

"확인!"

어처구니없는 말이 루주의 입에서 흘러나왔다.

그토록 어이없는 공매를 맞았는데 아직도 정신을 차리지 못
했단 말인가.

한데 웃기 것은 루주의 말대로 마부가 전낭을 열이 은자를
확인한다는 것이다. 분위기가 살얼음판을 걷는 듯 조마조마한

데, 자신과는 상관없다는 듯이 주머니를 열고 은자를 일일이 헤아렸다.

"하나, 둘, 셋…… 아홉, 열. 헤헤! 맞네."

그때, 루주가 또 한 번 기막힌 이야기를 했다.

"저 아이에게도 보상을 해주서야겠습니다."

그는 웃지 않았다. 인상을 찡그리지도 않았다. 무표정한 얼굴로 단순한 일 처리를 하듯이 가모를 대했다.

"호호호! 저 아이… 그래야지. 당연히 보상해 줘야지. 그건 우리가 알아서 하마. 치료도 우리가 직접 해줄 것이고 보상도 해줄 터이니 놓고 가라."

"알겠습니다."

천요루주가 꿇었던 무릎을 펴고 일어섰다.

그는 당연히 받을 것을 받으러 왔다. 하지만 힘있는 자가 위세로 찍어 눌렀다. 말 같지도 않은 트집을 잡아서 몽둥이찜질을 했다.

이상한 일은 아니다.

세상 어디를 가더라도 이런 일은 흔히 벌어진다. 다만 하늘 위에 하늘 없고 인간 위에 인간 없다고 말하던 하북팽가에서 이런 일을 당했다는 게 의외일 뿐이다.

가주나 팽가오로가 나섰다면 이런 식으로 일이 처리되지는 않았을 게다.

그들은 절대로 매를 들지 않는다. 억지를 부리지도 않고 위세로 찍어 누르지도 않는다. 사실 이야기를 들어보고 합리적인 선에서 보상을 해준다.

그렇기 때문에 팽가오로가 고민했던 게 아닌가. 가주와 상의까지 해가면서 고심했던 게 아닌가.

가모의 처리 방식은 팽가의 이념과 다르다.

그래서 때리는 팽효문도 마음이 편치 않다. 지켜보는 팽가연도 미간을 찌푸린다. 천요루가 수작 부린 걸 생각하면 단단히 혼을 내줘야 마땅하겠지만 이런 식은 너무하다.

힘들게 몸을 일으킨 천요루주가 포권지례를 취하며 말했다.

"여러 가지로 생각해 주신 점, 감사합니다. 저 아이를 놓고 가라는 분부도 기쁜 마음으로 받들겠습니다. 제가 살펴봤을 때, 두 달 정도는 치료를 받아야 될 것 같은데 괜찮겠습니까?"

"알았다. 치료해 주마."

"그러면 셈은 어찌하올지?"

"……"

"저 아이는 저희 기루에서도 상기(上妓)입니다. 하루에 은자 열 냥은 보장된 아이지요. 두 달이면 육백 냥인데… 전표(錢票)로 끊어주시겠습니까?"

"하!"

지켜보던 팽가연이 혀를 찼다.

방금 전까지만 해도 천요루주가 불쌍해 보였는데, 말 한마디에 측은지심(惻隱之心)이 싹 가셨다.

등에서 흘러내린 피가 바지를 적시고 있다.

얼굴은 하얗게 질리고, 눈에는 핏발이 서 있다. 입술은 바짝

마르고, 몸은 부들부들 경련을 일으킨다.

그런 몸으로 기껏 한다는 말이 떼쟁이처럼 떼를 쓰는 일인가.

그런데 가모의 표정에는 웃음기마저 어렸다.

다시 봤을 때는 냉랭한 표정으로 돌아가 있어서 잘못 본 게 아닐까 싶기도 하지만 놀랍다거나 불쾌한 표정은 아니었다. 단지 얼음처럼 찼다.

그런데 천요루주가 대답을 기다리지 않고 말했다.

"아니, 아닙니다. 은자 육백 냥… 선물로 드리겠습니다."

"뭐라! 선물로 준다?"

"태중이신 것 같은데, 약소하나마 뱃속에 있는 도련님께……."

루주는 말을 끝맺지 못했다.

쐐엑! 쫘아아악!

허공을 찢는 파공음이 울렸다. 그리고 따귀를 때릴 때와는 상대가 되지 않는 격타음이 터졌다.

가모가 신형을 날리면서까지 손을 썼다.

루주는 실 끊어진 연처럼 나가떨어졌다. 그리고 일어서지 못했다. 왼쪽 논두렁에 처박혀서 꿈쩍도 하지 않았다. 죽었는가? 그럴 수 있다. 하지만 살았다.

가모가 석상(石象)처럼 꿈쩍도 하지 않고 서 있는 마부에게 말했다.

"깨어나거든 전해라. 보름 시간을 준다. 천요루를 정리하고 하북에서 떠나라. 앞으로 팽가와 천요루는 한 하늘 아래 공존할 수 없다. 절대로! 보름이란 시간을 잘 이용해라. 나중에 무정하다 하지 말고."

말을 마친 가모는 찬바람 나게 뒤돌아섰다.

팽효문은 팽가연에게 어깨를 으쓱해 보인 후 가모를 뒤따랐다.

가모가 기루를 지극히 혐오하는 것을 오늘 처음 알았다. 혐오하는 정도가 아니다. 아예 죄악시한다. 그런데 거기에다가 십여 년 만에 잉태한 태아를 들먹였다. 입에 담지 말아야 할 소리를 했다. 지금 당장 살수를 쓰지 않은 것만도 다행이다.

가모가 돌아서자 마부가 재빨리 루주를 마차에 실었다.

"죄, 죄송했습니다."

그는 자신까지 해를 입을까 봐 걱정된다는 듯 연신 머리를 조아리면서 말 머리를 돌렸다.

"그 여자는 내려놔. 치료해 준다고 했잖아."

"아, 아닙니다. 이까짓 것 별거 아닙니다. 사실 이런 일, 한두 번 벌어지는 것도 아닌데… 루주가 잠시 정신이 회까닥해서. 두 번 다시 이런 일이 없도록 주의하겠습니다."

마부는 팽가연의 대답도 듣지 않고 급히 말고삐를 잡아챘다.

히히히히힝!

마차는 올 때의는 다르게 빠른 속도로 질주해 사라졌다.

일개 기루가 기침 소리만으로 나는 새도 떨어뜨린다는 무림 세가(武林世家)에 맞설 수는 없다.

천요루주는 외상값을 받으러 갔다가 목도 열 대를 얻어맞은 수모를 당했다. 그래도 어디에 하소연할 곳이 없다. 관(官)은 물론이고 무가(武家)조차 기루 편에 서지 않는다.

처음부터 천요루주가 건방졌다.

감히 팽가촌으로 마차를 타고 올 생각은 어떻게 했는가. 외상값을 달라니. 그것도 슬그머니 연통을 넣은 것이 아니라 외상 독촉하듯이 직접 받으러 갔다니.

죽지 않은 게 다행이다.

그러나 아무리 그렇다고 해도 근본 잘못은 팽효뢰에게 있다.

그가 외상술을 마셨고, 기녀를 두들겨 팼다. 옆에서 보기에 끔찍할 정도로 심하게 때렸다.

가모의 처벌은 방귀 뀐 사람이 성낸 것이나 다름없다.

"흠! 너무 심한 거 아니오?"

가주도 이런 결과가 벌어지리라고는 생각하지 못한 듯 딱딱하게 굳은 얼굴로 말했다.

"막돼먹은 자예요."

"흠!"

가주는 그 말밖에 하지 않았다.

가모의 돌발 행동은 모두에게 큰 충격을 주었다.

재미있겠다고 웃었던 팽가오로도 마찬가지다.

단순히 미워하는 것과 그로 인해서 사람을 파괴하는 것은 분명히 다르다.

가모는 천요루주를 파괴했다.

어쨌든 이미 엎질러진 물이다. 천요루주가 매 맞고 혼절한 상태에서 실려 갔다.

"이렇게 되면 삭초제근(削草除根)만 남은 것인가."

"허! 가모께서 그런 부분에 결벽증이 계셨구먼. 어쩐지 직접 처리하겠다고 하실 때부터 불안하기는 했는데……."

평생 앞에 나서는 일이 없던 사람이 자진해서 일을 맡을 때면 그만한 이유가 있는 법이다.

"가주, 결정을 내리셔야겠네. 이런 일은 빨리 처리할수록 좋지 않겠나."

그래도 가주는 신중했다.

"효뢰의 말을 들어봐야겠습니다."

술에 취해서 널브러졌던 팽효뢰는 저녁 시간을 훌쩍 넘긴 술시(戌時)에서야 의식을 차렸다.

"으음!"

그는 마음대로 움직이지 않는 몸을 억지로 일으켰다.

"내 도… 도……."

그는 정신이 혼미한 상태에서도 칼을 찾았다.

팽가오로 중 깡마른 노인이 칼을 집어 건네주었다.

슥! 차앙!

팽효뢰는 다짜고짜 칼을 뽑았다.

누구를 베고자 함은 아니다. 칼을 가슴 앞에 세우고 사방을 두리번거리면서 호흡을 조절하느라고 애쓴다.

정신이 없는 와중에서도 신변의 위협을 느낀 게다.

"암습이군."

키 작은 노인이 말했다.

"술에 취한 게 아니라 약에 취한 것인가. 후후! 천요루… 감히 수작을 부렸다 이 말이지."

얼굴에 웃음기가 없는 노인이 말했다.

팽효뢰는 함정에 빠진 맹수가 최대한 발악하는 모습을 보여준다. 칼을 뽑고, 어떻게든 진기를 끌어내려고 기를 쓴다. 진기가 쉽게 모이지 않으니 입술까지 깨물어 버린다.

본능적으로 자신이 위험에 처했다는 것을 직감한 게다.

사리 분별은 되지 않지만 정신을 수습해야 살 수 있다는 맹수의 본능이 꿈틀대고 있는 게다.

팽효뢰가 어떤 일을 당했는지는 대충 짐작된다.

정말 이해할 수 없는 것은 천요루주가 왜 이런 승산없는 일을 벌였냐는 것이다.

그가 얻어간 것이 무엇인가? 겨우 은자 열 냥이다. 기껏 찾아왔다가 본전도 뽑지 못하고 돌아갔다. 은자 한 냥에 목도 한 대를 얻어맞았으니 공돈을 벌어간 건 아니다.

일은 이것으로 끝나지 않는다.

팽효뢰가 어떤 말을 하느냐에 따라서 천요루의 존폐가 결정된다.

아니, 그것은 이미 결정되었다. 가모가 보름의 시한을 주었으니 그 안에 정리해야 한다.

팽가촌은 가모의 권위를 세워줘야 한다.

팽가촌이 이 일을 해주지 않으면 그녀의 권위는 땅에 떨어진다.

천요루주는 보름 안에 천요루를 정리하고 하북 땅을 떠나야 한다. 천요루주의 마음이 어떻든 그가 어떤 행동을 하든 천요루가 사라진다는 점에는 변함이 없다.

천요루주의 어설픈 장난과 가모의 냉엄한 심판이 맞물린 결과다.

"방명(芳名)을 여쭤도 되겠소?"

"월아(月娥)예요."

"월아? 평범한 이름은 아닌 듯싶소만."

"천요루에 있어요. 어멋! 놀라셨어요?"

청초한 매력에 두 번, 세 번 눈길을 주게 만드는 여인.

술과 노래와 춤보다는 시(詩)와 담론(談論)이 어울릴 법한 분위기를 풍기는 여인.

월아는 가녀린 참새를 떠오르게 만든다.

살짝 보듬어 안기만 해도 부끄러움에 파르르 떨 것 같다.

그런 그녀가 천요루의 상기(上妓)다.

놀랐느냐며 묻는 얼굴에는 장난기가 가득하다. 순진함이 가득 묻어 있는 눈길에 쓸쓸함이 스쳐 간다.

팽효뢰는 안타까움이라는 말뜻을 처음으로 알았다.

이 여인이 뭇 사내에게 술을 따른다. 노래를 부르고, 춤을 춘다. 방사(房事)를 한다.

"천요루라면… 놀러 가면 만날 수 있겠군."

"오지 마세요."

"……?"

"절 한 사람의 여인으로 생각하고 말을 거신 거잖아요. 이런 기분 좋아요. 깨고 싶지 않아요. 공자님이 마음에 안 들면 오건 말건 상관없는데… 오지 마세요."

팽효뢰는 갔다.

천요루의 월아는 그가 만난 월아와 달랐다.

극에서 극으로 변형이 이루어졌다. 청순함이 사라지고 관능미만 꿈틀거린다. 옷섶을 살짝 풀어헤치고 도발적인 눈빛을 보내온다. 강렬한 유혹을 담는다.

사내가 할 일은 아무것도 없다.

코앞에서 흐느적거리는 여인을 황홀하게 바라보기만 하면 된다.

갈증이 치밀면 입에 술이 넣어지고, 욕념이 솟구치면 나긋나긋한 육신이 휘어감아 온다.

팽효뢰가 기억하고 있는 것은 여기까지다.

어제 만나서, 술을 마셨고, 기억을 잃었다.

"미인계(美人計)인가? 홈! 마음을 단숨에 휘어잡았다…….
사전에 네 취향을 낱낱이 파악하고 있었다는 뜻인데… 오래전
부터 관찰해 왔다? 허허! 이거야…….”

생각이 난관에 부딪쳤다.

천요루주가 도대체 왜 이런 짓을 했느냐 하는 대목에 이르
면 생각이 뚝 끊겨 버린다.

무지무지하게 심심한 인간이 몰매라도 한번 맞아볼까 하는
심산이라면 모를까, 아니, 그것도 아니다. 그러기에는 사전 공
작이 너무 꼼꼼하다.

팽효뢰를 기루로 끌어들이는 데 어떠한 무리도 없다.

그가 팽가촌을 나설 때, 그 누구도 오늘 같은 사태를 짐작하
지 못했다.

평생 검만 보고 내달려 왔던 무인이 한 여인을 보고 이성을
잃었다.

그녀가 기녀라고 신분을 밝혔음에도 불구하고 여인에 대한
호기심이 가시지 않았다.

미인계, 그것도 고도의 미인계다.

이런 미인계에 아무런 목적이 없을 리 있나.

가주가 말했다.

"어쩔 수 없이… 뿌리를 뽑아야겠군요. 기왕 손을 대야 한다
면 신속하게, 정확하게. 실수가 있어서는 안 되겠지요. 사숙(四
叔)께서 맡아주십시오.”

가주의 눈길이 팽가오로 중 가장 냉혹하다는 네 번째 숙부 음도냉살(陰刀冷殺) 팽청치(彭清淄)에게 꽂혔다.

*　　　*　　　*

그 시간, 마부는 부리나케 마차를 몰았다.

"내 이럴 줄 알았다니까! 아니, 세상에! 매 맞아 죽을 자리로 기어들어 가는 인간이 어디 있어! 어휴! 저렇게 살아 돌아온 것만 해도 다행이지."

"계속 투덜거릴 거야?"

"전생에 매 맞아 죽지 못한 귀신이라도 있나. 왜? 아예 검을 들고 싸우지. 도대체 이게 뭔 짓이래."

"귀 따가워."

"미친……."

"방금… 욕한 거야?"

"그래! 했다! 어쩔래!"

"좋은 세상이다. 마부가 루주에게 욕지거리도 하고."

"콱! 퉤! 미친놈 같으니."

마부가 거칠게 가래침을 뱉었다.

팽가촌은 잠자는 용이다.

평화로운 마을은 늘 고요하다. 산속에 자리 잡은 사찰보다도 적막하다. 사람들이 살고, 움직이고, 활기차게 생활하지만 한가로운 시골의 저녁 풍경을 보듯이 편안함을 안겨준다.

팽가 무인들은 다투지 않는다.

다툴 만한 시빗거리는 알아서 피한다. 사람들이 시빗거리를
제공하지도 않지만, 그들 스스로도 늘 몸가짐을 조심한다.

무공만 강하다고 명가(名家)가 되는 게 아니다. 재산만 많다
고 되는 것도 아니다. 강한 힘과 더불어서 겸손한 미덕도 갖추
어야 한다. 현명한 판단으로 사람들을 영도해야 한다.

루주는 그런 곳에 평지풍파를 일으켰다.

용이 잠자는 굴에 들어가서 수염을 뽑았다. 그리고 어서 빨
리 일어나서 확 깨물어보라는 듯이 도발까지 했다.

살아남은 게 용하다.

아니다. 아직은 안심하기 이르다.

이공자가 깨어나고, 저간의 사정이 밝혀지면 지금까지와는
전혀 다른 분위기가 형성된다. 그때는 아무리 인의한 팽가촌
이라고 할지라도 징계(懲戒)의 매를 들 것이다.

대책이 있는 것도 아니다. 팽가촌에 맞서 싸울 만한 무공이
나 문파 같은 것이 있을 리 없다.

무모한 짓을 했다.

마부는 고개를 절레절레 흔들었다.

루주는 옆에만 있어도 한기를 느낄 정도로 차디찬 냉혈한인
데, 가끔가다가 이렇게 이해하지 못할 짓을 한다.

"워! 워!"

마부는 또 다른 마차가 세워신 곳에시 미차를 세웠다.

"피하지는 못할 것이다."

마차 안에서 루주의 음성이 들렸다.

"네."

월아가 다소곳이 대답하는 소리도 들렸다.

"넌 있는 그대로만 토설해라. 해는 입지 않을 것이야."

"네."

"운 좋게 잡히지 않는다면… 내가 할 말은 아니다만…… 넌 꽃이 아니다. 꽃은 잊어라. 술도 노래도 춤도 그리워하지 마라. 기녀의 화려함이란… 그건 네가 잘 알 테니. 이거면 그리 큰 고생은 하지 않을 게다. 잘살아라."

"루주님."

월아가 격앙된 음성으로 루주를 불렀다.

'웬일이래?'

마부도 자신의 귀를 의심했다.

루주가 이렇게 다정할 때도 있었나? 아니, 이건 자상하다고 해야 하는데……. 하! 루주가 자상한 마음으로 누굴 챙길 때도 있다니, 정말 세상은 오래 살고 볼 일 아닌가.

"절강(浙江) 삼원(三元)이 제 고향이에요. 버드나무가 많아서 류촌(柳村)이라고……. 시간… 안 나시겠죠?"

"이 생활, 다 잊어라. 이 생활을 하면서 배운 재주, 만난 사람들 모두 싹 잊어라."

"네."

"가봐."

"네."

삐걱!

마차 문이 열리며 온몸이 멍투성이인 여인이 내렸다. 하나 그녀는 그냥 돌아서지 못했다.

"루주님, 혹시라도 시간이 되시면……."

"……."

루주는 대답하지 않았다.

"이것아, 그냥 가."

보다 못해서 마부가 말했다.

몇 마디 해준 것만도 놀랄 일이다. 루주가 충고 같은 것도 해줄 수 있다는 사실을 새삼 알았다.

월아는 루주를 쳐다보다가 긴 한숨을 내쉬었다.

루주에게서 대답을 듣기는 틀렸다. 그는 마치 목석이라도 된 듯 차갑다.

그녀는 마부에게 말을 건넸다.

"오라버니, 고마웠어."

"잘살아, 이것아."

"잘살아야지."

그녀는 절룩거리는 걸음으로 대기하고 있던 마차에 올랐다.

"어이구, 저거… 저거, 저거, 저거, 아무래도 이 물 다시 먹겠다. 술, 노래, 춤은 잊어도 루주는 못 잊겠지! 제길! 요즘 왜 이렇게 미친 것들이 많아. 몸뚱이가 누구 때문에 박살 났는데, 뭐? 삼원이 제 고향이에요? 시간 안 나셨죠? 빌어먹을! 야이 미친년아, 정신 똑바로 차리고 착한 놈 물어 잘살아. 그게 남는 거야!"

"알아. 이 생활 몇 년인데."

월아가 뒤돌아보며 싱긋 웃었다.

"안다는 년이 울상을 하고 떠나냐!"

"루주님이 노상 하는 말 있잖아, 어떤 건 시간이 흘러도 지워지지 않는다고. 루주님과 함께 있어서 정말 행복했는데 어떻게 잊으라고. 이제는 추억이니 더 못 잊을 거야. 그래도 가야지. 오라버니, 시간 나면 들러."

고통 때문에 멍든 얼굴이 일그러졌다. 그러나 검은 입술 사이로 가지런하고 고운 이빨만은 하얗게 빛났다.

"빈말인 것 알아, 이것아! 어서 가!"

마부가 빨리 가라고 손짓했다.

"쟤가 숨을 수 있을까?"

"……"

루주는 대답하지 않았다.

"잡히겠지?"

"별 탈 없어."

"정말 별 탈 없을까?"

"별 탈 없다니까."

"제길! 뭘 믿고 그렇게 큰소리치는 건데?"

마부가 신경질적으로 말했다.

공자와 기녀의 관계는 참으로 복잡하다. 또 아주 단순하다. 좋을 때는 물불 안 가리고 불꽃을 태운다. 그때는 아주 복잡하다. 이것저것 걸리는 것도 많고 주는 것도 많다. 하지만 돌아설 때면 언제 그랬냐 싶게 냉정해진다.

그들은 필요에 의해서 만난다.

공자는 기녀의 재주와 육신을 탐내고, 기녀는 돈을 탐낸다.

간혹 인간을 흠모해서 사달이 나는 경우도 있지만 사실 그런 경우는 그리 많지 않다. 또 그런 경우라면 어렵기는 해도 해결책이 있다.

기녀와 공자.

어느 한쪽이 필요하지 않게 될 때 그들 관계는 끝난다.

하기(下妓)의 경우에는 공자 쪽에서 떨어져 나가는 경우가 많고, 상기의 경우에는 반대가 많다.

필요가 없으면 멀어진다.

그런 관계를 모르고 만난 건 아니다. 만나면서도 늘 머릿속에는 그런 생각을 가지고 있다.

얘가 웃고 있지만 돈이 떨어지면 쌀쌀맞게 변하겠지?

지금은 나를 탐내지만 긴 밤이 지나고 나면 다른 꽃을 향해 날아가겠지?

그런 상황을 모르는 게 아니지만 그래도 버려지는 것은 아프다. 아무리 화류계 생활에 이골이 난 기녀라 할지라도 자존심이 상하게 된다. 물론 공자의 경우도 마찬가지다. 그리고 알게 모르게 질투와 보복이 따르게 된다.

이공자의 경우 월아에게 당한 아픔, 배신, 충격이 증오로 변해 있을 게다.

무인의 자존심을 건드린 기녀라…….

루주의 보호 아래 있어도 목숨이 간당간당한데 루주는 그런 그녀를 마차에 태워 보냈다.

죽으라는 말? 성동격서(聲東擊西)? 월아에게 이목을 집중시키고 빠져나가려는 수작?

마부는 그렇게 생각하지 않았다.

그가 알고 있는 루주는 자신의 안위를 위해서 타인을 희생양으로 내놓을 사람이 아니다. 다른 점은 몰라도 그것만은 누구에게도 확실하게 말할 수 있다.

"잡힐 거 빤히 알고 안쓰러워서 몇 마디 해준 거 아냐! 차라리 잡힐 것 같으면 혀를 빼물고 죽으라고 하지 그랬어!"

"아무 탈 없다고 했잖아."

"뭔 배짱으로 그렇게 말하는지 모르겠다만… 에라, 모르겠다! 끼랴! 끼랴!"

그는 죽을힘을 다해서 마차를 몰았다.

지금 당장은 서둘 필요가 없다. 적어도 이삼 일 동안은 아무런 탈이 없을 것이다. 그러나 팽가촌을 건드렸다는 압박감이 마음을 조급하게 만든다.

그는 채찍을 힘차게 휘둘렀다.

"끼랴! 끼랴!"

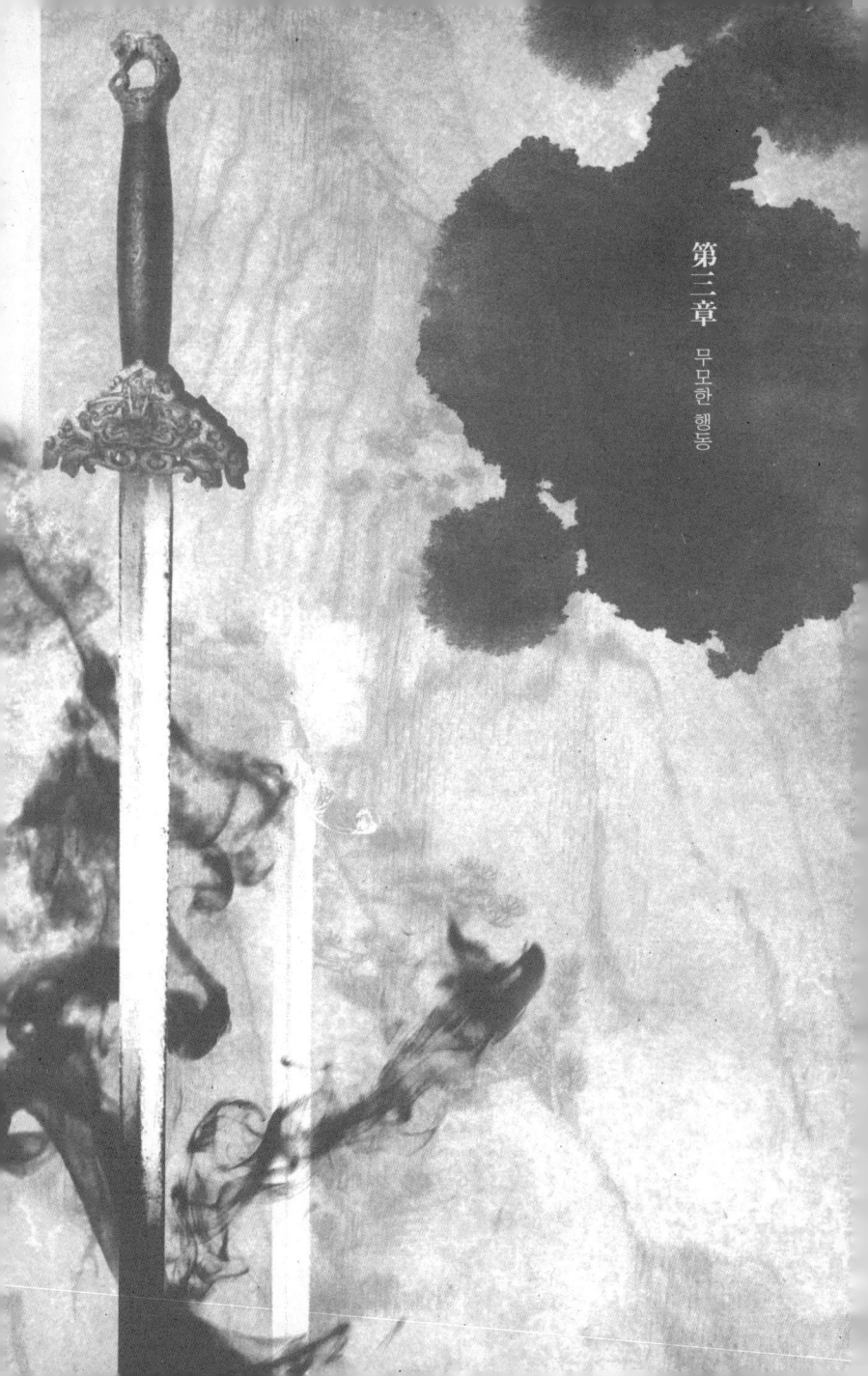

第三章

무모한 행동

1

기루는 낮과 밤이 반대다.

사람들이 기지개를 켜며 일어나는 시간에, 그들은 술에 쩐 몸을 침상 속으로 들이민다. 사람들이 하루 일과를 마칠 때, 그들은 깊은 밤을 준비한다.

기루의 아침은 초저녁이다.

그러나 단 한 군데, 천요루만큼은 정오 무렵부터 부산하다.

기루에서 유흥을 즐기기에는 거리가 먼 사람들, 하인이나 몸종으로 생각되는 사람들이 부산하게 들락거린다.

술자리를 예약하기 위해서다.

하루 기본이 은 석 냥이라는 말은 그늘에게 아무런 영향도 미치지 못한다. 은 석 냥이 아니라 열 냥이라고 할지라도 망설임없이 이용했을 부유층이다.

오시정(午時正)에서 시작된 움직임은 오시말(午時末)이면 끊어진다.

단 반 시진 만에 모든 예약이 끝난다.

이것이 통상적인 일상이었는데…….

"뭐야? 왜 개미새끼 한 마리 얼씬거리지 않아?"

콧수염을 기르고 오른쪽 볼에 사마귀가 있는 자가 어이없다는 표정을 지으면서 말했다.

"흐흐! 내 말했잖냐. 사람이 말을 하면 좀 믿어라."

마부가 능글맞게 웃으며 말했다.

"믿긴 믿는데… 그래도 하루 정도 시간을 줄 줄 알았지."

"바랄 걸 바라라. 팽가들이 어떤 놈들인데 시간을 줘. 우린 단단히 미운털 박혔다니까. 아! 루주는 왜 되지도 않은 짓을 벌여서 잘살고 있는 사람들 이 모양을 만드는 거야!"

"네가 언제 잘살았는데?"

"지금 잘살잖아!"

"그러니까 대머리지. 너무 공짜를 밝히면 안 돼."

점소이 복색을 하고 있는 중년인이 예약 장부를 접으며 말했다.

"야, 이놈아, 그래서 넌 난쟁이 똥자루냐!"

마부가 점소이의 머리를 쓰다듬었다.

점소이는 일어선 키가 보통 사람의 어깨 높이 정도밖에 되지 않는다.

"미련해서 뚱뚱하고, 공짜 밝혀서 머리 벗겨지고… 너보다
는 내가 인기다."

"그러서?"

"어젯밤에 내 침상에 누가 들어왔는지 아냐?"

"……!"

"호호!"

"너, 설마……!"

"꽃봉오리 떨어졌다. 다른 꽃 골라라."

점소이는 장부를 옆구리에 끼고 태연히 걸어갔다.

마부는 얼굴이 발갛게 상기되어서 씩씩거렸다.

"이년을 그냥……. 내가 공들인 게 얼만데! 그래, 난 똥줄 타
고 있을 때 이 집것들은 그 짓 하고 있었단 말이지! 이 한주먹
거리도 안 되는 것들이!"

보름 안에 천요루를 정리하라!

직접 두 귀로 듣고도 믿기 힘든 소문이 단 하룻밤 만에 북경
을 휘저었다.

소문의 진원지(震源地)는 밝혀지지 않았다. 하지만 하북팽
가와 연관이 있다는 말까지는 흘러나온 상태다.

하북팽가의 명이라면 절대적이다.

이니 땐 굴뚝에 연기 날 리 없으니 저간의 사정이야 어떻든
천요루가 문을 닫을 건 뻔해 보인다.

사람들은 천요루를 지켜봤다.

일단 예약하러 오는 하인이나 몸종이 전혀 없다. 말 그대로 개미새끼 한 마리 얼씬거리지 않는다.

천요루의 밤은 휘황찬란하다.

온갖 문양을 한 오색등 천여 개가 일제히 사방을 밝힌다. 기루 전체가 활활 타오르는 것 같다.

그 모습 또한 북경의 일절(一絕)이다.

오늘도 불은 밝혀졌다. 하나 사람이 얼씬거리지 않는다. 초저녁부터 늦은 밤까지, 얼큰하게 취해서 비틀거리는 취객까지도 천요루에는 발을 들여놓지 않는다.

손님이 뚝 끊겼다.

"해도 해도 너무하는군. 이렇게까지 할 필요가 있나?"

점소이가 투덜거렸다.

아니, 그는 점소이가 아니다. 마부와 더불어서 루주의 양팔 중 한 팔인 흑풍견주(黑風犬主) 호강평(胡江萍)이다.

그가 흑풍견주라고 불리는 것은 대단한 위용이 있어서가 아니다. 흑풍이라는 사람만 한 큰 개를 기르기 때문에 불린 이름이니 뜻을 살피면 개 주인이라는 의미다.

하나 그는 그런 별호를 좋아한다.

흑풍을 워낙 사랑하고, 별호 끝에 주(主) 자가 들어가니 루주와 동급이라고 우겨대기도 한다.

호강평이라는 이름은 불리지 않는다.

사실 천요루에서도 그의 이름을 아는 사람은 다섯 손가락을 넘지 않는다.

그는 호가(胡軻)라고 불린다.

그의 우상인 전국시대(戰國時代)의 전설적인 자객(刺客) 형가(荊軻)의 이름을 본뜬 것이다.

그는 잔재주가 많다. 이것저것 잡다한 상식도 많이 안다. 웃음기 없는 얼굴로 농담도 잘한다. 사람 비위도 잘 맞추고, 무엇보다도 도박(賭博)을 아주 잘한다.

호가는 천요루의 사무를 관장한다.

예약에서부터 식품 구입까지 모든 부분을 총괄한다.

다른 기루로 치면 총관(總管) 역할이지만, 그는 굳이 점소이 차림으로 돌아다닌다.

그런 그가 천요루의 앞날을 예측하지 못할 리 없다.

천요루는 망한다. 쫄딱 망한다.

팽가에서 손님 발길을 끊었다. 장사를 할 수가 없다. 하루하루 버티면 버틸수록 적자만 쌓인다. 또 그런 소문까지 퍼졌다. 하니 기루를 팔고자 해도 사는 사람이 없다.

망하는 집을 제값 주고 사는 놈은 멍청이다. 가만히 있으면 빈손으로 떠날 터인데, 그때 나서서 헐값으로 매수하면 된다. 모르긴 해도 거저줍다시피 할 수 있다.

팽가가 한 일이 그런 일이다.

소문만 내지 않았어도 상황은 많이 달라진다.

천요루에 눈독 들이는 사람은 많다. 천요루야말로 황금 알을 낳는 거위다. 감나무 밑에 누워서 입만 빌리고 있으면 잘 익은 감이 똑 떨어진다.

그런 물건은 내놓기가 무섭게 팔린다.

북경을 떠나더라도 거부가 되어서 떠날 수 있었는데, 알거지로 만들고 말았다.

"우린 망했다니까."

마부가 신발을 탁탁 털면서 말했다.

다른 때 같으면 손님맞이로 쉴 틈이 없을 시간이다. 그런 시간에 한가하게 신발이나 털면서 앉아 있을 것이라고는 꿈에도 생각해 보지 못했다.

이게 모두 루주 탓이다.

호가가 말했다.

"망할 땐 망하더라도 발버둥은 쳐봐야지."

호가와 마부는 루주를 찾았다.

루주는 등짝이 걸레처럼 해졌는데도 태연하게 앉아서 죽(竹)을 치고 있다.

"아이구, 움직이시는 걸 보니 살았나 보네."

호가가 빈정거리듯 말했다.

"사정을 많이 봐준 덕분이지. 전력으로 때렸다면 일격도 받아내기 힘들었을 거야."

루주가 싱긋 웃으면서 말했다.

"제길! 지금 웃음이 나오나."

마부가 탁자 위에 털썩 걸터앉으며 투덜거렸다.

호가는 루주와 마주 보며 앉았다. 대화를 진지하게 풀어나가고자 할 때 종종 이런 식으로 앉는다.

"홍독사(紅毒蛇), 기억해?"

"후후!"

"그놈에게 천요루를 넘기려고."

"어떤 놈 입꼬리 찢어지는 거 보인다. 허! 죽 쒀서 개 준다더니 딱 그 꼴이네. 고생고생해서 기껏 모양을 잡아놨더니 꼬리 말고 도망친 개망나니에게 넘겨줘!"

"저놈 말은 신경 쓸 것 없고. 홍독사, 요즘 포구(浦口)에서 아이들 열댓 명 데리고 꼬리 뜯기를 하는 모양이더라고. 이곳은 원래 놈의 영역이기도 하고, 애가 불쌍하잖아."

"조건은?"

"하! 눈치는 빨라가지고. 매월 수입의 오 할만 챙기자고. 그 정도면 눈을 까뒤집고 달려들걸?"

"팽가에서 눈치채지 않을까? 팽가 그놈들, 우릴 알거지로 내쫓고 싶어서 저 지랄하는 거 아냐. 그런데 뒷돈 챙기는 걸 알면… 홍독사 그놈도 무사하진 못할 텐데?"

마부가 눈을 반짝이며 말했다.

"허참, 거, 사람을 어떻게 보고. 그러니 일을 은밀하게 진행해야지. 쥐도 새도 모르게, 몰라? 쥐도 새도 모르게. 쯧! 그런 머리를 얹고 다니는 몸뚱이가 고생이다."

"넘겨."

루주는 '차나 마셔' 하는 식으로 아주 대수롭지 않게 말했다.

이런 식의 말, 익숙하다.

"건물 값을 따로 받기는 어려울 거야. 홍독사 그놈에게 그만한 돈이 있을 리도 없고. 하지만 기루를 운영해 본 경험이 있으니까 잘 꾸려 나가기는 할 텐데……."

"말하고 싶은 게 뭐야?"

호가는 물음이 떨어지기가 무섭게 즉시 말했다.

"설언(雪嫣)이는 어떻게 하려고?"

"신경 쓰지 마."

"물론 내가 상관할 일은 아닌데… 그래도 그만한 아이도 없잖아? 웬만하면 데려가지 그래. 어딜 가더라도 수발들 아이는 필요하고 말이야."

"필요없어."

"그 아이, 지난 육 개월 동안 잠 한숨 편히 못 자면서 루주만 쳐다본 아이야."

"……."

"여자에게 정 주지 않는 건 아는데, 이번만은 예외로 하자."

"그래서? 책임이라도 지라고?"

"꼭 그리 야박하게 책임 운운할 게 아니라… 사실 루주도 좋아했잖아. 항상 그 애만 곁에 뒀으면서 뭘 그래."

"기녀야."

"뭐라고?"

"기녀와 동침한 것에 대해서 더 이상의 의미를 두지 마."

"야! 이 빌어먹을 자……."

마부가 씩씩거리다가 입을 꾹 닫아버렸다.

스르륵!

방문이 살며시 열리며 노을빛 비단옷을 입은 여인이 들어섰다.

아담한 체구에 이목구비가 뚜렷한 미녀.

그녀는 아름답다. 밖에 나가면 모두의 이목을 단번에 끌어당길 정도로 대단한 미녀다.

하지만 천요루에서는 크게 주목받지 못한다.

수수함, 깨끗함, 맑음…… 이런 종류의 미모는 화려함이나 농염함에 파묻혀 버린다.

더군다나 천요루는 미인 아닌 여인이 없다.

북경에서 아름다운 여인은 모두 천요루에 모여 있다는 말이 나올 정도다.

이런 곳에서는 그저 아름답다는 말만 들어도 감지덕지해야 한다.

그녀는 다반(茶盤)을 들고 들어왔다.

"분위기가 왜 이래요?"

그녀가 싱긋 웃으면서 말했다.

붉은 입술이 살짝 벌어지면서 상아처럼 고운 이가 드러난다.

"흠!"

마부는 잔기침을 하면서 고개를 몰러 버렸다.

"설마 제 흉보신 건 아니죠?"

여인은 탁자 위에 다반을 내려놓고 차게 식어버린 주담자와 찻잔을 교체했다.

"드시기 알맞게 데워왔어요. 따라 드릴까요?"

그녀의 음성에 따뜻함이 담겨 나왔다.

음성뿐만이 아니다. 루주를 쳐다보는 눈길에도 사랑의 물결이 넘쳐흘렀다.

두 사람의 관계를 모르는 사람이라고 할지라도 대번에 심상치 않은 관계임을 눈치챌 정도다.

"나가봐."

루주가 차게 말했다.

루주는 언제나 이런 식이다. 거짓으로라도 따뜻하게 대해준 적이 없다.

두 사람은 같은 침상을 쓴다. 같이 잠을 잔다. 하나 그것뿐이다. 아침이 되어서 방문을 열고 나오면 마치 처음 본 사람처럼 딱딱하게 돌변한다.

어떤 때는 침상에서도 저럴까 하는 의문이 들기도 한다.

사랑을 나누면서도 사무적인 말투를 쓸까? 운우지락(雲雨之樂)을 나눈 다음에는 무슨 말을 할까? 아무 소리도 하지 않을까? 아니면 돌아누워 잠들어 버릴까?

주설언(周雪嫣)에게만 차갑게 대하는 건 아니다.

천요루 기녀 중에서 그에게 따스한 말을 들어본 사람은 없다.

월아를 잠적시키면서 앞날에 대한 충고 몇 마디 해준 게 기적같이 들렸다면 말 다한 게 아닌가.

그는 여자에게 혐오감이라도 갖고 있는 듯이 행동한다.

실제로 그런 것은 아니다. 말하고 대하는 것만 그렇다. 뒤에서는 감동이 절로 나올 만큼 끔찍하게 보살펴 준다. 그러니 천요루 기녀들이 따르는 것이겠지만.

물론 루주는 어느 여인이든 한눈에 반할 정도의 미남이다. 체격도 건실하다. 아니다. 루주는 그렇게 단편적으로 볼 수 없다. 사내든 여인이든 어느 누구에게든 호감을 느끼게 만드는 마술적인 매력을 지녔다.

성격이 막말로 거지같지만 그래도 매력있다.

기녀들이 따르는 것은 당연하다.

주설언도 이런 말투에 익숙하다.

차갑게 대한다고 해서 상처받지는 않는다.

"네, 나갈게요."

주설언이 상큼발랄하게 말했다.

사박! 사박!

옷 끌리는 소리만이 고요한 정적을 일깨운다. 그리고 시를 읊듯이 잔잔한 울림이 흘러나왔다.

"본의는 아니었지만 문밖에서… 하시는 말씀 들었어요."

"거 듣지 않아도 될 소리를!"

호기가 무뚝뚝한 표정으로 말했다.

"기녀니까 책임질 필요가 없다고요? 흠! 맞아요. 조금 섭섭하긴 해도 맞는 말씀이니까 뭐라고 할 순 없네요. 잠 좀 같이 잤다고 해서 모두 책임져야 된다면 어디 무서워서 기녀와 잠자리하겠어요? 걱정 마세요. 울고불고 매달리지 않을 테니."

여인이 문가에 이르러 방문을 열었다.

"그러니까 가시고 싶으면 언제든지 가세요. 그때까지는 제가 계속 수발들게요. 마음 편하시죠?"

주설언이 생글생글 웃으며 문을 닫았다.

"……."

정적이 흘렀다.

아무도 입을 열지 않았다. 루주는 죽 치던 손을 멈췄고, 마부와 호가는 천장을 멀뚱멀뚱 쳐다보기만 했다.

사단이 났다!

많은 사내들이 여인을 안다고 자신하지만 이 자리에 있는 세 사람처럼 잘 아는 사람도 없을 것이다.

주설언의 태도는 버림받은 여인의 모습이 아니다. 그런 쪽하고는 전혀 다른 모습이다. 비탄에 잠겨 있어야 마땅한데 오히려 희망에 들떠 있는 것 같지 않은가.

"따라… 붙을 생각인데……."

마부가 루주의 눈치를 흘끔 보면서 혼잣말처럼 중얼거렸다.

"따라와 봤자 차디차게 내쳐질 걸 모르지는 않을 거고… 그래도 따라붙겠다. 하! 골치 아프게 됐네. 잘하면 계집 하나 길에서 얼어 죽는 거 보겠는걸."

호가도 루주의 눈치를 보면서 말했다.

루주는 어느새 평정을 되찾았다. 그리고 잠시 멈추었던 붓을 다시 놀리기 시작했다.

철벽!

두 사람은 아무 소리도 하지 않는 루주에게서 넘지 못할 철벽을 느꼈다.

주설언은 루주의 마음을 파고들지 못한다.

어제까지는 같은 침상을 썼지만, 루주가 천요루를 떠나는 날까지는 같이 지낼 수 있지만 그 이상은 무리다. 절대로 받아주지 않을 철벽이 세워졌다.

마부가 말했다.

"루주, 엄밀히 말하면 저 애는 기녀가 아니잖아. 생기(生妓) 때부터 루주 수발을 들었으니. 사내라고는 루주밖에 모르는데… 이번 한 번만 눈감자."

"……."

루주는 들은 척도 하지 않았다.

묵묵히 붓을 놀린다. 대나무가 쭉쭉 뻗어나가고, 창처럼 날카로운 잎사귀들이 흰 종이를 물들인다.

"내 생각도 같아. 설언이는 천요루에 맞지 않아. 저런 애들이 어떻게 되는지는 많이 보았잖아? 우리가 어디 가서 땅 파먹고 살 것도 아니고 또 이 짓 할 게 뻔한데… 웬만하면 데려가자. 가봐서 다른 애가 마음에 들면 그때 버려도 되고."

"할 말들 다 했으면 가서 일들 해."

"사람 말을 콧등으로 듣나. 이 정도 이야기하면 어느 정도 반응은 보여주어야지. 좌우지간 언젠가 심장을 한번 꺼내봐야

해. 분명히 철판으로 덮여 있을 거야. 아휴! 모질어라, 모질어."

마부가 혼잣말처럼 투덜거리면서 나갔다.

작은 소리로 중얼거렸지만 일부러 들으라고 한 말이다.

"루주, 하나만 묻자. 설언이 마음에 들었던 거 아냐? 그래서 술판에 내돌리지 않은 거고."

루주가 담담하게 말했다.

"아니. 술 취한 여자 품고 싶지 않았을 뿐이야."

두 사람의 말이 맞다.

주설언은 천요루에 맞지 않는다.

그녀가 생기(生妓)로 팔려오는 순간 알아봤다.

그녀는 노래를 부를 줄 안다. 춤을 출 줄 알고 시서금화(詩書琴畵)에도 능하다.

단아한 미모에 재주가 빼어나서 상기(上妓)가 될 공산이 매우 크다.

그러나 그늘이 있다.

기루에 몸을 판 여인치고 사연 없는 여인은 없다. 어느 누구를 붙잡고 물어봐도 눈물 한 바가지 쏟아낼 정도의 사연은 가슴 깊이 묻혀 있다.

주설언의 그늘은 그런 부류의 어두움이 아니다.

인생에 대한 회의(懷疑), 모멸감(侮蔑感), 비탄(悲嘆)…… 자존심이 극도로 상처받아서 폭발 직전에 이른 상태다.

하지만 마음이 약해서 외부로 터뜨리지는 못한다. 그저 마음속에서 삭일 뿐이다. 본인 스스로 이 악물고 참고 있지만 어쩔 수 없이 흘러나오는 그늘.

이것이 주설언이 보여준 그늘이다.

동기(童妓)는 무리없이 기녀가 된다. 자라면서 보고 듣고 배운 것이 기녀의 일이니 큰 저항 없이 받아들인다. 또 동기의 경우에는 동기가 지닌 특성에 맞춰서 수련도 시킬 수 있다.

하기(下妓)는 중기(中妓)로, 중기는 상기로 끌어올릴 수 있다.

문제는 생기다. 나이가 차서 팔려온 상기는 동기와는 다르게 품질이 한 단계 떨어진다.

상기인 줄 알았는데 중기 역할밖에 못하고, 중기인 줄 알았는데 하기로 떨어지는 경우가 다반사다. 물론 그 반대도 있지만, 그런 경우는 가뭄에 콩 나듯 하다.

주설언처럼 깊은 그늘을 가진 기녀는 절대로 상기가 되지 못한다. 처음에는 중기 정도에서 머물다가 끝내는 하기로 떨어진다. 본인 스스로 자포자기해서 몸과 마음을 엉망진창으로 만들기 때문이다.

어느 생기들이나 그런 면이 있지만 주설언은 특히 심했다.

뭐랄까, 자살하기 직전의 모습이랄까?

기루에 팔렸다는 사실을 받아들이면서도 기녀가 되기 싫어하는 몸부림을 읽었다.

이럴 경우, 대부분은 억지로 강권하면 받아들인다. 홍독사

같은 위인에게 걸리면 사정없이 매타작을 당한다. 사내란 몸
뚱이 위에서 발버둥치는 동물 정도로 인식될 만큼 여러 사내
를 접하는 과정도 포함된다.

그런 과정들을 거치면 십중팔구는 자괴심(自愧心)조차도 무
너져 버린다.

나머지 십 중 일이가 주설언이다.

그녀는 더욱 빨리 타락하거나 자진(自盡)한다.

그녀가 처음 천요루에 발을 딛는 순간, 그늘이 가득한 얼굴
을 보는 순간 그녀를 읽었다.

자신 같은 사람이 가장 경계해야 하는, 절대로 곁을 줘서는
안 되는 일편단심형이다.

그때부터, 그녀를 침상으로 불렀을 때부터 오늘의 사단은
예견된 거였다.

그래도 좋다.

어차피 꺾일 꽃이 아니었던가.

나비는 누가 가르쳐 주지 않아도 꽃을 찾고, 꽃은 원하지 않
아도 벌이 꼬인다.

그녀는 그늘만 제거하면 가장 아름다운 보옥이 된다.

실제로도 그랬다.

그녀가 원하는 신방(新房)은 아니었지만, 한 사내만 상대하
면 된다는 점이 그녀의 얼굴에 웃음기를 되살려 놓았다.

상대가 루주라는 점은 중요치 않다. 미공자라는 점도 상관
없다. 그런 부분들이 전혀 상관없지는 않겠지만 그녀가 바라

는 것은 일부종사(一夫從事)다.

아주 고리타분한 여자다.

그녀로서는 마음에 드는 사내를 만난 셈이다. 그렇게 생각해 왔고, 행동했다.

그녀는 웃는다. 슬픔을 지우고 활짝 웃는다.

천요루가 불을 밝혔을 때, 그녀의 청초함은 뭇 기녀들의 화려함 속에 묻혀 버린다. 그녀의 풍기는 듯 마는 듯한 단향(檀香)은 진한 분 냄새 속에 녹아버린다.

그러나 긴긴밤이 지나고 새날이 밝으면 진흙 속에 핀 연꽃처럼 우아하게 되살아난다.

그녀는 아름답다. 싹싹하고 현명하다.

그는 주설언을 보는 순간, 본능적으로 그녀가 지닌 본래의 아름다움을 찾아냈다. 그래서 옆에 두었다. 침상으로 불렀고, 젊은 혈기를 불태웠다.

건장한 사내와 아름다운 여인이 만났고, 잠시 동안 인연을 맺었다.

그것뿐이다.

호가나 맹삼력(孟三力)의 말은 절대로 받아들일 수 없다.

죽음을 예약해 놓은 사람이 무엇을 하겠는가.

'후후!'

그는 피식 쓴웃음을 흘렸다.

2

천요루에 박쥐가 은밀하게 움직였다.

삐걱! 사박, 사박, 사박……!

뒷문이 소리없이 열리더니 허리를 구부정하게 굽힌 사내가 부지런히 발길을 재촉한다.

"후후후! 똥줄 빠지게 움직이네."

"언제쯤 포기할까?"

"오늘이나 내일쯤? 오늘은 그렇겠고, 내일쯤이면 두 손 두 발 다 들겠지."

"그것참, 정말 모를 일이네. 루주라는 인간이 이 정도도 예상하지 못했나? 잠자는 호랑이를 건드리면 어떻게 된다는 것 정도는 코흘리개 어린아이도 알겠다."

"몰랐으니까 그 짓을 한 게지."

지붕 위에서 팽가 무인들이 대화를 주고받았다.

그들은 굳이 자신의 존재를 숨기지 않았다. 보거나 말거나 태연하게 모습을 드러낸 채 천요루를 굽어봤다.

호가는 천요루를 팔기 위해서 동분서주(東奔西走)하고 있다.

처음에는 사람을 바보로 알았는지 시세(時勢)를 그대로 불렀다. 피치 못할 사정으로 기루를 정리해야 된다면서.

속이 빤히 보이는 말이다.

사실 북경에 돈푼이나 있는 사람들은 천요루를 탐내고 있다.

목구멍에서 욕심이란 손이 쑥 기어나올 만큼 갖고 싶어서 안달이 난다.

그래도 참아야 한다. 이번 사건의 배후에 팽가가 있다는 사실을 알기 때문이다.

값이 최악으로 떨어질 때까지 기다린다.

천요루주가 거지꼴이 될 때까지 욕심을 꾹꾹 짓누르며 참고 또 참아야 한다.

자칫 팽가의 눈에 거슬리는 날에는 인수에 성공해도 천요루 꼴을 면치 못한다.

그들은 남의 손에 넘어가는 것을 원하지 않는다. 그래서 촉각을 예민하게 곤두세운다. 가격이 얼마나 떨어졌는지, 인수자가 붙었는지의 여부를 면밀히 살핀다.

팽가의 눈치도 살핀다.

팽가 무인들이 천요루 맞은편 지붕 위에서 내려다보고 있다는 사실을 안다.

그들이 지붕 위에 있는 한 인수에 뛰어들면 안 된다.

그들이 사라졌을 때, 아니, 그때도 가격을 너무 높이면 눈 밖에 난다. 적당한 선에서, 간신히 용돈만 쥐어주는 선에서 인수해야 무탈하다.

이쪽이나 저쪽이나, 팔려는 쪽이나 사고자 하는 사람들이나 모두 어렵다.

팽가 무인들은 천요루주가 곧 나가떨어질 것으로 판단했다.

다만 신경 쓰이는 것은 그가 왜 이런 짓을 했느냐 하는 점이다.

그에게 기녀의 권리를 내주고 포구로 쫓겨난 홍독사조차도 이런 일은 벌이지 않는다.

외상 술값이 은자 열 냥이라고 했나?

돈을 모르고 사는 팽가에서는 큰돈이지만, 천요루 입장에서는 오히려 푼돈에 지나지 않는다.

비공식적으로 알려진 바에 의하면 천요루에서 벌어들이는 은자가 하루에 백 냥은 족히 된다는 소문이 있다.

수만금을 벌어들이는 셈이다.

그만한 점포를 가진 자가 고작 은자 열 냥에 눈이 어두워 팽가를 적으로 돌렸다는 건 있을 수 없는 일이다.

더군다나 그는 이공자에게 약까지 먹였다.

증거는 없다. 팽가 의원들은 이공자의 몸에서 어떠한 하독(下毒) 근거도 찾아내지 못했다. 다만 이공자가 하는 말이나 깨어날 때의 모습을 보고 심증을 가졌을 뿐이다.

사실 그 정도만으로도 보복을 하기에는 충분하다.

그러면 천요루주도 얻는 게 있어야 한다. 이대로 천요루를 내놓고 거지꼴로 쫓겨 간다는 것은 정말 말이 되지 않는다.

이 점을 경계한다.

루주가 팽가를 적대시하는 다른 문파와 손을 잡고 모종의 일을 꾸미지 않나 싶다.

하북에서 팽가를 건드릴 만한 문파도 없지만 이제 막 발돋움하는 신흥 문파(新興門派) 같은 경우에는 이름을 날리기 위해서 별별 짓을 다 하니 전혀 가능성이 없는 이야기는 아니다.

"저놈이 움직이는데."

화려한 누각을 주시하던 자가 말했다.

"후후후! 팔자 좋은 인간, 꽃 속에서 술과 노래와 춤이라……. 저 정도면 세상에 부러울 것이 없지 않나? 좋은 팔자나 계속 누리지 무슨 욕심이 그리 많아가지고."

다른 무인도 누각을 쳐다봤다.

루주가 움직인다.

커다란 누각을 나와서 후원(後園)으로 걸어간다.

주홍색 옷을 입은 여인이 재빨리 뛰어나와 허리를 굽힌다.

루주는 여인의 허리에 팔을 둘렀다. 그러자 여인은 기다렸다는 듯이 머리를 기댄다.

한두 번 해본 모습이 아니다.

"저건 누구야?"

"주설언이라는 기녀."

"명받은 거 있어?"

"아니."

팽가 무인이 답했다.

그때, 그들의 머리맡에서 차가운 음성이 울렸다.

"애꿎은 처자다. 누가 입에 담으라고 했느냐!"

두 무인은 누가 먼저랄 것도 없이 발딱 일어났다.

그들은 신형을 일으킴과 동시에 잎으로 쭈욱 빠져나갔다.

항시 손에 들고 다니는 구환도(九環刀)는 어느새 상대를 향해 겨눠져 있었다.

쏴라라라랑!

구환도 도배(刀背)에 매달린 아홉 개의 쇠고리에서 바람을 갉아먹는 듯한 소리가 울렸다.

그러나 그들은 말을 건넨 사람이 누구인지 즉시 알아챘다.

"조부님!"

두 사람은 구환도를 돌려세우고 포권지례를 올렸다.

"쯧! 한가하게 누워서 잡담이나 늘어놓고……."

팽가사로 팽청치는 못마땅한 표정을 지었다.

"죄송합니다."

두 청년은 굽힌 허리를 펴지 못했다. 포권을 한 손도 풀지 못하고 하명만 기다렸다.

"너희 말을 듣자 하니 마치 잡아 죽이지 않으면 안 될 것처럼 이야기하는구나. 어디서 배워먹은 버릇이냐!"

"죄송합니다!"

"저들을 핍박하는 것은 도전(挑戰)에 대한 응전(應戰). 하지만 이게 어디 살상을 입에 담을 정도의 일이더냐!"

"죄송합니다!"

"근본적인 잘못은 효뢰에게 있다. 효뢰가 정신 똑바로 차렸으면 이런 일은 벌어지지 않았어! 너희도 각골명심해서 추후 두 번 다시 이런 일이 벌어져서는 안 될 것이야!"

"명심하겠습니다."

"살펴봐라. 살상이 일어나지 않도록 각별히 주의하고!"

"넷!"

파앗!

팽청치는 올 때와 마찬가지로 순식간에 사라졌다.

"음······!"

두 청년은 신음을 흘렸다.

할아버지의 명령은 살상을 하지 말라는 것이 아니다. 지금 현재로서는 살상할 만한 일이 아니라는 뜻이다. 그러나 가주의 명령은 삭초제근이었다. 잡초를 뿌리째 뽑아버리는 뜻이다. 모조리 척살하라는 명령이지 않은가.

서로 다른 명령이다.

아니, 같은 명이다. 살상을 해도 좋을 정도로 강력한 비리를 캐내리는 뜻이다.

비리가 없다? 그럴 리가 없다. 없으면 생긴다. 찾기만 하면 반드시 찾아진다.

조부가 마지막으로 남긴 말은 '살펴봐라'이다. 이미 다른 쪽으로 수단을 부렸다는 뜻이다.

그 사람들!

인간 도살자들! 인도부(人屠夫)들!

제길! 악마를 끌어들였다.

증거는 준비된다. 그러니 찾는 시늉만 하면 된다. 그러면 틀림없이 찾아진다.

"단순한 감시 임무가 아니었군."

"그러게."

"그럼 병기를 잘못 가지고 왔지 않나."

팽가 무인이 구환도를 내려다보면서 쓰게 웃었다.

구환도는 움직일 때마다 소리가 난다. 도를 휘두를 때는 귀곡성(鬼哭聲)으로 변한다.

강력한 살도(殺刀)이기는 하지만 은밀하게 움직이는 데는 오히려 장애가 된다.

"늦어도 내일 날이 밝을 때까지는 두 손 들 거라고 했지? 그럼 떠나는 건 내일 저녁……. 그전에 끝내려면 바쁘게 움직여야겠군. 이런 건 싫은데."

다른 무인이 중얼거렸다.

*   *   *

루주는 주설언의 어깨에 손을 얹고 방으로 들어섰다.

"휴우! 이게 무슨 일인지……. 수고했어요, 언니. 차 끓이고 있는데 잠시만 앉아 계세요."

주설언이 상큼하게 웃었다.

"루주 방이 이렇게 생겼구나. 살림살이가 너무 없는 거 아냐? 어머, 이건 뭐야? 길거리에서 사 온 거야?"

루주가 화병을 들어 올리며 말했다.

"네. 길에서 샀어요."

"루주가 이런 걸 써?"

루주는 놀란 표정을 지었다.

그는, 아니, 그녀는 기녀였다. 키가 커서 어깨에 솜만 조금 넣으면 루주와 흡사한 체격이 되었다.

그녀는 방 안을 돌아다니며 이것저것 방 안 물건들을 신기한 듯이 구경했다.

"난 루주는 고급 물건만 쓰는 줄 알았어."

"언니만 그런 게 아녜요. 모두 그렇게 생각해요."

"그런데 왜 우리한테는 고급 물건만 쓰래? 싼 거는 쳐다보지도 못하게 하잖아."

"언제 기회가 되면 물어보세요."

주설언이 생글생글 웃으면서 차를 내왔다.

물건이 사람을 돋보이게도 만든다. 외양적인 면모를 중시하는 입장에서는 더욱 그렇다. 좋은 옷을 입고, 좋은 물건을 사용하고, 그럼으로써 자신의 가치를 높인다.

좋은 것을 써봐야 좋은 것에 익숙해진다.

천요루를 방문하는 손님들은 매끼 식사를 산해진미(山海珍味)로 하는 거부들이다. 그들과 자연스럽게 어울리려면 좋은 것에 익숙해져 있어야 한다.

아주 간단한 이치다.

상기들은 이러한 이치에 능통해 있다. 그들은 번지르르한 옷을 입은 공자에게 현혹되지 않는다. 정말 부유한 사람인지, 겉으로만 번지르르한 사람인지 당장 파악해 낸다.

중기는 다르다. 그늘은 자신들이 왜 좋은 것을 써야 하는지 이유를 모른다. 단지 무조건 비싼 것을 사서 쓰라고 하면서 무상으로 돈을 지원해 주니 그게 좋을 뿐이다.

루주의 방만 해도 그렇다.

상기 같았으면 화병부터 살펴보지는 않는다. 벽에 걸린 그림과 글씨부터 본다. 병기가 있으면 그것도 살펴보고, 가구의 배치도에도 관심을 갖는다.

방을 쓰는 사람이 어떤 취향을 가졌는지 파악해 내면 어떻게 행동해야 할지 답이 나온다.

중기는 그런 점을 살피지 못한다.

그 차이는 매우 크다.

주인이 방으로 들어왔다고 치자. 어떻게 대할 것인가.

상기는 당장 화제를 끌어낸다. 방 주인의 취향에서 대화를 시작하지만 결국은 자신이 원하는 대화로 끌고 나간다. 말과 행동에 주도권을 쥐게 된다.

반면에 중기는 아무것도 하지 못하고 멀거니 서서 처분만 기다리는 경우가 많다. 주도권을 쥘 생각은 하지도 못한다. 기껏 한다는 것이 코맹맹이소리를 흘리면서 옷을 벗는 것뿐이다.

상기와 중기는 정말 큰 차이가 있다.

주설언은 그런 점을 말하지 않았다.

말해봤자 자존심만 상하지 않겠나. 자신의 말에서 무언가를 얻어갈 수 있다면 백번이라도 말해주겠지만, 괜히 입술만 삐죽 내밀 바에는 차라리 자신도 모르는 척하는 게 낫다.

"차 드세요."

"그래."

루주로 변한 기녀가 즐거운 마음으로 다가와 차를 마셨다.

"어멋! 무슨 차 맛이 이래?"

"일반 녹차(綠茶)예요."

"먹고 마시는 것도 이래?"

주설언은 웃으면서 고개를 끄덕였고, 기녀는 이해할 수 없다는 표정을 지었다.

기녀들 중에서 루주에게 싫은 소리 한마디 얻어먹지 않은 사람이 없다.

싫지 않은 잔소리, 꾸중은 거의 대부분이 치장에 관한 것이다. 옷을 입는 법, 화장하는 법, 걷는 법, 말하는 법, 하다못해 술잔을 들어 올리는 법까지 잔소리를 한다.

루주의 잔소리를 듣다 보면 루주라는 사람은 마치 하늘에서 뚝 떨어진 고귀한 사람처럼 보인다.

그는 가난을 모르고 산 것 같다. 부귀한 집에서 온갖 혜택을 다 받고 자란 사람처럼 보인다. 그러니 그토록 온갖 사치에 익숙한 것이 아니겠나.

항상 그렇게 생각해 왔는데 평범한 물건들과 맛없는 차가 충격인 모양이다.

그 마음 십분 이해한다.

누구라도 다 같은 생각이다. 루주에게 어울리는 그림은 온갖 호화로움을 편안하게 슬기는 모습이다. 검박한 모습이나 학문을 익히는 모습은 전혀 그려지지 않는다.

주설언이 물었다.

"언니 고향이 산서(山西)죠?"

"어멋! 어떻게 알았어?"

"그걸 왜 몰라요. 모두 다 알고 있는데."

"그래? 호호호! 난 루주를 손에 꼭 쥐고 있는 대마님께서 그렇게 말해주시니 영광인걸."

"대마님이요? 제가요? 호호호! 옆에서 잔심부름이나 하는 사람에게 대마님이라뇨? 호호호호!"

"그게 어딘데. 그것도 부러워 죽는 애들이 얼마나 많은데 그러니? 루주 곁에서 하루만 있어봤으면 여한이 없겠다는 애들이 얼만 줄 아니? 줄 섰다, 얘."

"그래요?"

"계집애, 알고 있었으면서 앙큼하기는."

"언니는 내일 당장 죽는다면 뭐부터 할래요?"

"계집애, 재수없게 그런 이야기는 왜 하니?"

"분위기가 뒤숭숭하잖아요. 천요루가 망한다느니 어쩐다느니. 문을 닫는 건 맞는 것 같고… 어쩐지 제겐 그게 죽는 거보다 싫네요. 그래서 문득 든 생각이에요."

"하긴 네게는 그렇겠다."

"언니는 안 그래요? 모두들 루주를 좋아하잖아요."

"그럼 뭐해? 사내놈들에게 몸 파는 건 똑같은데. 루주가 돌봐주면 좋지만 아니라도 상관없어. 이 팔자가 어디 가겠어?"

"그래도 하고 싶은 건 있을 거 아녜요. 당장 내일 이 세상이 없어진다면 뭐부터 하고 싶어요?"

"루주하고 자보고 싶어. 너 질투하라고 하는 소리가 아니고 루주는 정말… 아! 그 섬세한 손길, 단단한 근육, 조각 같은 얼굴…… 생각만 해도 환상적이야."

"그거 말고요."

"얘가 자꾸 왜 이래!"

내일 세상이 없어진다면 난 뭘 하지?

주설언은 기녀에게 물은 질문을 자기 자신에게 해봤다.

기녀와 같은 대답이 나온다.

세상과 단절된 곳에서 루주와 단둘만의 시간을 갖고 싶다.

루주는 섬세한 손길을 지녔다.

가려운 곳은 긁어주고 아픈 곳은 어루만져 준다. 루주의 손길이 몸을 훑고 지나갈 때, 그녀는 비파도 되고 아쟁도 된다. 몸에서 아름다운 음악이 울린다.

루주는 근육이 단단하다. 바윗덩어리를 박아 넣은 것 같다. 바늘조차 들어가지 않을 만큼 단단한 살을 만지다 보면 그 속에 흠뻑 함몰되고 싶은 충동이 치민다.

루주의 몸에는 상처가 많다.

천요루 같은 기루를 운영하려면 크고 작은 싸움을 많이 치러야 할 것이다.

홍독사 같은 자를 내쳐야 할 때도 있고, 또 자신이 그랬던 것처럼 다른 자에게 밀려나는 경우도 생길 것이다.

어느 경우나 싸움은 불가피하다.

루주의 몸에 새겨진 상흔(傷痕)들은 그가 얼마나 처절한 삶을 살아왔는지 말해준다.

그래서 더욱 감싸주고 싶다.

루주는 조각 같은 얼굴을 지녔다.

어른들이 흔히 하는 말로 얼굴이 밥 먹여주지 않는다고 하지만 틀린 말이다.

루주는 보고만 있어도 배가 부르다.

기녀가 무심히 한 말, 실은 루주를 정확하게 표현한 말이다.

'단둘이 있고 싶어.'

그가 그리워진다. 본 지 몇 시진밖에 되지 않았는데 또 보고 싶다. 눈 안에 없으니 더욱 그렇다. 혹여 이대로 멀리 떠나가 버린 것은 아닐까 싶어서 불안해지기까지 한다.

주설언은 잡념을 떨쳤다.

그녀의 머릿속에는 루주가 남긴 말이 뱅뱅 돌았다.

"나를 대신하면 큰 곤욕을 치를 것이다. 고문은 당연한 거고, 잘못하면 죽는 경우도 생길 것. 뒤에 남겨진 사람, 보살펴 줘야 하는 사람은 없는지 물어봐라. 최악의 경우가 발생하더라도 여한은 없어야지."

루주의 말이 무슨 뜻인지는 모른다. 하지만 하북팽가와 충돌이 일어난 시점이다. 바깥에서는 팽가의 무인이 감시까지 하고 있다. 그런 마당에 기녀로 하여금 자신을 대신해서 변장

시킨다는 게 좋지 않은 일이라는 것만은 짐작한다.

'이런 거 정말 못하겠어.'

주설언은 바싹 타들어가는 입술에 침을 바르면서 말했다.

"전 고향에 동생이 있어요. 제가 돌봐주지 않으면 저처럼 팔릴 거예요. 언니는 그런 사람 없어요?"

3

석경산(石景山)은 그리 높지 않은 산이다. 그러면서도 주시해야 할 산이다.

석경산 서남 비탈에는 북방(北方)의 불교 성지인 대찰(大刹) 운거사(雲居寺)가 위치한다.

석경산이라는 이름도 일만 사천이백칠십팔 개의 돌에 새겨진 경전 방산석경(房山石經)에서 유래한다. 아홉 개 굴에 장대한 석판을 보존하고 있는 곳이 석경산이다.

또 한쪽 끝, 동남 끝자락에는 팽가촌이 위치한다.

석경산 전체가 무림 보고(寶庫)요, 불가의 성지인 셈이다.

둥! 둥! 둥……!

북경 고루(鼓樓)에서 자정을 알리는 북소리가 묵직하게 울렸다.

세상은 칠흑 같은 어둠에 휘감겼다.

자정은 깊은 밤이다. 한밤중이다. 하지만 북경의 자정은 불야성(不夜城)을 이루기에 어둡지 않다. 조금이라도 높은 곳에서 내려다보면 화려한 꽃봉오리가 만개한 듯 오색 등불이 영롱하게 피어나서 장관을 이룬다.

오늘은 어둡다.

오색 등불 중에서 가장 화려한 등불이 천요루였다.

붉은 꽃송이에 서리가 떨어지자 다른 꽃들은 지레 겁을 집어먹고 은인자중(隱忍自重)한다.

그들은 저녁 장사를 접었다.

물론 당분간만이다. 천요루가 손을 들고 나갈 때까지만 잠정적으로 근신하는 게다.

북경에서 살려면 팽가의 눈치를 살필 수밖에 없다.

천요루주가 어떤 짓을 했는가? 감히 이공자에게 약을 먹이고 술값을 뒤집어씌웠다.

그것도 고작 은자 열 냥을 뜯어내려고.

정말 열 냥이 그토록 절박했을까? 하루 백 냥의 매상을 올리는 주루 주인이? 아니다. 팽가의 위엄에 손상을 주자는 생각으로밖에 보이지 않는다.

좋게 끝나기는 틀렸다. 또 오래 버티지도 못한다. 그러니 근신하는 척이라도 하는 게다.

그는 북소리를 들으면서 신형을 날렸다.

쉬잇!

비조(飛鳥)가 야공(夜空)을 날아간다.

어둠 속에서 그는 완벽하게 새가 되었다.

나무에서 나무로 건너뛰면서 쏜살같이 산 아래를 향해 질주했다.

산 아래에는 거대한 용이 잠을 자고 있다.

아주 평화로운 모습이다. 산천초목(山川草木)이 잠들었고, 용도 새근새근 얕은 숨을 몰아쉰다.

하지만 그 용은 아주 위험하다. 언제든지 눈을 뜰 수 있다. 아니, 나뭇가지 부러지는 소리만 울려도 대뜸 눈을 뜨고 불길을 토해낼 터이다.

슛!

한참을 치달려가던 그는 못이라도 박힌 듯 뚝 멈춰 섰다.

파아아아!

멀리 떨어지지 않은 곳에서 무심한 예기(銳氣)가 쏘아진다.

놀랍지 않다. 이 정도는 예상했다. 아무리 평화스러운 곳이라고 하지만 경계하는 무인조차 없다는 것은 말이 안 된다.

그는 멈춘 자리에서 꼼짝도 하지 않았다. 그리고 묵묵히 쳐다보았다. 눈에 힘을 실으면 안 된다. 안광을 쏘아내면 무인의 감각에 걸려든다. 무심히, 아무 생각 없이 빈 허공을 쳐다보듯이 그렇게 쳐다본다.

잠시 후, 어둠 속에 웅크리고 있는 한 사내가 보였다.

그는 어둠과 완벽하게 동화되어 있다. 더 이상 완벽할 수 없을 만큼 은폐가 자연스럽다.

숨어 있는 자는 한 명뿐이다.

팽가는 가문(家門)이지 조직체(組織體)가 아니다. 밤이라고 해서 특별하게 경계망을 가동시키지는 않는다. 그저 형식적으로 동서남북에 무인 한 명씩을 배치해 두었을 뿐이다.

팽가의 자존심은 그들의 무공이 만든 것이다. 자신들이 직접 실전을 치르면서 한 계단 한 계단 쌓아올렸다.

조직이 아니라 개개인의 무공이 힘의 원천이다.

사전에 파악해 놓은 것이니 틀릴 리 없다. 그리고 틀려도 상관없다.

쉬이잇!

그는 가볍게 신형을 띄웠다.

순간, 숨어 있는 자의 눈빛이 번뜩였다.

'들켰어!'

사삿! 사사삿!

들쥐 한 마리가 고요하게 잠든 팽가촌을 휘젓고 돌아다녔다.

팽가촌은 어느 촌락처럼 조용하다. 누구든 들어설 수 있고, 돌아다닐 수 있다.

팽가 무인들도 그런 부분에 대해서는 일절 간섭하지 않는다.

하지만 팽가촌은 살아 있다. 결코 잠들어 있는 게 아니다. 어느 한쪽에서 조그만 사단만 일어나도 마을 전체가 알아챈다.

누구든 기습은 가할 수 있다.

팽가를 뚫고 들어서는 자라면 무공도 상당할 터, 마을 안쪽까지 파고드는 것은 쉽게 할 수 있다. 하나 그것뿐이다. 그 이상을 할 수가 없다. 거기서 악의를 품고 한 걸음만 더 나아가면 마을 전체가 잠에서 깨어난다.

쉬익!

그는 담장을 뛰어넘었다.

팽가촌의 담장은 담을 경계로 양쪽에서 얼굴을 보며 대화를 나눌 정도로 낮다. 그나마도 가모가 거주하는 집이니 담장이 있지 그렇지 않은 곳은 담장조차도 없다.

그는 담을 넘자마자 한 치도 망설이지 않고 우물로 갔다.

망설일 이유가 없다.

지금 자신의 행동, 모두들 눈을 빛내며 지켜보고 있을 게다.

잡으러 오지 않는가? 잡지 않는다. 지켜보기만 한다. 그만한 확신은 있다.

이들은 자신이 누구인지 알고 있다. 언제든지 잡고자 하면 잡을 수 있다. 그보다는 침입 이유가 궁금할 게다. 혹여 배후는 없는지, 이게 악의를 품은 무림문파의 시비는 아닌지 신중히 살펴볼 필요가 있다고 생각할 게다.

굳이 잡을 필요가 없다. 또 잡혀도 상관없다. 잡히나 안 잡히나 목적을 이루는 건 마찬가지다.

맑은 우물 속에 여인의 눈썹처럼 부드럽게 휘어진 달이 풍덩 빠져 있다.

물결이 찰랑거린다.

우물에 빠진 달 곁에 얼음처럼 차가운 얼굴이 나타났다. 핏기 한 점 없는 얼굴이 우물 속에서 일그러진다.

그는 품에서 작은 가죽 주머니를 꺼냈다.

잠시 정적이 흘렀다.

그는 가죽 주머니를 손에 쥔 채 말없이 우물만 쳐다봤다. 잠시 동안, 마치 기도라도 하듯이 꿈쩍도 하지 않고 물속에 비친 자신을 들여다보았다.

피식! 웃음을 흘린다. 그리고 작심한 듯 손에 든 가죽 주머니를 열어서 안에 든 분(粉)을 쏟아 넣었다.

스르르르륵!

하얀 분가루가 먼지처럼 피어나 우물 속으로 떨어진다.

소기의 목적을 달성한 그는 머뭇거리지 않고 신형을 빼냈다.

쉬익!

어둠과 하나가 된 인영이 어둠의 물결을 밀쳐 내면서 사라졌다.

스읏! 스으읏!

우물 주변에 환영처럼 일단의 무리가 나타났다.

그들의 움직임은 귀신을 연상시킨다. 움직임의 처음과 끝이 보이지 않는다. 마치 땅속에서 스르륵 솟구친 듯한 느낌을 준다.

"재미있는 놈이군. 감히 팽가촌에 들어와 하독이라니. 이건 또 무슨 행동이지?"

"알다가도 모를 놈이네."

"신경 쓸 게 뭐 있나. 죽기로 작정한 놈이지. 그렇지 않고서야 나 좀 죽여주쇼 하고 목을 들이밀 리 있어?"

나타난 사람들은 우물을 쳐다보지 않았다. 사내가 떠나간 어둠 속만 노려봤다.

팽가촌에 경계가 없다고 생각했다면 큰 오산이다.

팽가 무인 개개인의 눈과 귀와 감각이 모두 경계망이다.

무인의 감각!

팽가촌은 항상 경계를 한다.

직접적인 외부의 침입은 물론이고 암습이나 암계 같은 뒤에서 찌르는 비수도 예민하게 살핀다.

먹는 음식물을 매일 점검하는 것은 기본 중의 기본이다.

비천문(飛天門)이라는 문파가 있었다.

그들은 연(鳶)을 사용해서 공격해 왔다. 깊은 밤, 경계 무인이 감지할 수 없는 먼 곳에서 유유히 연을 날렸다. 팽가촌의 상공에서 연에 묻은 독 가루를 툴툴 털어냈다.

팽가 무인들은 속수무책으로 중독되었다.

어제저녁에 먹은 것까지 토해내고 있는 자, 사지가 무력해져서 눈만 뜨고 있는 자, 피를 토하는 자, 썩은 짚더미 속에 머리를 처박고 있는 자…….

무색(無色), 무취(無臭), 무향(無香)의 전독은 호랑이 같던 팽가 무인들을 허수아비로 전락시켜 버렸다.

비천문은 무인지경(無人之境)을 거닐 듯 팽가촌을 들이쳤다.

스물두 명의 고수가 손 한번 써보지 못하고 절명했다. 삼류문파라고 비웃던 비천문에게 추풍낙엽처럼 나가떨어졌다.

그러나 팽가촌의 무공은 깊다. 독(毒)으로 멸절될 가문 같았으면 오대세가라는 이름도 얻지 못했다.

팽가촌은 반격에 나섰고, 비천문은 그날 해가 떠오르는 것을 보지 못했다.

하북팽가를 들이칠 만큼 세(勢)와 무공에 자신을 가졌던 비천문이 두 시진도 안 되는 짧은 시간 동안에 몰락해 버린 대사건으로 독혈지투(毒血之鬪)라는 이름까지 생겼다.

그 사건으로 하북팽가는 스물여섯 명의 고수를 잃었다.

비천문은 비천문주를 포함해서 다섯 아들, 그리고 문하 이백일흔여섯 명이 몰살됐다.

스물여섯 대 이백여든두 명.

팽가 무인이 한 명 죽을 때 비천문도는 열한 명이 죽어나갔다.

정상적인 상태에서 싸웠다면 어땠을까 싶다.

어쨌든 비천문의 엄청난 오판은 몰락을 불러왔다. 더불어서 팽가촌에도 경각심을 일깨웠다.

그 사건 이후로 팽가촌은 경계망을 늦춘 적이 없다.

땅은 물론이고 하늘과 물과 공기까지도 감시한다. 인위적인 것과 자연적인 것을 모두 관찰한다.

이런 사실은 새로울 것이 없다.

독혈지투 이후로 팽가촌이 어떻게 변했는지는 북경 사람이라면 모르는 사람이 없다.

한데 며칠 전에 사단을 일으킨 놈이 제 발로 들어섰다. 그리고 우물에 독을 탔다.

이건 뭔가? 정말 죽여 달라고 목을 내미는 건가?

아무리 매타작을 당한 것이 억울하더라도 이런 행동은 용서받지 못한다.

"뭘 탔는지부터 봐야겠군."

무인이 줄을 내려 물을 폈다.

"미숫가루?"

"네."

"겨우 미숫가루를 타려고 야밤에 침입했단 말이냐?"

"네."

"음……!"

팽가주는 손으로 머리를 짚었다.

놈의 죄가 무엇인가?

담장을 넘었고, 우물에 미숫가루를 풀었다.

이것이 죄의 전부다.

경계 무인을 피해서 신법을 전개했다?

하낱 기루 주인이 신법까지 전개했다는 사실이 놀랍지만 사실 이 부분도 놀랍지 않다. 놈이 수작을 부려올 때부터 무공 한가락은 지닌 줄 짐작했다.

석경산은 팽가촌의 산이 아니다. 나라의 산이다.

석경산에 팽가 무인만 있으란 법은 없다. 팽가의 영역이 따로 있는 것도 아니다. 누구라도 들락거릴 수 있다. 그런 점에서 놈이 산에서 신법을 전개한 것은 죄가 안 된다.

놈은 팽가촌을 침입했다.

그것도 죄가 아니다. 팽가촌은 촌에 있는 하나의 마을일 뿐이다. 누구라도 들어올 수 있고, 골목을 쏘다닐 수 있다. 모두가 잠든 야밤일지라도 걷고 싶으면 걷는 것이다.

놈은 담장을 넘었다.

이 부분은 죄가 된다. 추궁할 수 있다. 우물에 미숫가루를 풀었다. 이것도 죄가 되나?

놈의 행동은 분명히 살수(殺手)의 행동과 다를 바 없는데, 막상 죄과를 따지자면 경미하기 짝이 없다.

이게 도대체 무슨 짓인가? 무엇을 하려는 겐가?

놈은 담장을 넘는 순간, 죽은 목숨이 되었다.

그때는 누구라도 살도를 쳐낼 수 있었다. 우물을 들여다보고 있을 때 목숨을 취하는 것도 가능했다.

어떻게 죽든지 변명의 여지가 없다.

"천요루 쪽은?"

"아직도 루주를 감시하고 있다는……."

대답하던 자가 말끝을 흐렸다.

정작 루주란 놈은 팽가촌에 침입해 미숫가루를 풀어놓고 갔다. 그런데 그를 감시하는 무인들은 바꿔치기한 것도 모르고 가짜 루주만 감시하고 있다.

이게 전쟁이라면 일격을 당하고도 남는다.

한낱 루주, 무인도 아닌 놈에게, 술과 계집장사나 하는 비루한 놈에게 뺨 싸대기를 얻어맞은 기분이다.

"넷째 숙부님은?"

"나가 계십니다."

더 이상의 언급은 하지 않았다.

'나가 있다'는 한마디만으로도 충분하다.

음도냉살은 천요루주를 용서하지 않을 생각이다. 나무를 베어내는 게 아니라 밑동부터 캐낼 생각이다.

루주의 생명은 길지 않다.

"미숫가루라…… 허!"

팽가주는 손으로 머리를 짚었다.

인간의 행동에는 반드시 원인과 결과가 있다. 하다못해 길을 가다가 코를 푸는 행동에도 이유가 있다.

놈이 왜 미숫가루를 탔을까?

"혹시 모르니 수색을 강화하고……"

"네, 알겠습니다."

육촌 조카가 포권을 취했다.

그 시간, 뒤늦게야 움직인 그림자가 있다.

근본적으로 팽가 무인들의 경세망에는 허점이 많다

무인의 감각에 의지하는 경계만큼 강한 것은 없다. 하루 십이 시진, 잠자는 순간까지도 긴장을 늦추지 않는다는 뜻이다. 또한 깊은 잠에 빠져 있다가도 십 장 밖에서 일어나는 인기척을 감지할 수 있을 정도로 무공이 고강해야 한다.

팽가 무인들이 그렇다.

하지만 그런 경계망에는 아주 큰 맹점이 있다. 신경이 한 곳으로 쏠리면 다른 부분을 신경 쓸 수 없게 된다.

일정한 경계 구역을 할당받은 게 아니라서 더욱 그렇다.

루주는 성동격서(聲東擊西)의 계(計)를 썼다.

아주 간단한 병법(兵法)인데도 거의 대부분 속아 넘어간다.

지금 팽가 무인들의 이목은 루주에게 집중되어 있다. 루주의 행동에 온 시선이 따라붙는다. 더군다나 천요루에 있어야 할 사람이 느닷없이 석경산에 나타났으니 꽤 놀랐을 게다.

루주의 등장은 아주 강한 흡입력을 지녔다.

팽가 무인들은 루주의 행동을 살핀다.

온갖 생각을 하면서, 루주의 배후에 누가 있는지 의심하면서. 더군다나 정통으로 수련한 신법까지 펼쳐 보였으니 관심도는 더욱 증폭될 수밖에 없다.

조금만 생각하면 미끼가 분명한데, 그 점을 알아채지 못하고 이목을 빼앗긴다.

저들은 우물에 탄 게 미숫가루라는 사실을 확인한 후에야 주변 경계를 강화할 게다.

루주 덕분에 맡은 일을 수월하게 마쳤다.

팽가촌에서 악의적인 행동을 한다는 건 정말 칼날 위를 건는 심정이다.

'빌어먹을! 꼭 이런 일은 날 시킨단 말이야!'

그는 환환미종보(幻環迷踪步)를 펼쳤다.

스스스스스!

그의 신형이 유령처럼 흔들리면서 움직였다.

청성파(靑城派)의 독문신법(獨門身法)은 결코 하북팽가의 무공보다 못하지 않다.

결정적으로 맹점을 지닌 경계망, 사전에 파악해 놓은 침입로와 탈출로, 깊은 어둠, 그리고 은밀(隱密) 제일(第一)이라고 불리는 신법, 그것도 안심이 되지 않아서 성동격서의 계까지…….

발각되지 않을 자신은 있었다. 하지만 만약이라는 게 있기 때문에 더욱 조심을 거듭했다.

미리 파악해 놨던 탈출로가 보인다.

논둑과 논둑 사이, 시선의 사각지대다.

평소에도 논둑 사이로 흐르는 개울물은 시선이 닿지 않는다. 하니 그것으로 몸을 숨길 수 있다면 적어도 백여 장 정도는 속 편하게 움직일 수 있다.

'빌어먹을! 내 두 번 다시 이 짓거리 하나 봐라. 어휴! 하루라도 빨리 그놈 곁을 떠나야 마음 편히 살지.'

호가는 비로소 여유를 되찾고 이마에 흐르는 땀을 훔쳤다.

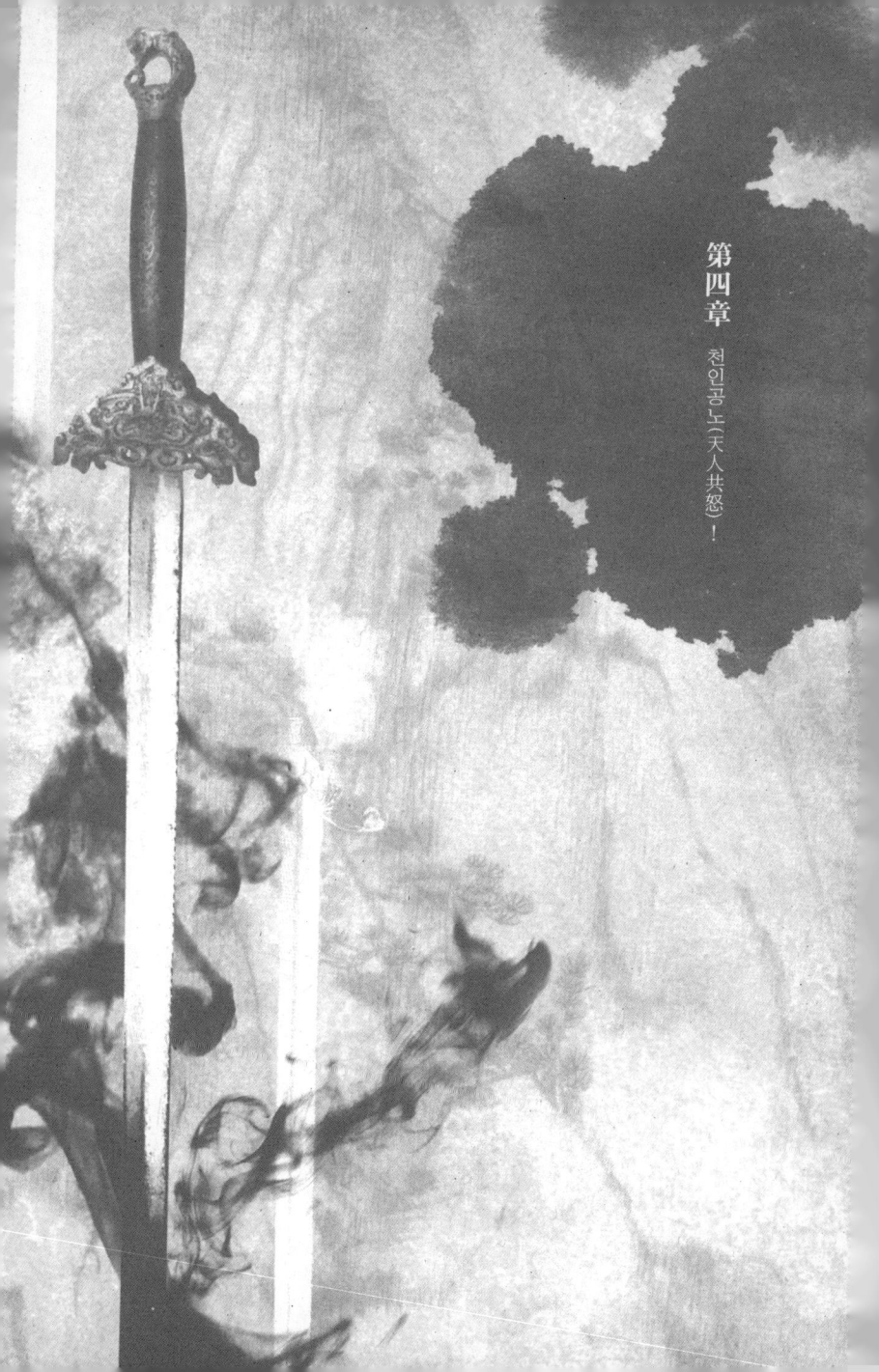

第四章　천인공노(天人共怒)!

상대를 치기 위해서는 상대를 알아야 한다. 상대가 부지렁이에 불과할지라도 혹여 변수는 없는지 확인해 놔야 한다.

그들, 회자수(劊子手)는 긴급 명령을 받았다.

천요루에 대해서, 천요루주에 대해서 샅샅이 조사한다!

정말 오랜만에 떨어진 명령이다. 특히 팽가사로가 직접 명령을 하달했다는 점에서 의미가 깊다. 하지만 그런 만큼 맥이 빠지는 것도 사실이다.

시키려면 좀 더 화끈한 일을 맡길 것이지 겨우 천요루에 대한 조사라니.

어쩔 수 있나.

재미있는 명령은 모두 윗선에서 가로챈다. 그러니 아랫것들은 시시껄렁한 것이나마 일거리가 생겼다는 점, 돈 몇 푼 챙길 수 있다는 점에서 만족해야 한다.

처음 명령이 떨어졌을 때, 곤란을 겪게 될 것이라고 생각한 사람은 아무도 없다. 모두들 한 반나절, 길어야 하루 정도면 끝낼 수 있는 명령이라고 생각했다.

천요루는 밤의 문화에서 자생한 음화(陰花)다.

밤에 돌아다니는 들쥐 몇 마리 잡아서 심문을 하면 천요루 곳간에 쌀이 몇 알 있는지까지 알아낼 것이다.

아주 간단한 명령이다.

한데 조사한 바는 기가 찼다.

그는 육 개월 전에 수하 두 명을 데리고 북경에 나타났다.

현재 마부로 일하는 맹삼력이라는 자와 천요루 살림을 꾸려 나가는 호가라는 자가 그들이다.

그들은 당시 밤의 황제였던 홍독사를 밀어냈다.

맹독을 지닌 독사, 물었다 하면 피를 보지 않고는 물러서지 않는다는 홍독사가 이름도 모를 자들에게 밀려났다.

그들 사이에 무슨 일이 있었는지는 아무도 모른다. 아니, 아무도 모르지만 그들의 눈을 속일 수는 없다. 그들은 하루 동안에 벌어진 일을 손금 보듯이 파악했다.

수하들이 홍독사의 기반을 무너뜨렸다. 아예 재기할 수 없을 정도로 산산이 부숴 버렸다.

홍독사는 현재의 루주에게 당했다.

두말없이 손들고 나갈 정도로 완벽하게 당했다.

홍독사가 부리던 졸개는 무려 이백여 명에 이른다. 모두들 뒷골목에서는 싸움깨나 했다는 파락호들이다. 몸에 칼 한두 번 안 맞아본 자가 없다.

그런 그들이 군말없이 물러났다.

천요루주와 두 수하는 평범한 자들이 아니다.

한데 그들이 수집할 수 있는 정보는 이것뿐이다.

기가 막히게도 그 이외에 것은 일절 수집되지 않았다. 하다 못해 어떤 길을 통해서 북경에 들어섰는지조차 알아내지 못했다. 그냥 하늘에서 뚝 떨어졌다.

"육 개월 전 것은 없어?"

"없습니다. 원래 이런 자들은 뿌리없는 부평초(浮萍草)인지라……."

"너 새끼, 지금 그걸 말이라고 하는 거야?"

"죄송합니다!"

"더 조사해. 아주 자세히."

"그럴 필요가 있나요? 제 생각에는……."

쒜엑! 퍼억!

짧은 파공음이 터졌다. 그리고 진한 피가 확 튀었다.

죽은 듯한 정적이 흘렀다.

보고를 하던 자는 대부(大斧)에 목이 찍혀서 비명도 지르지 못한 채 꼬꾸라졌다.

"너! 네가 지금부터 수장(首長)해."

"네? 넷!"

"이놈들, 샅샅이 조사해. 불알에 털이 몇 개 있는지까지 알아내. 내일. 그래, 좋아. 내일. 내일까지 알아내. 알았어?"

"아, 알았습니다!"

피 묻은 도끼에 지목받은 자는 허리를 납작 수그렸다.

인간 도살자. 흔히 회자수를 그렇게 부른다. 하지만 회자수 중에도 회자수가 있다. 인간 백정 중에서도 인간 백정이 있다. 그놈이 이놈이다.

살심(殺心)이 지나치게 커서 중용되지 않는다면 이해하겠는가.

간단한 일이든 큰일이든 마음에 들지 않으면 모두 박살을 내놓아야 직성이 풀리는 성격이라면 알아듣겠는가.

놈은 회자수 내에서도 경원시된다.

피 묻은 도끼, 잔혈부(殘血斧)를 거역하는 놈은 죽는다.

잔혈부가 말했다.

"모두 나가봐. 내일까지 좋은 소식을 물고 오든지, 아니면 네놈들 대갈빡을 갖고 와."

잔혈부는 좋지 않은 냄새를 맡았다.

하북팽가의 명령은 두 개로 나뉘어서 하달되었다. 하나는 윗선으로 전해졌고, 다른 하나는 밑바닥 인생들에게 떨어졌다.

윗선에서 하는 일이 무엇인지는 모른다. 분명히 좋지 않은 일이겠지만 죽이 되든 밥이 되든, 된장을 푸든 똥을 처먹든 알

바가 아니다.

자신에게 떨어진 임무는 하찮다.

기루 루주의 뒷조사를 해달라는 명령 같은 건 해마다 수십 건씩 떨어지는, 정말 별것 아닌 일이다.

그런데 이놈은 그런 부류의 냄새가 아니다.

음흉하고, 잇속에 밝은 모습이 보이지 않는다. 그 반대로 공명정대한 모습까지 비친다. 천요루 계집들이 놈이라면 사족을 못 쓰는 것도 그만큼 베푼 게 많다는 뜻이다.

놈은 재미있다.

홍독사를 몰아내는 모습을 보자면 아주 흥미롭다. 마치 무인이 적을 죽이듯이 전격적으로 해치워 버렸다.

이런 놈은 뒷조사로 끝내서는 안 된다. 자신이 나서서 목을 쳐내야 한다. 윗선에서 받은 명령이 뭔지 모르지만, 꿈틀거리는 욕구대로라면 당장 쳐 죽이고 싶은 놈이다.

그는 포구로 들어섰다.

"오셨습니까?"

포구에서 건들거리던 파락호 한 명이 그를 알아보고 허리를 숙이며 인사했다.

"홍독사 어디 있어?"

"홍독사요? 요즘 큰 건을 잡았는지 좀처럼 보기 힘들더라고요. 알아볼까요?"

"노름판, 괜찮은 데가 어디야?"

"저, 제가 알려 드렸다는 말은……."

"이 새끼가!"

"아, 예."

파락호는 급히 손짓발짓을 섞어가며 홍독사가 있을 만한 노름판을 가리켰다.

놈에 대해서는 당해본 놈이 가장 잘 안다. 그런 면에서 북경을 통틀어 홍독사만큼 잘 아는 놈도 없다.

잔혈부는 구석진 곳에 숨겨진 듯한 주루(酒樓)로 들어섰다.

"어서 오십… 읍!"

그는 오른손으로 허리를 꾸벅 굽히면서 인사하는 점소이의 목을 콱 짓눌렀다.

"홍독사 어디 있어?"

"윽! 무슨……. 컥!"

발뺌을 하던 점소이는 느닷없이 올려 찬 무릎 공격에 안면이 피투성이가 되어서 나가떨어졌다.

잔혈부는 이층을 처다봤다.

그곳에 몇몇 인물이 모여서 골패(骨牌)를 돌리고 있다.

그는 이층 계단을 밟아 올라갔다.

"홍독사."

"거 어떤 놈인데 혓바닥이 반 토막이야!"

홍독사로 짐작되는 자는 잔혈부를 처다보지 않았다. 그도 아래층에서 벌어진 일을 알고 있을 터인데, 눈도 깜짝 않고 골패 쪼기에 여념없었다.

산발한 머리카락이 어깨까지 축 늘어져 있다.

제 딴에는 콧수염을 단정하게 기른 것 같은데, 숱이 워낙 굵어서 지저분해 보인다.

왼쪽 어깨에서부터 오른쪽 허리까지는 전갑(戰鉀)을 차고 있다.

이마에 굵은 주름이 있고, 눈동자는 위로 치켜떠서인지 흰자위밖에 보이지 않고, 코뼈가 휘어져 있고, 이목구비가 굵직굵직한 전형적인 싸움꾼이다.

잔혈부는 한기가 풀풀 피어나는 음성으로 말했다.

"나와."

"닝기미! 어떤 놈인데 오라 가라 지랄이야. 아가야, 어른들 노는데 기웃거리지 말고 꺼져라, 응."

"홋! 말로 해서는 안 될 놈이군."

"그 새끼 입 한번 더럽네. 네가 날 언제 봤다고 이놈 저놈이야. 너 거기 좀 있어라. 이번 판만……."

홍독사는 말을 끝내지 못했다.

쒜엑!

느닷없이 하늘을 뒤덮을 듯한 쇳덩이가 날아왔다.

"헛!"

홍독사는 급히 피했다. 하지만 맞은편에 있던 노름꾼은 미처 피하지 못했다.

쒜에엑! 쩌억!

"아악!"

탁자 갈라지는 소리와 비명 소리가 동시에 울렸다.

잔혈부의 대부는 큼지막한 탁자를 두 조각으로 갈라 버렸다. 그와 동시에 탁자 위에 올려났던 노름꾼의 팔도 손목 어림에서 끊어버렸다.

"아악! 아아악!"

노름꾼이 피가 철철 흐르는 손목을 들어 올리며 비명을 질렀다.

"그 새끼 참 시끄럽네."

쒜엑!

혈부가 다시 날았다. 그리고 주루를 가득 채우던 비명 소리가 뚝 그쳤다.

툭! 떼구루루!

뒤늦게 떨어진 머리가 이층 바닥을 굴렀다.

"흐흐흐! 그 새끼, 성질 한번 더럽네. 잘했어. 저 새끼 속임수가 아주 괜찮아. 속임수라는 건 알겠는데, 어떻게 하는지 몰라서 끙끙 앓던 중이었지. 흐흐흐! 뒈진 걸 보니 속이 다 후련하네."

홍독사는 일 장가량 떨어진 탁자 위에 올라서 있었다.

언제든 다시 퉁겨 오를 수 있게끔 무릎을 살짝 굽힌 상태에서 양쪽 손에 비수를 한 자루씩 쥐었다.

"너, 내가 누군지 알아?"

"회자수 놈들이 천요루주를 뒤지고 다니더만. 흐흐흐! 벌써 눈치 깠지. 네놈도 회자수일 테고, 성질머리가 더러운 걸 보니 인간 백정 중에서도 개백정이라는 잔혈부네. 맞지?"

"너 천요루주에게 되게 당했다면서?"

잔혈부가 의자에 앉으며 말했다.

"흐흐흐!"

홍독사는 웃기만 했다.

"어떻게 당했는지 말해봐."

"지랄."

"······!"

"그걸 말한다고 술이 나오냐, 밥이 나오냐."

"좋은 말로 할 때 말해. 뒈지고 싶지 않으면."

잔혈부가 바닥에 굴러 떨어진 술병을 집어 들고 흔들었다. 찰랑거리는 소리가 들린다.

그는 술병을 입에 대고 단숨에 들이켰다.

홍독사의 손이 꿈틀거렸다.

공격하기에는 더없이 좋은 기회다. 놈의 시선은 천장을 향하고 있다. 급습을 가한다면 적어도 일순간의 이득은 취할 수 있다. 하지만 그는 멈췄다.

'진다!'

단순한 느낌이 아니다.

그들은 서로를 알아봤다.

성난 투견(鬪犬)들!

싸움을 두려워하지 않는다. 팔다리가 떨어져 나가는 것도 대수롭지 않게 여긴다. 그만큼 많은 싸움을 치러왔고, 또 그만큼 많은 사람을 찌르고, 베고, 죽였다.

남을 죽일 수 있다면 자신도 죽을 수 있는 게다.

그런 간단한 이치를 몸으로 깨닫다 못해서 아예 푹 젖어버렸다. 육신에 대한 위협은 아예 신경 쓰지도 않는다.

그런 느낌으로 판단한 것이다.

이놈과 맞서면 죽는다. 손에 들고 있는 비수로 한두 번 찌를 수는 있을 것이다. 하지만 싸움은 찌른다고 끝나는 것이 아니다. 죽여야 끝난다. 잔혈부를 죽이기 전에 자신이 먼저 대부에 맞아서 쫙 갈라지는 신세를 면치 못한다.

강렬한 전율이 일어난다.

마치 지금 당장 도끼에 맞는 느낌이 든다.

'이놈은 진짜 인간 백정이야!'

홍독사는 긴장을 늦추지 않은 채 말했다.

"그놈 말이야. 흐흐흐! 생긴 건 곱상하게 생겼지? 흐흐흐! 회자수가 무엇 때문에 그놈 뒤를 캐는지 모르겠다만 얕보지 마라. 만만하게 보고 건드렸다간 내 꼴 난다."

"그런 건 걱정할 거 없고."

잔혈부가 텅 빈 술병을 등 뒤로 내던졌다.

그의 눈이 말한다. 어서 말해!

"흐흐흐! 이야기가 꽤 길지."

홍독사는 루주를 만나는 순간부터 자신이 나가떨어질 때까지의 과정을 소상히 말했다.

"후! 후후! 후후후!"

잔혈부는 웃었다.

왜 웃음이 나오는지는 그도 알지 못했다. 좌우지간 허파에 바람이라도 빠진 것처럼 웃음이 실실 새어 나왔다.

"아주 재미있는 인간이 나타났군. 후후후!"

놈은 무인이 아니다.

홍독사는 놈을 두 번이나 찔렸다고 했다.

홍독사의 손놀림이 빠르기는 하지만 두 번이나 얻어맞을 정도는 아니다. 놈과 붙어보지 않아서 진실한 실력은 미지수이지만, 그래도 그 정도는 아닌 것 같다.

한 번 맞고 한 번 갈기면 끝나는 상대다.

그런 놈에게 두 번이나 찔렸다면 정통으로 무공을 배웠다고 보기는 어렵나.

한데 놈은 신법을 사용한단다.

여기서 재미있는 현상이 벌어진다.

놈은 신법을 쓸 줄 아는데, 싸울 때는 사용하지 않는다. 신법을 쓰면 한 대도 맞지 않을 텐데 끝까지 우격다짐으로 갔단다.

참 재미있는 놈이지 않나.

어쨌든 사연이 많은 놈이다. 또 강한 놈이다.

그놈의 수하들도 재미있다.

흑가라는 놈은 암습의 귀재다. 어두운 곳에서 누군가에게 뒤통수를 얻어맞았다면 그놈이라고 생각해도 무방하다.

마부로 있는 맹삼력이라는 놈은 진짜 싸움꾼이다.

열다섯 명이 한 놈에게 깨졌다.

그 한마디로 맹삼력의 싸움 실력을 짐작할 수 있다.

물론 파락호들에게 해당되는 이야기다. 자신들의 세계나 무인들의 세계로 들어서면 일초지적(一招之敵)도 아깝다.

더 기가 막힌 것은 홍독사 역시 그놈들의 진신 내력에 대해서는 짐작조차 못한다는 것이다.

홍독사는 쉽게 물러서지 않는다.

한 번은 깨졌지만 두 번째 붙으면 반드시 이길 각오로 뒷조사를 한다. 아니, 반드시 복수를 하겠다고 앙심을 품는다. 복수를 하지 못하고 죽으면 원귀라도 될 놈이다.

그토록 지독한 놈이 눈을 부릅뜨고 뒷조사를 했는데 아무것도 건지지 못했다.

그럼 더 뒤져 봤자 나올 게 없다.

회자수의 촉각은 파락호들의 눈과 귀에 의존하는 바가 크다. 그런데 그런 놈들 중 최고라는 놈이 두 손 두 발 다 들었다면 정말 캐낼 게 없다는 뜻이다.

육 개월 이전의 놈들을 알려면 놈들과 직접 부딪치는 수밖에 없다.

잔혈부는 그럴 생각이다.

"후후후! 뒷조사를 하라고만 했지 어떻게 하라고는 하지 않았으니까. 루주라……. 어떤 놈인지 만나볼까? 후후후!"

또 한 가지 재미있는 사실이 있다.

놈은 홍독사와 어떠한 접촉도 하지 않았다.

한데 세간에 나도는 말은 그렇지 않다. 호가가 홍독사와 암암리에 만난다고 소문나 있다. 아마도 천요루를 넘겨주는 문제로 긴밀히 상의하는 것 같다고 한다.

그런데 아무런 접촉도 없다? 소문만 난 거다?

회자수가 수집한 정보에 의하면 호가는 홍독사와 만나는 것으로 되어 있다.

누가 거짓말을 하는 것일까?

홍독사는 진실을 말했다.

그가 거짓말을 할 수도 있다. 천요루주와 암암리에 약정을 맺고 천요루를 인계받는 것도 가능하다. 그럼 그다음은 괜찮은가? 인계만 받으면 끝나나?

그는 천요루를 운영해야 한다. 그리고 그러기 위해서는 찝쩍대는 놈들이 없어야 한다.

회자수가 건드리기 시작하면 골치 아프다는 소리다.

그걸 알고 있는 그가 거짓말을 했을 리 없다.

호가가 소문을 낸 게다. 정작 떠날 의향이 없으면서 떠난다고 소문만 낸 게다.

그들은 팽가의 압박을 견뎌내지 못한다. 결국은 떠나야 한다. 보름 안에 떠나라고 했으면 떠나야 한다.

그러면 어쩌자는 말인가?

금선탈각(金蟬脫殼)!

지금의 모습을 던져 버리고 완전히 다른 새로운 사람으로 변신하면 된다.

그럴 수가 있을까?

팽가 가모가 떠나라고 한 사람은 천요루주뿐이다. 호가와 맹삼력은 떠나지 않아도 무방하다. 그러니 그들이 천요루를 인계받는다. 그리고 천요루주는 숨어서 움직인다.

아니다. 이건 너무 속이 빤히 보인다. 그리고 숨어서 움직인다는 것도 말이 되지 않는다. 하북팽가가 멀리 떨어져 있는 것도 아니고 엎드리면 코 닿을 거리. 결국은 발각되고야 만다.

그럼?

잔혈부는 천요루주의 생각을 짐작하지 못했다.

어떻게 할 건 확실한데 무엇을 어떻게 하려는지 도무지 생각할 수 없었다.

그래서 흥미롭다.

"후후후! 어떤 놈인지 만나보면 알겠지. 하하하! 하하하하!"

2

가모는 불상 앞에 꿇어앉아 기도를 올렸다.

"나무아미타불, 나무아미타불……."

그녀는 간절한 염원을 담아서 불호를 외웠다.

부처님 앞에 잘못을 고한다.

사람을 그렇게 때리는 것이 아니었다. 충고나 훈계만으로도 충분했다. 매를 들자 반항 한번 못해보고 얌전히 두들겨 맞은 무기력한 사내가 아니었던가.

천요루주…… 앞날에 평안이 있기를.

그녀는 적을 위해서 기원한다.

언제나 그랬다. 비천문이 몰락했을 때는 무려 일 년 동안이나 불당을 떠나지 않았다. 그 밖에도 크고 작은 싸움이 벌어질 때마다 죽고, 다치고, 상한 사람들을 위해서 기원했다.

그녀는 살아 있는 부처다.

그녀는 그저 불심 깊은 사람일 뿐이라고 겸손해하지만, 옆에서 보기에는 그만한 부처도 없다.

천요루주가 팽가촌에 다시 온 사실은 그녀의 귀에도 전해졌다.

"미숫가루를 탔다고?"

"네. 가주님께서 비밀로 하라고 했는데……."

"휴우! 괜찮다. 오죽 억울했으면 그런 짓을 했을까. 너무 억울해서 잠을 이룰 수 없었던 게지. 아무래도 내가 너무한 것 같구나. 여자를 물건처럼 팔고 사는 행위만 하지 않았더라도 그렇게까지 하지는 않았을 텐데."

"그런 놈은 맞아도 싸요. 마님 잘못이 아니에요."

시녀의 위로는 아무런 위안도 되지 못했다.

가모는 루주의 침입 사건을 억울함의 표현으로 해석한 듯 얼굴이 더욱 어두워졌다.

"휴우! 나무아미타불……."

그녀는 불상을 향해 두 손을 모았다.

'하는 짓도 꼭……'

제 아비를 닮았다.

어떤 짓을 하긴 하는데 도무지 목적이 뭔지 알 수가 없다. 시간이 지나서 어떤 일이 터지면 그때에서야 '아! 전에 한 일이 이것 때문에 그랬구나!' 하는 생각이 든다.

놈은 아비를 닮았다.

놈이 우물에 미숫가루를 탄 데는 분명히 이유가 있다.

그녀는 루주의 올가미를 의식했다.

그 올가미가 자신을 향해서 던져졌다는 건 불문가지, 생각할 필요도 없다.

'미숫가루… 미숫가루…… 아!'

그녀는 퍼뜩 한 생각이 떠올랐다.

그 사람의 아이를 가졌을 때, 놈을 가졌을 때, 한참 더운 여름날 길가에서 일하던 농부가 내어준 한 잔의 물, 미숫가루를 탄 물, 그 물을 나눠 마시며…….

'행복하다고 말했어. 그러고 보니 내가 행복하다고 말한 적은 딱 그때뿐…….'

행복은 큰 것에 있지 않다. 소소한 것에 있다.

그러다가 퍼뜩 한 가지 사실을 깨달았다.

'놈이 아이를 노린다!'

은자 육백 냥을 말하면서 아이를 거론했다. 이번에 또 태중에 마셨던 미숫가루를 상기시킨다.

그녀는 둥글게 부풀어 오른 배를 쓰다듬었다.

놈이 노리는 것은 이 아이다.

'이놈이!'

분노가 치민다. 감히! 하지만 제 아비를 닮아서 간계의 깊이를 헤아릴 수 없는 놈이니 일단은 피하는 게 상책이지 싶다.

"송화암(松華庵)에 다녀와야겠어요."

그녀가 입을 열었을 때, 놀라는 사람은 없었다.

팽가촌에 마련한 작은 불당에서 심신의 평안을 찾지 못할 때 늘 가던 곳이 송화암이다.

팽가촌 인근에는 대사찰이 많이 있다. 불가의 고찰인 운거사도 걸어서 반 시진이면 갈 수 있다. 그러나 그녀는 마차로 사흘이나 걸리는 송화암을 선호했다.

그녀가 워낙 송화암을 좋아하는지라 팽가촌 무인들치고 송화암을 가보지 않은 사람이 없을 정도가 되었다.

송화암은 만리장성(萬里長城) 너머 축록산(逐鹿山)에 위치한다.

북방(北方)답지 않게 산세가 수려하고, 오밀조밀해서 장엄하다기보다는 포근하다는 느낌을 풍긴다.

"태중인데 괜찮겠소?"

"미안해요. 다녀와야 마음이 편하겠어요."

"허허! 임사는 마음이 너무 고와서 탈이야. 다녀와야 마음이 편해진다니 어쩌겠소. 대신 호위는 단단히 붙일 터이니 그것마저 사양하지는 마시오."

"괜찮아요. 어디 싸우러 가는 것도 아닌데요, 뭘."

"나한테는 임자를 밖에 내놓는 것이 싸움터에 내놓는 것보다 더 근심스럽소."

"아! 고마워요."

가모는 가주의 품에 살짝 안겨들었다.

"허어!"

가주는 가모를 안으면서 등을 쓰다듬었다.

가모는 두 번, 세 번 생각을 거듭한 끝에 말을 꺼낸다. 그래서 그녀가 한 말은 거의 고집에 가깝다.

송화암에 가겠다고 말을 꺼낸 이상 가는 것은 기정사실이다.

아무리 만류해도 소용없다. 노기(怒氣)를 터뜨려 봐야 뚝뚝 떨어지는 눈물 앞에서는 이겨내지 못한다.

마음 편히 보내주는 것이 낫다.

송화암은 먼 곳에 있다. 하지만 아주 이상적인 휴양처이기도 하다. 단 며칠이라도 세상을 잊고 조용히 지내고 싶다면 적극 추천할 만한 곳이다.

가주는 생각했다.

'며칠 쉬었다 오는 것도 좋겠지. 그동안이면 피비린내도 씻겼을 테니까.'

출행 준비는 일사천리로 이루어졌다.

마차가 준비되고, 송화암에 시주할 곡물과 가모의 일상 용품이 실어졌다.

가모의 송화암 나들이는 늘 있는 일이기 때문에 준비물도 거의 고정되어 있다시피 하다. '가자' 하는 말이 떨어지고 넉넉잡아 한 시진이면 모든 준비가 끝난다.

호위도 정해졌다.

다섯 명.

이공자와는 동배분(同輩分)이지만 이미 무명(武名)을 날리고 있는 고수들이다.

무림인들은 이들에게 팽가오도(彭家悟刀)라는 별호를 안겨 주었다.

깨달은 칼이라는 뜻이다.

팽가에서는 깨달을 오(悟) 자 대신에 다섯 오(五) 자를 써서 그냥 팽가오도(彭家五刀)라고 부른다. 하나 이것은 외인(外人)에 대한 겸손일 뿐 기분 좋은 것은 사실이다.

이들 다섯 명이 호위하면 철벽(鐵壁)을 둘러친 것과 같다.

다른 때 같으면 이들이 나서지 않았을 터이지만 지금은 신경 쓰이는 일이 벌어진 후라서 각별히 선정했다.

"다녀올게요."

"쯧! 가지 않으면 좋으련만."

"열흘이면 될 거예요."

"알겠소. 잘 다녀오시오."

가모는 밝은 웃음을 지으며 마차에 올랐다.

사단은 마차에 오르자마자 일어났다.

'헉!'

갑자기 척추 신경을 잘라낸 것처럼 손발이 자르르 마비된다. 몸도 움직일 수 없고 간신히 고개만 돌릴 수 있다. 목 밑 부분이 모두 마비된 것 같다.

'잠깐! 세워!'

그녀는 마차를 멈추려고 했다. 하지만 소리없는 말은 사람들에게 전달되지 않았다.

"끼럇!"

마부가 말고삐를 풀어냈다.

마차가 움직이기 시작한다. 뒤따르는 다섯 고수의 말발굽 소리가 요란하게 울린다.

"잘 다녀오세요!"

의붓딸 팽가연이 활짝 웃으며 손을 흔들었다.

다른 때 같으면 그녀도 마주 손을 흔들어주었다. 하지만 오늘은 움직일 수 없다. 음성조차 나오지 않는다. 간신히 눈썹을 꿈쩍거리는 것이 할 수 있는 행동의 전부다.

무슨 일이 벌어지고 있는 거지?

그녀는 자신에게 물어봤지만 도무지 알 길이 없었다.

병을 얻은 것인가? 머리에 혈관이 터진 것인가? 중풍이라도 맞은 건가?

'으으으……!'

그녀는 마차에 같이 탄 시녀에게 눈짓을 보냈다. 하지만 시녀는 그녀를 쳐다보고 있지 않았다. 허리를 숙인 채 신발을 벗기고 양털로 만든 발판에 발을 올려주었다.

그런 건 중요치 않다. 일어나서 얼굴을 봐라!

시녀는 보지 않았다. 발판 위에 발을 올린 다음에는 부드러운 천으로 발을 감싸주었다.

그것으로 그치지 않는다.

먼 길을 갈 때 필수적으로 필요한 요강과 물을 챙긴다. 간식거리도 준비한다.

마차 안에서 시녀가 할 일은 의외로 많다.

쿡!

불현듯 어깻죽지가 비수로 찔린 듯 아파왔다.

'으… 윽!'

그녀는 소리없는 비명을 터뜨렸다.

암습…… 암습이다!

뇌에 문제가 생긴 게 아니다. 목뼈 밑으로, 척추를 단숨에 마비시켜 버리는 강력한 독에 당했다.

꾸욱!

이번에는 옆구리 쪽으로 비수가 날아들었다.

전신에 경기가 일어날 만큼 엄청난 극통이 치민다.

그녀는 신음조차 흘리지 못한 채 굵은 식은땀만 흘렸다.

"어! 마님, 어디 아프세요?"

비로소 시녀가 그녀를 봤다.

'어서! 어서 마차를 세워!'

그녀는 눈짓으로 급하게 말했다.

너무 아프다. 미간이 잔뜩 찌부러져 있을 게다. 식은땀이 줄
줄 흘러내리고 있지 않은가.

"마님, 땀을 너무 흘리세요. 어디 아프신 데 있는 건 아니
죠?"

시녀는 말을 하면서 수건으로 이마를 닦아주었다. 목도 닦
고 뒷덜미도 닦아주었다.

시녀에게는 그녀의 아픔이 보이지 않는 듯했다.

'양털!'

그녀가 앉는 자리는 양털로 덮여 있다.

양털 방석은 푹신하고, 보온도 되고, 마차의 덜컹거림도 많
이 흡수해 준다.

양털 방석에 수작을 부렸다.

루주 그놈, 그놈에게 당했다. 놈은 자신이 송화암에 다닌다
는 사실을 파악해 냈다. 그리고 미숫가루를 던져서 불안감을
조성했다. 자신이 움직이도록. 그리고 바로 이 짓, 양털 방석
에 독고(毒蠱)를 뿌려놨다.

아직 독고의 종류는 알 수 없다.

살을 깨물 때마다 비수로 찌르는 듯한 통증이 치민다는 점
과 아주 빠른 속도로 전신을 마비시킨다는 두 가지 특징밖에
는 찾아내지 못했다.

마비는 전체적으로 일어난다.

시녀가 그녀의 고통을 알아보지 못하는 것은 얼굴 근육이 움직임을 잃었기 때문이다. 평소의 무덤덤한 얼굴, 아무 고통도 없는 표정을 짓고 있기 때문에 알 수 없는 게다.

혈관은 정상적인 듯하다.

심장이 규칙적으로 뛰고 피의 흐름이 순조롭다. 공기를 들이쉬고 내뱉는 폐의 기능도 지극히 정상이다. 그렇다고 정신이 혼미한 것도 아니다.

몸을 마비시킨다는 것 외에는 해(害)가 없다.

'아이!'

그녀는 바싹 긴장했다.

독고가 아이를 해하는 것일까? 이렇게 당하고 마는 것인가?

어떻게 하면 이번 난관을 이겨낼 수 있을지 해결 방법을 찾기 위해 부심했다.

이번 일은 보기 좋게 당했다. 놈을 너무 가볍게 본 탓이다. 놈이 무엇을 할까 싶어서 내버려 둔 탓이다. 그래, 네가 먼저 수작을 부려봐라. 보기 좋게 맞받아쳐 주지. 그리 생각한 게 실수다.

그때다!

"웃! 이거 왜 이래!"

바깥에서 마부가 경악에 가까운 소리를 내질렀다. 그리고,

삐걱! 삐이… 걱! 부투두둑!

기분 나쁜 소리, 아주 기분 나쁜 소리가 귓가를 울렸다.

"어멋! 마차가 왜 이래!"

마차가 심하게 흔들리자 시녀가 몸을 기우뚱거리면서 말했다.

'틀렸어!'

그녀는 눈을 감아버렸다.

천요루주가 일차로 자신의 몸에 수작을 부렸고, 이차로는 마차 바퀴를 고장 내났다.

시녀나 마부가 해결할 수 있는 성질이 아니다. 마차는 전복되게 되어 있다.

이거다! 놈이 노린 것은 마차의 전복이다!

"마차 좀 살살 몰아요! 너무 심하게 흔들리잖아요!"

시녀가 고함을 빽 질렀지만 요동은 더욱 심해졌다.

"어이쿠! 마님, 괜찮으세요?"

맞은편에 앉아 있던 시녀가 그녀 쪽으로 떠밀려 와 콧방아를 찧었다.

'안 돼… 이것만은……'

그녀의 안색이 해쓱해졌다.

핏기 잃은 얼굴은 앞으로 일어날 일을 선명하게 그려내고 있었다.

"어! 어! 어! 이거 왜 이래! 이려!"

마부가 어쩔 줄 몰라 하며 급히 말고삐를 낚아챘다. 순간,

우당탕! 탕탕!

마차 바퀴가 박살이 나면서 다섯 명이 타도 넉넉할 정도의

거대한 마차가 확 뒤집어졌다.

꾸당당탕! 크르르릉!

마차는 대여섯 번이나 허공에 퉁겨졌다.

엎친 데 덮쳤다고나 할까? 하필이면 마차가 구른 곳이 암석 지대였기 때문에 타격도 컸다.

마차는 한 번 퉁겨질 때마다 한 구석씩 깨져 나갔다.

세 번째인가, 네 번째인가? 마차가 몇 바퀴 굴렀을 때, 시녀가 창밖으로 튕겨 나갔다.

그녀는 바위더미에 머리를 찧고 즉사했다.

쿠당탕탕! 탕!

박살 난 마차가 움직임을 멈췄을 때, 그녀는 혼절해 있었다.

"됐습니다. 마님은 건강하십니다."

하북제일의 명의(名醫)라는 운농선생(雲濃先生)의 음성이 들렸다.

"'마님'이라니? 그럼……?"

남편이 침통한 음색으로 물었다.

"유산하셨습니다."

"음!"

"유산도 아이를 낳는 것만큼이나 힘든 일이니 적어도 보름은 정양을 하셔야 합니다."

"알겠네."

"그럼 전 약을 달여 오겠습니다."

삐걱!

운농선생이 밖으로 나갔다.

"혈마고(血痲蠱)라고 했느냐!"

가주의 음성에 노기가 섞여 나왔다.

"네. 가모님은 사지가 마비되어서 손가락조차 움직이실 수 없었을 겁니다."

"그렇겠지. 그렇지 않았다면 마차쯤 구른다고 이리 당할 사람이 아니지."

"마차 바퀴를 절단한 수법이 아주 교묘합니다. 내부 균열만 일으켜 놨기 때문에 겉으로 봐서는 전혀 표시가 나지 않습니다. 마차에 대해서 아주 정통한 놈, 적어도 명장(名匠) 소리는 듣는 놈이 작심하고 저지른 것 같습니다."

호위로 나섰던 팽가오도의 음성이다.

순간, 가주의 머릿속에 청성파의 천지일기공(天地一氣功)이 퍼뜩 떠올랐다.

천지일기공은 속을 으스러뜨린다. 겉모습은 멀쩡한데 속은 산산조각난다.

'천지일기공?'

아니다. 인근에 청성파의 고수가 왔다는 소리는 듣지 못했다. 뿐만 아니라 청성파에서 이런 짓을 할 이유도 없다. 정말 그랬다면 이건 전쟁감이다.

"한데… 죄송한 말씀입니다만, 가모님의 목숨을 노린 것 같지는 않습니다. 목숨을 노렸다면……."

팽가오도가 말을 잇지 못했다.

뒷말은 듣지 않아도 짐작할 수 있다.

혈마고라는 독충에 당하는 순간부터 그녀의 목숨은 자신 것이 아니었다.

그녀가 앉는 양모 방석을 아무도 건드리지 않았다.

건드릴 이유가 없었다. 그 마차는 원래 가모의 전용 마차였기 때문에 다른 사람이 손을 댈 이유가 없다.

이것이 문제다.

고벽(痼癖)은 살수의 표적이 된다.

누가 감히 팽가촌에 들어와서 살행을 저지를 수 있나 하는 오만이 과거 비천문의 독혈지투를 불러왔다. 그리고 이번에는 그 오만 때문에 가모가 습격당하는 치욕을 겪었다.

아니, 이번에 사용된 독고가 특이했던 점도 무시하지 못한다.

혈마고는 남만(南蠻)에서만 발견되는 특이한 독물이다.

하북에서는 발견할 수도 없으려니와 기후가 달라서 제대로 살지도 못한다.

팽가촌 무인들은 혈마고를 눈으로 봤어도 알아내지 못했을 게다.

그만큼 하북 무인들에게 남만의 독물은 낯설다.

누군가 독물을 서남쪽 최남단에서 동북 최북단으로 수송해 온 자가 있나.

가모의 습격이 우발적인 사건이 아니다. 치밀한 계획하에

진행되었다.

어쨌든 적은 가모를 죽일 생각은 없었다. 그랬다면 열 번도 더 죽였다. 혈마고 대신에 독충을 풀었다면 이미 죽은 목숨이다. 양모 방석에 숨길 만한 독충은 얼마든지 찾을 수 있다. 크기가 깨알만 하고 독성이 지독한 독충은 찾고자 하면 지금이라도 찾아서 대령할 수 있다.

혈마고만 푼 상태도 위험하기는 마찬가지다.

마차가 암석더미 위로 구르는 순간, 마차에 탄 사람들의 목숨은 하늘에 맡겨졌다. 차라리 혈마고에 중독된 무공 고수보다는 몸이 자유로운 시녀 쪽이 생존 가능성 면에서는 더 높다.

마차가 산산이 부서지는 대참사 속에서 몸을 움직이지 못하는 그녀가 산 것은 기적이다.

마부는 마차가 구르는 순간에 죽었다. 시녀는 조금 늦게 죽었다. 마차를 이끌던 말 네 마리도 모두 죽었다.

가모만 살았다.

마차 바퀴가 절묘하게 부서진 덕분이다.

마차가 구르면서 마부와 시녀가 앉아 있던 곳부터 충격이 가해졌다. 그다음으로 마차 옆면에 충격이 가해졌고, 가모가 앉아 있던 자리는 세 번째에서야 충격을 받았다.

부서지는 충격이 절반 이상 소진되고 난 후다.

만약 바퀴를 반대로 부숴놓았다면 제일 먼저 죽는 사람은 가모가 되었을 게다.

굉장히 절묘한 수법이다.

가주는 분노했다. 진심으로 분노했다.

천요루주 같은 자와 수수께끼 같은 놀음을 하고 싶은 생각도 없다.

놈이 하는 짓은 사마외도(邪魔外道)가 하는 짓과 다를 바 없다. 기습, 암습, 음모……. 생각만 해도 지저분하다.

아니, 놈은 귀중한 팽가의 후손을 단절시켰다.

어린 영혼이 세상도 보지 못한 채 죽었다.

"사숙에게 전해라, 놈을 사로잡으라고!"

"죽이는 게 낫습니다. 놈을 취조할 증거가 없습니다."

"사로잡아!"

"넷!"

팽가오도가 읍을 한 후 물러났다.

가모는 눈을 뜨지 않았다.

그놈! 그놈이 감히!

옛 기억, 깊은 추억, 피붙이의 정 모두 잊었다. 남은 것은 원수뿐이다.

'사로잡아? 흥!'

웃긴다.

팽가촌은 너무나 정의롭다. 그래서 놈을 사로잡을 경우 징치할 명분을 찾아야 한다.

원한이 있으면 낭장 때려죽여야 마땅한데, 그럼에도 불구하고 죽일 이유를 찾아야 한다.

죄가 없는 자, 죄를 입증하지 않은 자, 징치하면 안 된다.

이것이 백도문파(白道門派)의 최대 약점이다.

놈은 증거를 남기지 않았다. 혈마고를 사용했다는 증거가 없다. 마차를 손댄 흔적도 찾지 못했다. 놈을 닦달할 만한 아무런 증거도 증인도 없다.

'너… 이제는 정말 용서하지 않아! 용서하지 않아!'

그러나 가주 생각은 다르다. 어떻게든 놈에게서 이실직고를 받아낼 생각이다.

그래서 눈을 뜨지 않았다.

지금은 가주와 말을 나누고 싶지 않다. 말로 해서 고집을 푼다면 백 마디라도 나누겠지만 고집을 꺾을 사람이 아니다.

'널 죽일 방법은 수천 가지도 넘지. 호호호! 호호호호!'

가모는 눈을 감은 채 속으로 웃었다. 미친 듯이 웃어젖혔다. 울음 섞인 웃음을 토해냈다.

3

"이제 우린 다 죽었다는 거 알지?"

"……"

"무슨 일인지 말이나 해주면 안 되나?"

"……"

"이제 곧 죽을 목숨이란 말이야? 그러니 말이나 들어보자고. 왜? 도대체 왜 팽가촌 가모를 공격한 건데? 공격했으면 죽여야지, 어렵게 수단까지 부려가면서 살린 건 뭔데?"

"……."

"미치고 환장하고 팔짝 뛰겠네."

맹삼력이 투덜거렸다.

호가는 묵묵히 흑풍의 머리만 쓰다듬었다.

팽가 가모의 마차 전복 사건은 날개를 달고 퍼져 나갔다. 사고가 일어난 지 반나절 만에 북경에서 모르는 사람이 없을 정도다.

사고!

사람들은 사고로 생각했다.

의문인 점은 금검문 사십팔로 무수검법의 달인이 그까짓 마차 전복 하나 피해내지 못했냐는 것이다.

이를 두고 임신 때문이다, 천요루주 때문에 생각이 분산되어 있었다, 암자 생각에 몰두해 있었다 등등 여러 가지 설이 마구 쏟아져 나왔다.

팽가촌은 침묵했다.

하지만 천요루마저 침묵할 수는 없었다. 사방에서 옥죄어오는 압박을 피부로 느낄 지경이다.

자손을 끊어버리는 손, 회자수들이 천요루 안팎을 틀어막았다.

들어오려는 사람은 물론이고 안에 있는 사람도 나가지 못하도록 완전 봉쇄했다.

봉쇄 대상에는 기녀도 포함된다.

일용(日用)에 필요한 야채나 고기도 일절 반입되지 않는다.

그들만 막아선 게 아니다. 천요루를 내려다볼 수 있는 지붕에는 팽가 무인으로 짐작되는 자들이 자리 잡았다.

움치고 뛸 수도 없는 형국이다.

"맹삼력, 마차를 준비해."

묵묵부답이던 루주가 결심을 굳힌 듯 일어서며 말했다.

"지금까지 한 말은 뭐로 들은 거래? 다시 말해줄 테니까 귀 씻고 똑바로 들으라고. 그러니까 지금 밖에 말이야."

"알아들었어."

"알아들었어? 그런데도 마차를 준비하라고?"

"팽가촌으로 간다."

"뭐! 너… 드디어 미쳤구나?"

"미칠 바에는 단단히 미쳐야지. 안 그래? 후후후!"

루주는 쓴웃음을 흘렸다.

"안 돼요. 가면 죽어요."

"……."

"그러잖아도 죽이려고 벼르잖아요. 그런데 죽을 자리로 기어들어 가겠다는 거예요?"

"잘 들어."

여느 때와 다르게 음성이 묵직했다.

주설언은 자신도 모르게 어깨를 움찔거렸다. 루주의 말투에서 불길한 예감을 읽었기 때문이다.

"너는 내 여자다. 그래서 무사하지 못할 것이야."

"지금… 루주 여자라고 인정해 주는 거예요?"

주설언의 눈가에 눈물이 촉촉하게 젖었다. 그러나 그녀의 눈물은 루주를 약하게 만들지 못했다.

그녀도 안다.

루주는 여인의 눈물 따위는 전혀 아랑곳하지 않는 냉혈한이다. 이건 루주를 직접 겪어본 사람만이 안다. 천요루에서 뭇 기녀들에게 베풀어준 은덕은 물질적인 베풂에 지나지 않는다. 그 어떤 경우에도 루주의 마음은 차디차게 얼어 있었다.

사랑?

루주는 사랑도 모르는 것 같다.

같은 침상을 썼지만 루주에게서 포근한 마음을 받은 기억이 없다. 열정적인 몸짓, 황홀한 애무……. 그러나 마음마저 따뜻했다는 기억은 없다.

루주는 묵직한 전낭(錢囊)을 내놓았다.

"넉넉히 넣었다. 빠져나갈 수 있으면 빠져나가서 잘살아봐."

"이걸로 끝이에요?"

"끝이다."

"좋아요. 끝내요."

주설언은 방긋 웃었다.

언제든 이별의 순간을 대비하면서 살았다.

특히 요즘은 더욱 그렇다. 아침에 눈을 뜨면 '오늘 하루만 더 아무런 일도 없었으면' 하고 기도하는 것이 일과가 되었다.

이별의 말, 언제 들어도 들을 말이다.

"이건 아주 요긴하게 쓸게요."

그녀는 전낭도 사양하지 않았다.

"빌어먹을! 큰일 났다! 곳간에 쌓아둔 곡식은 어디 가고 사람 시체만 가득하네."

호가가 다급해하는 말투와는 달리 심드렁한 표정으로 말했다.

"회자수 짓인가?"

"말해 무엇해. 그놈들 아니면 그 짓거리 할 놈이 어디 있어. 어쨌든 우린 정말 꼼짝없이 당할 것 같은데."

두 사람은 놀라지 않았다.

어느 정도 예상은 한 터이다. 근처에 회자수가 부쩍 늘어날 때부터 진한 피비린내가 풍길 것을 예상했다.

곳간에 있는 시신은 어디서 가져온 것일까?

분명한 것은 자신들 세 사람을 옭아매는 올가미로 작용할 거란 점이다.

"빠져나갈 수 있지?"

"글쎄? 좀 어렵지 않을까?"

"농담할 기분 아냐."

"내 걱정은 말고……. 그런데 정말로 하나만 묻자. 여기서 벌인 일, 어떻게 해석해야 돼?"

"개인적인 일이라고 했잖아."

"개인적인 일치고는 너무 커졌으니까 하는 말이지."

"그냥 그렇게만 알아둬. 도와줘서 고마웠어."

루주는 호가의 어깨를 툭 쳤다.

"살아나면 거기로 와."

호가가 입술만 살짝 비트는 어색한 웃음을 흘렸다.

순간, 루주의 눈빛이 번뜩였다.

"호가, 경고하는데… 저 애에게 희망을 주지 마라."

루주의 눈이 주설언을 향했다.

"내가 희망 같은 걸 어떻게 줘. 그런 거 있으면 나나 줘봐.
나도 없어서 죽겠다."

"괜한 일을 벌일까 봐 하는 소리야."

"니 아무 짓도 안 했으니까 걱정 마. 너 떠나고 나면 나도 바
로 떠날 거야. 잘 있거라, 잘 가라… 이런 말, 제일 싫어하는 거
알잖아. 떠날 때가 되면 그저 훌쩍 떠나면 되는 거지."

"꼭 그렇게만 해. 더 이상 일 벌이지 말고."

"그런 건 걱정하지 말라니까. 믿어보라고."

호가가 가슴을 탕탕 치면서 말했다.

"간다."

"그래."

루주와 호가는 곧 다시 만날 사람처럼 담담하게 헤어졌다.

"팽가촌으로 간다!"

"가봤자 돼지는 건 마찬가진데, 우리 손에 돼지지 그래?"

"내 이래 봬도 한두 놈쯤은 저승으로 끌고 갈 수 있을 것 같은데, 네가 같이 갈래?"

맹삼력의 눈빛은 평범한 마부의 눈빛이 아니었다. 살기를 번뜩이는 살모사의 눈빛이었다.

회자수 인간 백정들은 길을 열어주었다.

맹삼력의 눈빛에 기가 질린 것은 아니다. 그 뒤에 있을 기쁜 일을 고대하기 때문이다.

"굳이 가서 죽겠다면 말릴 이유가 없고……. 흐흐흐! 그럼 이제 야들야들한 고기들을 요리할 시간이 된 건가? 흐흐흐!"

인간 백정들은 천요루를 쳐다보면서 입맛을 다셨다.

"어때? 말릴 수 없지?"

호가가 말했다.

"그래도 따라가고 싶어요."

주설언이 눈물을 글썽이면서 말했다.

"내 저놈을 오래 보아왔는데 말이야, 명이 꽤 길어. 쉽게 죽을 놈이 아니니 걱정 마."

"무슨 계획이라도 있는 거예요?"

"계획은 무슨 얼어 죽을……. 넌 이 시점에서 계획 같은 게 타당이나 할 것 같아?"

"아무 계획도 없는 거예요?"

"없다니까."

"너무 무정하세요. 사람이 어떻게 그럴 수 있어요?"

"저놈?"

"아저씨요!"

"나? 내가 왜?"

"사람이 죽으러 가는데 어쩌면 그렇게 야멸차요? 마치 모르는 사람 취급하잖아요!"

"하! 이거 기껏 다시 만날 방도를 가르쳐 줬더니 이젠 타박까지 하네. 너, 앞으로 계속 이럴 거면 나 혼자 간다!"

"아뇨. 잘못했어요."

주설언은 급히 손을 내저었다.

사실 루주가 떠난다고 해도 웃으면서 보낼 수 있었던 것은 모두 호가의 언질 때문이다. 호가가 희망을 북돋아 주지 않았다면 이토록 대범하게 보낼 수는 없었을 게다. 아마 다른 여인들처럼 울며불며 매달렸겠지.

호가는 루주 앞에서는 모른 척했다. 속셈을 말하면 반대할 것이 뻔했기 때문이다.

"그런데 어떻게 빠져나가죠? 사방이 막혀 있는데……."

"후후! 이래서 여우는 굴이 세 개인 거야. 적어도 위험을 빠져나갈 곳이 세 곳은 되는 셈이지."

"그런데 절 데려가면 루주께 혼나지 않아요?"

"혼나지. 신경질 되게 낼걸?"

"그래도 괜찮아요?"

그 말에 호가가 주설언을 쳐다봤다. 그리고 말했다.

"내 저놈을 오래전부터 보아왔다고 했지? 그래서 아는데…
저놈 계집질은 꽤 했는데 한 여자와 반년 동안이나 같이 산 적
은 없어. 너랑 있으면서 다른 여자에게 눈길 준 적 있디?"

"그건 술 취한 여자를 품고 싶지 않다고… 아!"

"너 의외로 멍청이구나. 따라와. 갈 길이 멀다."

호가가 앞장서서 걸었다.

"다른 언니들은……."

호가는 대답하지 않고 걷기만 했다.

주설언은 잠시 기녀들이 머물고 있는 누각을 쳐다보다가 입
술을 잘끈 깨물고는 호가의 뒤를 쫓았다.

그 뒤를 조랑말 정도는 됨 직한 큰 개가 흰 이를 드러내며
어슬렁어슬렁 따라왔다.

두 사람이 떠나고 얼마 후,

화르륵! 화르르륵!

천요루에서 불길이 솟았다.

곳간에서 일어난 불길은 순식간에 누각으로 옮겨 붙었다.
기름덩이에 불이 붙은 것처럼 물을 끼얹고 어쩌고 할 틈도 없
이 천요루 전체가 불바다로 변했다.

"불이야! 불이야!"

기녀들이 기겁을 하며 쏟아져 나왔다.

"엇! 저, 저……."

회자수들은 망연자실하니 불난 곳을 쏘아봤다.

그곳에 그들의 작품이 있다. 루주란 놈과 두 사내를 꼼짝없이 옭아 넣을 함정이 있다.

불길은 모든 것을 삼켜 버렸다.

"비켯! 비켜, 새끼들아!"

기녀들은 앞뒤 문을 막고 있는 회자수에게 성난 욕지거리를 퍼부었다. 그도 그럴 것이, 뒤에서 화마가 다가오고 있으니 이 판사판이지 않은가.

"허!"

회자수들은 길을 열어줄 수밖에 없었다.

따각! 따각!

마차가 관도를 따라간다.

첫 번째는 이공자를 데려다 주러 간 길이고, 두 번째는 외상 값을 받으러 갔다. 그리고 이번이 세 번째, 죽으러 간다. 아니, 살기 위해서 간다.

"그것참, 팽가촌을 내 집 드나들 듯 들락거릴 줄은 몰랐는데."

"입조심."

"왜? 아!"

맹삼력이 급히 입을 다물었다.

마차 주위에 낯선 그림자들이 잔뜩 깔려 있다.

맹삼려은 루주가 주의를 주기 전까지는 그림자들이 이토록 가까이 붙어 있는 줄 알지 못했다.

스슷! 스스슷!

그림자들은 기척을 흘리지 않는다.

두 발이 땅을 딛고 있는데, 기름 위를 미끄러지는 것처럼 부드럽다.

"꿀꺽!"

맹삼력은 마른침을 삼켰다.

신법 하나만 봐도 상대의 무공을 짐작할 수 있다.

마차를 따라붙은 그림자들, 그들 중 그 누구라도 자신 같은 건 일도에 처리할 수 있다. 그만큼 강한 고수들이다.

"누군지 짐작 가는……."

맹삼력은 말까지 흐렸다.

"다섯."

"아!"

맹삼력은 루주의 언질에 퍼뜩 다섯 무인을 떠올렸다.

팽가촌에 다섯 명으로 이루어진 절대도객, 바로 가모의 호위로 나섰던 팽가오도다.

"나도 참 돌머리야. 휴우!"

맹삼력이 자신의 머리를 툭 쳤다.

팽가촌에 대해서는 파악할 만큼 파악해 놓은 상태다. 개개인의 무공은 물론이고 성질이나 습관까지도 조사해 놨다.

마차를 소리없이 따라붙을 정도의 고수라면 당연히 팽가오도를 떠올렸어야 한다. 한 명이 따라붙었다면 생각할 인물이 많지만 여럿일 경우에는 그들부터 생각했어야 한다.

팽가오도, 도를 깨달은 사람들.

도를 수련한 사람들이 아니라 깨달은 사람들, 각자(覺者)라는 표현을 쓴다.

도대체 얼마나 강하면 그런 별호를 쓸까 하고 생각한 적이 있다.

'더럽게 강한 놈들이네. 난 일초지적도 안 되겠어.'

맹삼력은 속으로 툴툴대면서 마차를 몰았다.

츠츳! 츠츠츳!

사방에서 살기가 뻗쳐 온다.

살기만으로 사람을 죽일 수 있다면 루주와 맹삼력은 오체분시(五體分屍)가 되고도 남았다.

맹삼력은 잔뜩 주눅 든 표정으로 마차를 몰았다.

아무 이유 없이 살기를 쏘아내는 경우는 없다.

당장 공격은 하지 않더라도 죽일 마음이 있기에 악의(惡意)를 담아서 쏘아보는 것이다.

그런 눈빛을 받아내는 방법에는 두 가지가 있다.

하나는 담담함을 유지하는 것이다.

그러면 상대의 분노는 활활 타오르는 불속에 기름을 쏟아넣었을 때처럼 걷잡을 수 없이 치솟는다. 더불어서 상대에 대한 경계심도 높아진다.

두 번째는 맹삼력이 하고 있는 것처럼 잔뜩 움츠러드는 것이다.

나는 기가 죽었다. 네 먹잇감이다. 때리면 맞을 수밖에 없는 처지다. 제발 목숨만…….

기가 죽어서 주눅 든 것이 아니라 사나운 눈길을 받아내는 방법 중에 하나다. 기루를 전전하면서 마부 생활을 하지 않았다면 터득하지 못했을 대응책이다.

루주가 목도로 등을 가격당하던 동네 어귀에 도착했다.

"멈춰라."

마차 옆에서 싸늘한 음성이 흘러나왔다.

맹삼력은 마치 그 말을 기다리기라도 했다는 듯이 급하게 고삐를 낚아챘다.

"이놈아, 이놈아! 서란다, 이놈아!"

히히힝!

말들이 투레질을 하면서 멈춰 섰다.

또 왔다. 팽가촌!

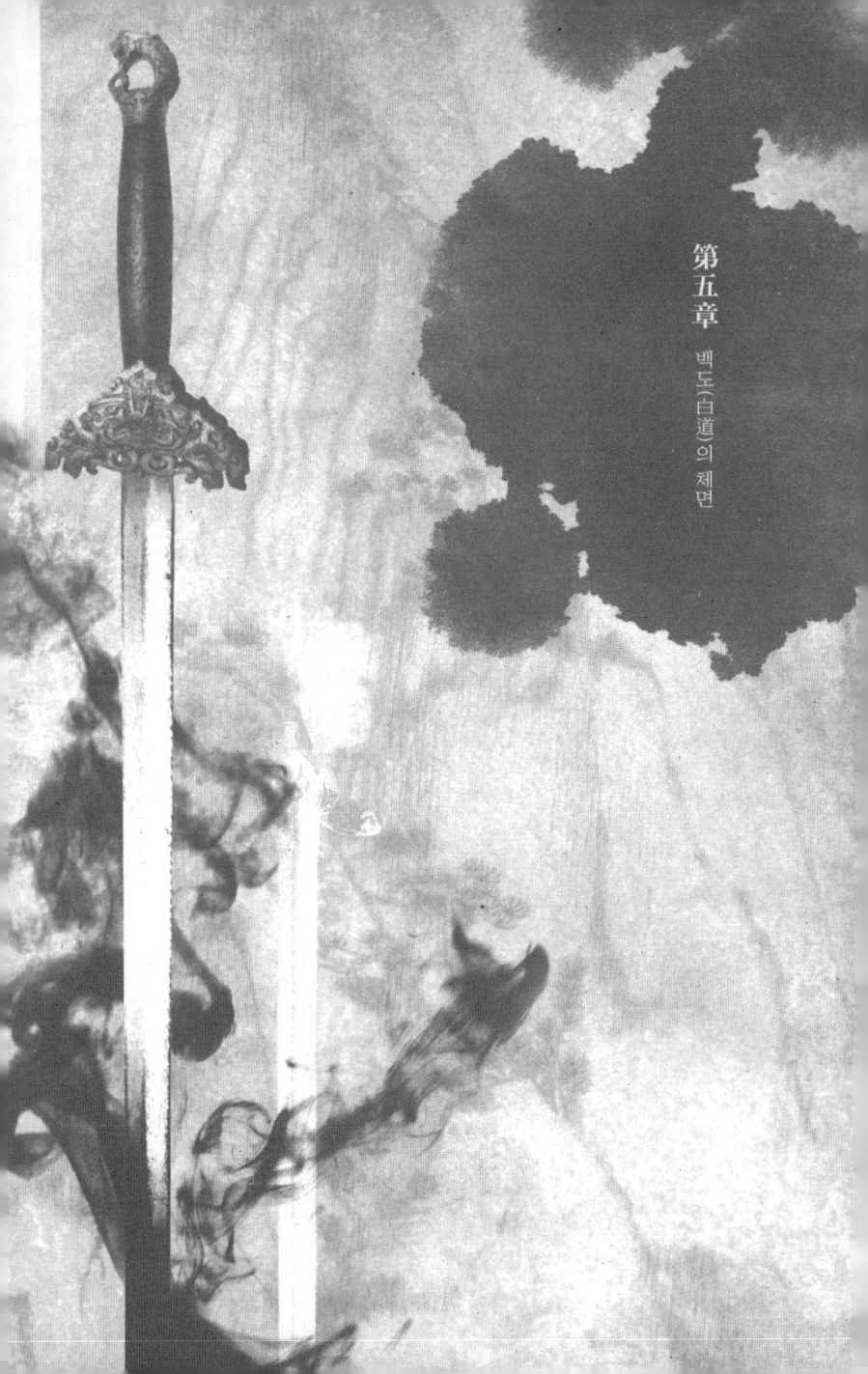

第五章　백도(白道)의 체면

1

"허허! 아주 영악한 놈이로세."

팽가일로(彭家一老)가 말했다.

"일이 우습게 돌아갑니다."

팽가이로는 미간을 찌푸렸다.

"그러게 말일세. 일이 아주 우습게 돌아가고 있어. 이건 팔하나 잘린 것보다 더 아픈걸. 허허!"

웃고 있지만 웃는 게 아니다.

"형님은 뭐하고 있었습니까? 저런 놈인 줄 알았으면 일찍 끝내 버리시지 않고."

우로가 신경질적으로 말했다.

팽가삼로는 눈을 가늘게 뜨고 마차만 노려봤다. 팽가사로는 싸늘한 안광만 발산했다.

북경을 벗어나면 바로 칠 생각이었다.

오늘, 내일…… 하루 이틀 사이에 결판날 일이었다.

한데 그동안에 놈은 가모를 습격했을 뿐만 아니라 당당하게 마차를 타고 들어선다.

하북팽가는 완벽하게 당했다.

놈은 사지로 걸어 들어온 게 아니다. 유일한 생로(生路), 탈출구를 찾은 것이다. 이것이 탈출구가 될지 사지가 될지는 두고 봐야 알 일이지만 천요루주가 택할 수 있는 많은 길 중에 최상의 길을 택한 것만은 틀림없다.

사람들은 수군댄다.

천요루주가 가모를 습격했다며?

그게 말이나 되나. 루주 같은 놈이 어떻게 습격을 해? 팽가가 그렇게 만만한 곳인가?

마차에 손을 썼대.

이건 또 무슨 소리야? 팽가촌 깊숙이 모셔져 있는 마차에 어떻게 손을 써? 루주가 팽가촌을 들락거렸단 말이야? 그러는 동안 팽가 무인들은 두 손 두 발 다 놓고 멀거니 지켜만 봤고? 도대체 말이 되는 소리를 해야지.

그 말이 되지 않는 소리가 실제로 벌어졌다.

사람들이 믿지 않는, 도저히 있을 수 없는 일이라고 생각되는 일이 현실로 드러났다.

실제로 그렇다면 하북팽가의 대망신이 아닐 수 없다.

기루 루주같이 비루한 자가 팽가촌을 들락거릴 동안 팽가 무인들은 무엇을 하고 있었나. 팽가촌이 그토록 허술한 곳이 었나? 마차 바퀴에 수작을 부리려면 상당한 시간이 필요했을 텐데, 그동안 모두 잠만 자고 있었나?

또 실제로 그런 일이 벌어지지 않았다고 해도 팽가는 대망 신을 피할 수 없게 되었다.

팽가는 천요루를 핍박했다.

천요루 주변에 무인을 배치했다. 직접 압박해 들어가지는 않았지만 지붕 위에서 감시하는 것만으로도 팽가의 의도를 짐 작하는 것은 어렵지 않다.

물론 천요루를 고사(枯死)시킬 목적이었다는 건 안다. 그 이 유가 이공자 음해 사건이라는 것도 안다. 그러나 가모의 마차 전복 사건까지 그에게 뒤집어씌우는 것은 너무했다.

사람들은 이번 일은 팽가의 억지라고 생각한다.

팽가로서는 죄를 입증해야 할 의무가 생긴 셈이다. 그렇지 않으면 분명한 확신을 가지고 있을망정 놓아줄 수밖에 없다.

천요루주가 무슨 짓을 했는가?

뒷산을 타고 들어와 우물에 미숫가루를 뿌렸다.

그것이 전부다.

팽가사로가 말했다.

"어쨌든 저놈은 반드시 죽여야 할 놈이 되었군요. 영악하든 영악하지 않든 말입니다."

팽가 무인들은 멍청하지 않다.

그들은 살기를 쏘아냈지만 이미 승산없는 싸움이라는 걸 감지하고 있었다. 그래서 분노까지 포함시켜서 더욱 진한 살기를 토해낼 수밖에 없는 것이다.

이럴 경우, 사마외도 같으면 당장 목을 쳐냈다.

그놈의 증거 따위가 무슨 소용인가. 심증만 있으면 끝난 것이다. 일단 죽여놓고 저간의 사정을 천천히 따진다.

세간의 눈을 의식하지 않는 그들이 부러울 때도 있구나.

기회가 전혀 없었던 것은 아니다. 놈이 가주의 담장을 넘었을 때, 그때 잡았어야 한다.

분기를 참지 못하고 우물에 오물을 투하했다고 하자. 아무렴 먹어도 배탈조차 나지 않을 미숫가루를 쏟아 넣었을까. 독은 아닐지라도 하다못해 똥이라도 던져 넣는 게 사람 마음이 아니던가.

그때 놈을 다그쳤어야 한다.

아무래도 이상했는데 곧 끝장날 놈이니 며칠만 기다리자던 게 실수였다.

청년이 천요루주 앞에 섰다.

이목구비가 말끔한 미공자다. 신언서판(身言書判)의 가장 앞에 있는 신으로 볼 때 최상의 사내 중 한 명이다.

그는 백설(白雪)처럼 고운 백의를 입고 있었다. 허리에는 날렵한 유엽도를 찼다.

"내가 누군지 알겠느냐?"

"죄송합니다. 사람을 잘 기억하지 못합니다."

천요루주는 사내를 힐끔 쳐다보았을 뿐 별다른 예(禮)를 취하지 않았다.

"저기, 저……."

루주 곁에 시립해 있던 맹삼력이 무슨 말인가를 하려고 했지만 입을 열지 못했다.

사내가 피식 웃으면서 맹삼력을 쳐다보았다.

"너는 내가 누군지 아는 모양이군."

"이, 이공자님……."

맹삼력이 더듬거리면서 말했다.

"아직도 기억나지 않느냐?"

이공자의 눈길이 천요루주에게 향했다.

"흠! 그렇군요. 공자님이 이공자님이시군요. 하하! 이거 참 뭐라고 말해야 할지. 공자님께 외상술을 드렸다가 괜히 목도만 얻어맞지 않았겠습니까. 하하하!"

루주가 천연덕스럽게 말했다.

"술만 얻어 마신 게 아니지. 술 깬 후에야 알았는데, 아주 황홀한 약까지 줬더구나."

"그렇습니까? 쯧! 그렇게 단속을 하는데도……. 요즘 애들은 마음에 드는 사내를 만나면 어떻게든 자기 사람으로 만들려고 엉뚱한 짓도 하는 모양입니다."

"네 잘못은 없다는 투로구나."

"하하! 그 아이… 깊은 사정이야 전들 알겠습니까? 그날 밤

무슨 일이 있었는지는 모르겠지만, 공자님께서 늘씬하게 두들겨 패놓은 건 봤습니다."

"하하하! 물고 늘어지겠다? 하하하! 그건 그렇고… 월아 그 애는 어디로 빼돌렸느냐?"

"착각의 말씀. 빼돌린 게 아니라 도주했습니다."

"그래?"

"은자까지 훔쳐서 도주했으니……. 그런 애들, 일단 숨으면 좀처럼 찾기 힘들죠."

"그건 너희 말이고… 후후후!"

이공자 팽효뢰가 의미심장한 웃음을 흘렸다.

'잡혔다!'

눈치코치로 밥을 먹고 살아온 사람들이 평생 무공만 파고든 무공 샌님의 표정을 읽지 못할 리 없다.

그러나 지금 당장은 어떻게 해볼 도리가 없다. 그저 꿀 먹은 벙어리처럼 잠자코 있는 수밖에 없다.

이공자가 살기 깃든 웃음을 흘리며 말했다.

"하하하! 재미있게 됐어. 벼룩에게 물리는 맛이 이런 거군. 하하! 들어가 봐라. 아버님께서 기다리신다. 가는 길은 알지? 한 번 와봤잖아. 하하하!"

"독대다. 안 돼!"

맹삼력이 소매를 잡았다.

"후후! 선택의 여지가 없어. 여기까지 왔잖아."

"그래도 독대야. 여기서 버텨야 해."

맹삼력은 입술이 바짝 타들어갔다.

정도 문파의 약점!

이 점을 최대한 이용해야 한다.

현재까지는 천요루주도 불리하지 않다.

그는 가해자, 팽가촌은 피해자다. 이런 상황에서 심판을 받는다면 누구든 팽가촌의 손을 들어줄 수밖에 없다. 하지만 증거가 없다. 이것이 정도 문파의 맹점이다. 만인 앞에서 일의 선후를 따진다면 얼마든지 응대할 수 있는 이유다.

독대는 다르다.

독대. 단둘만 대화를 나누는 자리.

아무도 없는 곳에서 심중에 있는 말을 솔직하게 털어놓자는 의도.

당연히 독대에서 주고받은 이야기는 당사자들만의 비밀로 하는 것이 상례다.

이것이 독대의 전부인가? 맞다. 이것이 전부다. 아주, 지극히 정상적인 독대다. 하지만 지금 가주와 루주가 만나는 것은 정상적인 독대가 아니다. 함정이 도사리고 있는 비정상적인 독대다.

강자가 약자를 일방적으로 베어버리면 어쩔 텐가?

인격을 모독하는 언사는 싸움의 빌미가 된다. 협박이나 공 갈도 싸움을 부른다.

싸움이 일어날 요소는 많다.

죽은 자는 말이 없고, 산 자는 어떠한 변명도 갖다 붙일 수 있다.

이것이 비정상적인 독대의 무서움이다.

천요루주가 마차를 타고 팽가촌에 들어선 것은 '세상 사람들아! 나 좀 봐라!' 는 뜻이 깃들어 있다.

만인의 시선을 집중시키는 데 성공했다.

이대로 밀고 나가야 한다. 단둘이 독대하는 것이 아니라 많은 사람이 보는 앞에서 사생결단을 내야 한다. 목숨이 경각에 달린 이 마당에 무엇이 무서워서 가주의 말을 듣는단 말인가.

루주는 맹삼력의 만류를 듣지 않았다. 그가 마차에서 내려서며 말했다.

"후후! 가주도 만나고 싶었지. 어떤 사람인지… 후후!"

맹삼력은 고개를 갸웃거렸다.

루주의 말 속에 무슨 깊은 뜻이 숨어 있는 것 같기는 한데, 그 뜻을 알 수가 없었다.

천요루주는 가주의 집무실로 들어섰다.

많은 사람을 봤다.

동구 밖에서 시비를 걸던 팽가연도 보고, 가모의 호법인 팽효문도 봤다.

"부디… 살아 나와라. 곱게 죽으면 안 되지."

팽효문이 이를 악물고 한 말이다.

루주는 피식 웃었다.

'좋게 끝나기는 틀렸군.'

팽가 무인들의 마음속에 적개심이 들끓는다.

중거가 어떻고 증인이 어떻고 하는 말과 마음속에서 꿈틀거리는 적개심은 별개의 문제다.

그들은 천요루주를 증오한다.

시빗거리만 잡으면 누가 뭐라고 할 틈도 주지 않고 칼을 뽑을 게 뻔하다.

"흥!"

집무실을 물러나던 시비가 그를 보고 코웃음 쳤다.

그는 팽가 무인들뿐만 아니라 시비, 하인들에게까지 증오의 대상이 되었다.

집무실은 열려 있었다.

'단둘만의 독대.'

곁에서 수발을 들던 시녀도 내치고 가주를 그림자처럼 따라 붙는 호위도 물렸다.

그는 안으로 들어섰다.

휘이이잉!

바람도 없는데 찬바람이 분다. 마음으로 느끼는 살기의 바람은 그 어떤 한설(寒雪)보다도 매섭다.

파아아앗!

진기를 실은 안광이 벼락같이 꽂혔다.

하북팽가에는 두 개의 신공(神功)이 있다. 건곤미허신공(乾

坤彌虛神功)과 혼원벽력신공(混元霹靂神功)이다.

가주의 안공(眼功)은 혼원벽력신공에 기초를 둔다. 하늘에서 떨어지는 벽락을 지켜볼 만큼 뜨거운 눈길을 뿜어낸다.

눈동자를 돌리지 않으면 영혼이 빨려 나가는 것 같은 환각이 들 것이다. 오기로 계속 눈싸움을 하다가는 실제로 망막이 타버려 장님이 될 것이다.

루주는 가주를 쳐다보지 않았다.

눈을 반쯤 내리깔고 자신의 손등을 쳐다봤다.

반개(半開). 혼원벽력신공을 알고 있다. 안공을 피할 수 있는 최고의 방법을 안다.

'내력이 심상치 않은 놈…….'

'강하다!'

두 사람은 단숨에 상대를 읽어냈다.

"독대에서 못할 말이 없겠지. 우리에게 원한이 있나?"

"없습니다."

"검을 쓰나?"

"저 같은 직업을 가지다 보면 싸움 할 일이 많죠. 씁니다."

"무공을 배웠다는 소리는 하지 않는군."

"내세울 만한 게 되지 못해서…….."

두 사람은 한담(閑談)을 나누듯이 평화스럽게 이야기를 주고받았다. 아니, 대화 속에는 칼날이 숨어서 번뜩였다. 다만 이야기를 주고받는 어투가 잔잔할 뿐이다.

"마차에 손을 댔나?"

가주가 드디어 용건을 물었다.

가주의 눈빛에 칼날이 담겨 있다. 우르르릉 하고 소리없는 뇌성(雷聲)이 몰아친다.

"그렇습니다."

루주는 지극히 태연했다.

잠시 정적이 흘렀다.

마차 전복 사건은 단순하지 않다. 가모에게도 큰 충격이었지만, 또 그만큼 가주에게도 충격을 주었다.

그 사건은 근래 가장 큰 기쁨이던 태아를 잃게 만들었다.

유산이 아니더라도 사람이 둘이나 죽었다.

장난으로라도 해서는 안 될 큰 사건이다. 악의를 품고 저질렀으니 능지처참을 면치 못할 대사건이다. 하북팽가의 모든 무인들이 이를 악문 사건이다.

루주처럼 태연한 신색으로 대답할 수 있는 말이 아니다.

"다시 한 번 묻지. 마차에 손을 댔나?"

스팟!

칼에 손을 대지도 않았는데 도기(刀氣)가 뻗어 나온다. 말 한마디에 목숨이 달려 있다.

루주는 표정도 변하지 않고 말했다.

"몇 번을 물으신들… 그렇습니다."

"죽어야겠군."

"이유는 묻지 않으십니까?"

"누구에게나 이유는 있는 법이지. 몇 초나 양보해 줄까?"

가주의 음성은 굳건했다.

어떠한 이유나 변명도 용납하지 않겠다는 뜻이 비친다.

하기는 마차에 손을 댔다고 본인 스스로 시인했으니 더 물을 것도 없다.

"그럼 저도 굳이 변명하지 않겠습니다."

"마음껏 말해라. 백 초 이내라면 네가 원하는 대로 양보해주마."

파파팟! 파파파팟!

가주의 전신에서 칼날 같은 예기가 뿜어져 나왔다.

차앙! 서걱!

칼이 뽑히고 목이 갈라진다. 방어할 틈은 없다. 칼이 어떻게 뽑히는지도 보지 못한다. 더럽도록 빠른 칼이 머리를 갈라내는 동안 손가락이라도 까딱거릴 수 있다면 다행이다.

승부는 끝났다.

두 사람은 칼이 뽑히기도 전에 상대의 공부를 알아봤다.

"초 수 양보는 필요없습니다. 대신 이걸 봐주십시오."

루주가 품에서 서신 한 장을 꺼냈다.

"뭐냐?"

"봐주시겠습니까?"

"보지. 펼쳐라."

루주는 서신을 펼쳐서 가주가 읽을 수 있게 내밀었다.

가주가 서신을 읽었다. 한 줄 한 줄 서신을 읽어가던 가주의 눈이 부릅떠졌다.

서신을 다 읽은 가주는 두 눈을 꼭 감고 한참 동안이나 손을 부들부들 떨었다.

격동이 느껴진다. 활화산 같은 열기도 느껴진다.

"네놈······! 후후후! 좋다. 약속은 약속이니··· 내 선에서는 물러나지. 하지만 이 약속··· 나 혼자에게만 국한된다는 점을 잊지 마라. 여기서 나가는 즉시 네놈은······."

가주는 말을 끝맺지 않았다. 떨리는 눈까풀을 내리감으면서 물러가라는 손짓을 했다.

루주는 의자에서 일어났다. 그리고 이번에는 두 손 모아 포권지례를 취했다.

"그럼 이만."

그기 한 마지막 인사였다.

미안하다, 죄송하다, 살려달라··· 어떠한 사과도, 변명도 없었다.

"들었나?"

"들었습니다."

집무실 우측 벽에서 소리가 들려왔다.

"얼굴은?"

"봤습니다."

"읽은 것은?"

"만족감입니다. 이제 죽어도 여한이 없다는 표정. 높은 목적을 이뤘습니다."

이들의 분석은 정확하다.

하북팽가에는 무인만 있는 게 아니다. 무가라고 다 무인만 있는 게 아니다. 특이하게도 태어날 때부터 문재(文才)를 타고 난 자들도 있다.

팽가의 문재는 특이하다.

그들은 보편적인 유전(遺傳)을 이어받지 않았다. 돌연변이적인 특이 유전을 이어받았다.

그들은 얼굴 표정이나 행동에서 생각을 읽어낼 수 있다.

그런 그들이 말한다, 놈은 목적을 이뤘다고.

그렇다. 루주가 죽으러 온 것은 할 일을 다 했기 때문이다. 분명히 그는 이제 죽어도 여한이 없다는 표정을 지었다. 겉으로는 무표정을 유지했지만 내심은 분명히 만족한 상태였다.

"모두 분석해라."

"알겠습니다."

"분석한 정보는 사(四)숙부님께 전하도록."

"이번 일에서 손 떼십니까?"

"그렇다."

"죄송하지만 아까 그 서신… 누구의 어떤 서신인지……?"

"……"

가주는 침묵했다.

그들도 더 묻지 않았다. 대답을 들을 수 없다고 생각했는지 마지막 물음을 끝으로 인기척이 뚝 끊겼다.

그들은 사라졌다.

정파의 한계!

예상은 했지만 생각한 것보다 훨씬 나쁜 결과다.

'으……!'

꽉 쥔 주먹이 부르르 떨렸다.

태아를 잃었다. 늘그막에 힘들게 얻은 아이를 빼앗겼다.

이것만으로도 죽일 명분은 충분하다.

그런데 놓아주었다.

—보내라. 가주의 명이다.

이것은 그냥 놓아준 것이 아니다. 일종의 면죄부까지 내준 것이다.

루주는 자진해서 팽가촌에 들어섰다. 그리고 살아 나왔다. 털끝 하나 다치지 않고 온전한 모습으로 돌아섰다. 보내주라는 가주의 명까지 얻어냈다.

누가 봐도 팽가촌에서 면죄부를 주었다고 생각할 게다.

루주는 마차 전복 사건에 관여하지 않았다. 놈은 야밤에 담장을 넘지도 않았다. 우물에 미숫가루를 푼 일도 없고 마차에 흠집을 내지도 않았다.

팽가촌은 이 모든 사실을 일절 부인해야 한다.

그런 것들을 인정하면 팽가촌의 무능이 조롱거리가 된다.

팽가촌과 천요루주 사이에는 며칠 전 일만 남는다.

이공자에게 약을 먹여서 정신을 잃게 만든 다음, 외상술을 쳤다며 은자를 받아갔다. 이런 사실을 알아낸 팽가촌은 분노했다. 그래서 천요루주에게 떠나라는 명령을 내렸다.

딱 이것만 남는다.

이것이 정파의 한계다.

그렇다고 사건이 끝난 건 아니다.

천요루주는 쥐도 새도 모르게 사라진다. 그 일을 위해 팽가사로가 팔을 걷어붙였다.

그 일은 아마도 회자수 몫이 되지 않을까 싶다.

회자수가 일 처리를 제대로 해내지 못하면 팽가사로가 직접 나서는 경우도 생각할 수 있다.

어쨌든 누가 봐도 천요루주는 죽는다.

한데 그녀만은 그렇게 생각하지 않았다.

놈은 누구나 죽을 수밖에 없다는 처지를 수차례나 견디어냈다. 이상하게도 이번만은 어쩔 수 없겠거니 하는 상황에서도 묘하게 일을 비틀어 버린다.

놈은 회자수를 견뎌낼 것이다.

어떤 방법을 쓸지 모르겠지만 최악의 경우에는 회자수가 움직일 수 없는 상황을 만들지도 모른다.

팽가사로의 움직임도 제한된다.

그도 정파의 한계를 벗어나지 못한다. 암암리에 놈을 죽일 생각이라면 정파의 탈을 벗어야 하는데 그렇지 못한다. 마지막 최악의 순간까지도 벗어던지지 못하는 것이 그놈의 정파 가면이다.

"지겨워. 여기서 끝내!"

그녀도 모르는 사이, 마음속 말이 불쑥 입 밖으로 튀어나왔다.

"송화암에 다녀와야겠어요."

"……."

가주는 아무 소리도 하지 못했다.

부인의 심정을 십분 이해한다. 그토록 갈망하던 아이를 잃어버렸으니 하늘이 무너지는 느낌일 게다. 더군다나 흉수가 누구인지 알면서도 징치하지 않고 있다.

심병(心病)이 걸리고도 남을 일이다.

"몸도 성치 않은데……."

가주가 할 수 있는 말이라고는 이게 고작이었다.

"송화암에서 쉬어야겠어요. 이해해 주세요."

"이해는 하는데……."

가주는 만류하지 못했다.

두 번째 송화암 나들이에는 더욱 많은 사람이 따라붙었다.

우선 시녀가 두 명이나. 가모가 아직 환자이기 때문에 더 많은 손이 필요할 것이라고 생각했다.

의원도 동행한다.

아이를 땐군 후유증이 상당할 것으로 짐작된다.

호위 쪽에서도 팽가오도 외에 한시도 가모 곁을 떠나지 않는 호법, 팽효문이 따라붙는다.

암자에 불공을 드리러 가는데 무인이 여섯 명이나 동행한다는 것도 유례에 없던 일이다.

"넌 마차에 붙어 있어. 밖은 우리가 지키지."

팽가오도가 말했다.

"그럼 그러겠습니다."

팽효문은 사양하지 않고 마부 곁에 앉았다.

그녀는 마차 안에서 부산하게 움직이는 사람들을 지켜봤다.

허깨비들 같다. 실체가 없는 허상이 움직이는 것 같다. 모두 자신과는 상관없는 사람들, 유령처럼 금방이라도 땅속으로 꺼져 버릴 것 같은 사람들이 오고 간다.

그녀는 하늘을 공허하게 바라봤다.

텅 빈 하늘…… 그녀의 마음이다.

한 사람, 지금의 사태에 분노한 사람이 있다.

팽가연, 그녀는 의모의 눈빛을 봤다.

쓸쓸하고, 허전하고, 금방이라도 한숨과 눈물이 쏟아져 나올 것 같은 눈.

또 하나의 눈도 봤다.

그는 무심했다. 서슬 퍼런 팽가 무인들의 눈총을 온몸으로 받으면서도 개 떼 사이를 걸어가는 호랑이처럼 당당했다.

팽가는 무력했다.

다른 사람들은 어떤 심정인지 모르겠다. 알 필요도 없다. 하지만 그녀는 정말 이게 하북팽가가 맞나 의심이 들 정도로 무기력한 팽가의 모습을 봤다.

이런 모습, 한두 번이 아니다.

정파라는 틀에 갇혀서 본 것도 못 본 척할 때마다 속에서 신물이 솟는다.

그놈의 명분이 뭐란 말인가!

"준비해!"

"아씨!"

"계속 주둥이만 놀릴래!"

"아씨, 사로께서 처리하실 거예요."

"그전에 내가 먼저 끝내!"

"아씨!"

"따라오기 싫으면 관둬!"

그녀는 말이 끝나자마자 신형을 날려 말 위에 올랐다.

"잠깐만요, 아씨. 같이 갈게요."

"따라오려면 오고 말려면 마! 끼랴!"

팽가연은 비연사도(飛燕四刀)가 말에 오를 때까지 기다리지 않고 고삐를 힘차게 낚아챘다.

히히힝! 히히힝!

말이 거칠게 울음을 토해내며 치달려 나갔다.

"미치겠네."

"어서 빨리!"

그녀들은 재빨리 말에 올라 팽가연의 뒤를 쫓았다.

히이잉! 히잉!

말울음 소리가 한바탕 크게 일어났다.

그래도 팽가촌 무인들은 담담하게 지켜보기만 했다. 팽가연이 종종 이런 식으로 출타하기 때문에 익숙해져 있다. 다만 때가 때인지라 혀를 찰 뿐이다.

"쯧! 집안에 좋지 않은 일도 있는데, 이런 때는 좀 조신하지 않고. 뭔 놈의 계집애가 선머슴 같아서."

그들은 땅속에 숨어서 산다.

단단한 근육과 남자다운 패기가 넘치는 곳에서 살 수 없기 때문에 땅속으로 스며들었다.

세심루만 해도 땅 위와 땅 밑이 구분된다.

땅 위는 가주가 즐겨 찾는 명소다. 팽가촌 원로(元老), 장로(長老)들이 중요한 회담을 할 때 종종 이용한다. 꼭 그런 일이 없더라도 세심루는 산야를 굽어볼 수 있는 명소다.

한 치 밑, 세심루 마루 밑은 그들의 땅이다.

그들도 세심루에서 산야를 굽어본다. 다만 누각에서 보는 것이 아니라 누각 밑에 있는 석조 다리 사이에서 빠끔히 고개를 내밀고 쳐다본다.

누각 위와 누각 밑.

보는 위치는 달라도 보이는 것은 똑같다.

"히히히! 가모께서 이상하시단 말씀이야. 복중 태아를 잃었으면 움직이기도 싫으실 텐데."

"가시는 곳이… 축록산 송화암, 그러니까 축록산이 여기니까… 가시는 길에 들를 만한 곳이 있나?"

하북 지도를 펴놓았다.

들를 곳은 없다. 성(城) 정도 되는 제법 큼직한 마을 하나가 있고, 그 너머는 바로 만리장성이다. 그리고 만리장성만 넘으면 곧바로 축록산이다.

"없지, 아마?"

"그럼 단순히 불공을 드리러 가신다는 말씀?"

"왜 그래, 아까부터? 뭐야, 가모님을 의심하는 거야? 미심쩍은 근거가 뭔데?"

누구든 의심할 수 있다.

필요하다면 가주까지도 의심하는 것이 그들의 일이다.

친척, 혈연, 위치, 무공…… 모든 면을 백지로 돌리고 처음부터 생각한다.

"가모님은 활불(活佛)이시거든."

"그렇지."

"다른 때 같았으면 은자 열 냥? 그냥 줘서 보냈어. 아니지. 한 열 냥쯤 더 쥐어서 보냈을걸. 이공자를 잘 보살펴 줬다고 칭찬까지 했을 서야."

"나도 그게 걸리긴 해. 천요루주를 대할 때의 모습은 평소의 가모님이 아니었어."

"그게 사단을 불러온 건가?"

"아니, 아니. 사단은 그전에 있었다는 느낌. 그전에 사단이 났기 때문에 이공자를 유인했던 게지."

"그럼 가모님을 주시해야 되나?"

"지금 당장은. 어디 콕 짚어서 이상한 곳이 있어야 말이지. 천요루주가 미친 들소도 아니고, 들입다 죽겠다고 달려드는 데는 이유가 있어야 하는데… 아무것도 없잖아?"

"이번 일로 놈은 천요루를 잃었어. 엄청난 손해를 본 거지. 우리는 아기씨를 잃었고……. 설마? 아기씨? 태중의 아기씨를 노렸나?"

"모든 건 추측일 뿐이니까 입에 올릴 수 없는 거고."

"아가씨 쪽은……."

"신경 쓰지 않아도 되지 않을까?"

"그렇지? 비연사도와 함께 있으니까. 히히히!"

그들은 현재 벌어지고 있는 상황을 차근차근 정리해 나갔다.

무예를 수련할 수 있는 몸이었으면 백 번이라도 무인이 되었다. 하북팽가 같은 무인 가문에서 문인으로 살아간다는 것은 한 발 뒤로 물러서서 조망하는 위치에 있어야 한다는 뜻이다.

다행스럽게도 그들은 그런 역할이 좋았다.

무예를 익히라고 하면 손을 휘휘 내젓지만 글 한 구절 설명해 달라고 하면 입에 침을 튀겨가며 말한다.

그들은 자신들이 무엇을 잘하는지 안다.

푸드드드득!

전서구(傳書鳩)가 힘찬 날갯짓을 하며 떠올랐다.

"눈치채지 않게 조심해서 잘하겠지?"

"어련히 알아서 잘할까."

"가모님을 지켜보라는 명령이니 께름칙해서 하는 말이야. 나도 께름칙하지만 저 사람들도 좋지 않을 것 같아서."

"어디 이런 일이 한두 번인가. 괜찮아. 주의해서 나쁜 건 없는 거지. 훌훌 털어버려."

그들은 멀어져 가는 마차를 배웅했다.

꾸루르르륵!

석경산에서 날린 전서구가 팽가오도의 팔 위로 날아 앉았다.

팽가촌을 떠난 지 반 각도 안 되는데 벌써 전서구가 날아왔다. 무엇인가 당부의 말이 빠진 듯하다.

사내는 전통(傳筒)에서 전서를 뽑아내고, 전서구는 다시 날려 보냈다.

글을 읽는다.

아주 짤막한 글에 불과한데, 읽는 자의 안색이 붉게 상기된다.

"뭐야?"

다른 자가 물었다.

그는 대답 대신 전서를 내밀었다.

"흠!"

아주 짧은 신음이 새어 나왔다.

"조용히 전해."

"알았어. 하지만 이건……."

사내는 말을 하다 말고 고개를 저었다.

단지 주의하자는 차원이다. 무엇인가 가모를 둘러싼 음모가 있을지 모른다는 우려다.

가모가 관련되었을 수도 있다. 아닐 수도 있다. 가모가 알지도 못하는 일에 끌려들어 갔을 수도 있다. 그것도 아니면 정말 음모의 일환인지도 모른다.

전서를 받은 자는 자그마한 종이를 입안에 넣고 질겅질겅 씹다가 삼켜 버렸다.

가모는 마차 밖의 동정을 모르는지, 아니면 피곤해서 잠을 청했는지 아무 소리도 없었다.

연하구소(沿河口所)는 강가에 있는 큰 마을이다.

석경산에서 축록산까지 이동하는 동안 생활에 필요한 모든 것을 구할 수 있는 유일한 마을이다.

마차는 연하구소에서 멈췄다.

"대연객잔(大沿客棧)입니다. 괜찮으시겠습니까? 불편하시면 다른 곳에 숙소를 마련하겠습니다."

팽효문이 물었다.

대연객잔은 하부팽가 사람들이 연하구소에 들르면 으레 이용하는 곳이다. 그 답례로 대연객잔 측에서도 하북팽가를 위해 특실(特室)을 준비해 두곤 한다.

대연객잔에서 마련해 준 별채(別寨)는 대나무 숲이 담처럼 사방에 둘러쳐져 있다. 그리고 안쪽으로 작은 연못까지 있어서 번잡한 마음을 풀어놓기에는 딱 좋다.

가모는 묵묵히 마차에서 내렸다.

"오서 오십쇼!"

대연객잔 주인이 마차 앞까지 마중 나와 인사했다.

그들도 가모 전복 사건을 알고 있다. 그래서 응대하는 게 더욱 조심스럽다.

"푹 쉬고 싶어. 아무도 들이지 마."

"알겠습니다."

팽효문이 대답했다.

팽효문, 그리고 팽가오도!

그들은 팽가를 이끌어갈 주춧돌이다.

그들의 능력을 비교한다는 건 도토리 키 재기나 마찬가지다. 모두 훌륭하고 뛰어나다.

그들이 별채를 에워싸고 있는 한 침입자는 염려하지 않아도 좋다. 그들의 이목을 피해서 별채 안으로 들어설 수 있는 사람은 거의 없다고 봐도 무방하다.

그런데 그런 사람이 있다.

쉬잇!

별채 천장에서 도의(道衣)를 입은 도인(道人)이 뚝 떨어져 내렸다.

팽효문과 팽가오도의 감시망은 최고다. 어떤 자도 뚫을 수 없다. 그들이 눈에 불을 켜고 사방을 감시하는 이상 개미 한 마리 들락거릴 수 없다.

그는 어떻게 온 것일까?

가모가 어디 묵을지 사전에 알고 있었기 때문에 가능하다.

하북팽가가 으레 묵는 곳, 그들을 위해 특별히 마련된 별채.

장소를 알고 있으니 잠복하는 건 쉽다. 도착하기 전에 미리 와 있었으니 바깥만 쳐다보는 사람들의 눈에 걸릴 리 없다. 빠져나가는 것도 어렵지 않다. 이들이 떠난 후에 유유히 돌아가면 된다.

가모와 도인의 눈이 허공에서 부딪쳤다.

도인은 아무 말도 하지 않았다. 감정이 죽어버린 눈길로 무심히 지켜볼 뿐이다.

가모도 놀라지 않았다. 낯선 자가 팽가 육고수의 포위망을 뚫고 침입했건만 눈썹 한 올 까딱하지 않았다.

가모가 도인을 쳐다보며 말했다.

"말이 필요한가?"

도인은 머리를 살래살래 내저었다.

가모는 마차에 깃발을 꽂았다. 자신들을 부르는 독문표식(獨

門表式)을 내걸었다.

자신들을 부른 것이다. 그리고 자신이 왔다.

구구절절한 사연을 들을 것도 아니고, 긴말은 필요없다.

그러자 가모는 서신 한 통과 전낭 한 개를 탁자 위에 올려놨다.

도인은 서신과 전낭을 품속에 찔러 넣었다.

"보지도 않나?"

"……."

"좋다. 기대하마."

도인은 볼일을 마친 듯 신형을 뽑아 올렸다.

슈욱!

작은 미풍과 함께 천장에서 도의가 펄럭거렸다.

가모는 천장을 쳐다보지도 않았다. 도인이 사라지자 아무 일도 없었던 듯 주담자에서 차를 따라 마셨다.

*   *   *

"대상은 천요루주다."

"내력(來歷) 미상(未詳)인 자입니다."

도인이 말했다.

그의 앞에는 검은 방갓을 쓴 괴인이 키보다 훨씬 큰 죽장을 짚고 서 있었다.

"팽가를 휘저은 놈이다. 무공은 어떤지 몰라도 머리가 나쁜 놈은 아냐. 후후후! 팽가가 들썩일 때 재미있는 구경거리가 생겼다 싶었는데… 이게 내 일거리가 될 줄은 몰랐군. 흐흐흐!"

"오래 거래할 상대는 아닙니다."

"이건 뒷배가 될 수 있어."

괴인이 손에 들고 있는 서신을 펄럭거렸다.

"가모의 친필 청부. 흐흐흐! 이것보다 완벽한 뒷배는 거의 없지. 안 그런가?"

"제가 일을 확실히 해야겠군요. 천요루주 곁에는 호가와 맹삼력이 붙어 있습니다만… 같이 처리할까요?"

"그들은 청부 대상이 아니다. 불가피한 경우가 아니면 놔둬. 돈 안 받은 일은 하는 게 아냐."

"흐흐흐!"

"혼자서 되겠어?"

뿌득!

도인이 손가락을 꺾었다.

"시한은… 시한이 급하군. 후후! 돈을 많이 썼으니 일을 빨리 끝내달라는 뜻이겠지. 그 정도 요구쯤이야 들어줘야지. 흐흐흐! 다른 사람도 아니고 팽가 가모의 청부인데. 시한은 모레까지다. 내일 안으로 끝내."

도인이 흰 이를 드러내며 히죽 웃었다.

3

루주 입장에서 팽가촌은 강적이 들끓는 소굴이다. 하나 그 안에서는 안전이 보장된다. 살해 위험은 오히려 팽가촌을 벗어나면서부터 시작된다.

"미치겠네."

맹삼력이 투덜거렸다.

마차 주위로 매서운 살기가 내리꽂힌다.

정심하게 다듬어진 살기가 아니라 야생 늑대들의 피비린내 나는 살기다.

인간 백정 회자수!

그들이 마차를 뒤따른다. 길가에서 노골적으로 살의를 드러내는 놈도 보인다.

한바탕 드잡이를 피할 길이 없다.

맹삼력은 소매 속에 숨겨둔 칠절편(七絶鞭)을 미끄러뜨려서 손아귀에 잡고 있었다.

언제 싸워도 하등 이상할 것이 없는 상태다.

"이놈들이 공격해 오면 살아갈 수 있을까?"

"……"

"죽겠지?"

"……"

"그러니까 좀 묻자. 도대체 뭔 짓을 한 거야? 네가 하자는 대로 하긴 다 했는데 뭔 짓인지나 알아야지. 그래야 죽어도 '아, 난 이 짓을 하다가 죽었소' 하고 말할 거 이냐."

"그냥 아는 사람 좀 도왔다고 해."

"빌어먹을! 그놈의 아는 사람 서넛만 됐다가는 목숨이 열 개라도 부족하겠다. 어디로 갈 거야!"

"떠나야지."

"하북을 떠난다고?"

"일단은 성 밖으로 나가자."

"일단은? 저 자식 저거 사람 말을 뭐로 듣는 거야. 성 밖으로 나가면 뒈진다니까!"

"빨리 끝내고 싶다."

"뭘! 뭘 빨리 끝내고 싶어? 뒈지는 거?"

"그래."

루주가 농담처럼 말했다.

하지만 그 말을 들은 맹삼력은 가슴이 철렁 내려앉았다.

루주의 말투에서 절망감을 느꼈다. 슬픔을 감지했다. 지금까지 보아온 루주의 모습 중에서 가장 아픈 모습이다.

왜?

이상한 일을 당한 팽가촌도 답답하겠지만, 루주의 수족이 되어 움직인 자신들도 마찬가지로 답답하다.

뭘 하기는 했는데 무엇 때문에 했는지, 목적이 무엇인지 짐작조차 하지 못한다. 또한 시키는 대로 알지 못한 일을 한 결과 목숨이 위태롭게 생겼다.

무조건 따라다니다 보니 죽게 생겼다고나 할까?

그렇게 말할 수는 없다. 루주가 죽음을 맞는다면 자신이 먼저 죽어줄 의리가 있으니까 말이다.

루주를 위해서라면 죽어줄 수 있다.

그런데 루주가 정말로 죽고 싶어 한다는 느낌이 든다. 회자수가 공격해 온다면 아무 방비도 하지 않고 멍하니 지켜보다가 칼에 맞을 것 같다.

"뭘 생각하고 있는지 모르겠다만… 이렇게 끝낼 인생이 아니잖아? 제법 그럴듯한 기루를 장만하기에 이제는 배불리 먹고 자는 일만 남았다 생각했는데……. 제길! 그래, 내 팔자가 언제 아랫목 차지할 팔자라더냐. 가는 데까지 가보자. 끼럇!"

맹삼력은 말채찍을 힘차게 내려쳤다.

천요루주에 대해서 조사하라는 명령이 철회되었다.

윗선에서는 지금까지 수집한 신상 정보만으로도 충분하다고 생각한 듯하다.

천요루주의 죽음이 확정되었다. 회자수가 냅다 들이쳐서 죽일 수 있는 자라고 판정했다. 정보니 뭐니 시시콜콜하게 따질 필요가 없게 된 것이다.

"우리에게 떨어진 콩고물은 뭐야?"

"아무것도 없는데요."

"다음 명령은?"

"없는데요."

"지금 분명히 다음 명령이 없다고 했지?"

"네. 없는데요."

"흐흐흐! '거치적거리니 옆으로 꺼져 있어'라는 명령이 없었다. 즉, 조사하라는 명령만 철회되었다 이거지?"

"네."

잔혈부는 날이 잘 선 도끼를 허리춤에 꽂아 넣었다.

회자수들은 그의 행동을 보면서도 입을 꾹 다물었다.

신경을 건드리면 죽는다. 지금까지 그의 신경을 건드려서 산 자가 없다. 어떤 말이 신경을 건드리는지 알지 못하니 묻는 말 이외에는 입을 다무는 게 최선이다.

그가 무엇을 하려는지 알 수 있다.

천요루주의 목숨은 윗선으로 넘어갔다. 그를 뒤쫓는 자들은 일급 회자수들이다. 자신들 같은 어설픈 회자수가 아니라 적어도 십여 명 이상 뼈다귀를 추려본 자들이다.

타작은 언제나 그들 몫이다.

풋내기 회자수들은 그 틈에 낄 수 없다. 자칫 윗선의 눈에 거스른 날에는 죽음을 면치 못한다. 그건 잔혈부를 건드린 것과 똑같다고 보면 된다.

그들은 따라갈 수 없다.

잔혈부가 가는 것은 말리지 않지만 같이 가자고 하면 갈 수 없다.

잔혈부가 말했다.

"너희는 앞 좀 막고 있어."

"네?"

"잠깐이면 돼. 빨리 끝낼 테니까, 그동안 앞 좀 틀어막아."

일급 회자수들의 이목을 가로막으라는 소리다.

이게 무슨 오뉴월에 얼어 죽을 소린가. 진짜 인간 백정들 앞을 가로막으면 어찌 된다는 걸 모른단 말인가.

그들은 아무 소리도 하지 못했다.

잔혈부가 다짐하듯 말했다.

"조금이라도 방해받으면 네놈들부터 쳐 죽일 테니까 알아서들 해. 가봐."

이놈이 한 말도 정말이다.

천요루주를 만나서 싸움을 할지, 아니면 몇 마디 호기심만 풀고 말지 모른다. 하지만 그게 어떤 일이든 간에 방해를 받으면 요절나는 건 자신들이다.

잔혈부는 결코 빈말을 하지 않는다.

이래 죽으나 저래 죽으나 죽게 생겼다.

'개새끼!'

그들은 속으로만 욕했다.

풋내기 회자수들이 일급 회자수를 가로막을 순 없다.

그들은 사람 목숨 알기를 파리 목숨만도 못하게 아는 인간들이다. 눈에 거슬린다 싶으면 일단 죽여놓고 생각하는 말종 중에서도 최악의 말종들이다.

어떻게 그들을 가로막는단 말인가.

그렇다고 잔혈부를 배신할 수도 없다. 그를 배신하느니 저 승사자의 뺨을 때리는 게 낫다.

회자수들은 이러지도 저러지도 못할 상황에서 쭈뼛쭈뼛 나섰다.

"뭐야, 비켜! 새끼들아!"

"저기… 잔혈부님께서 저놈에게 알아볼 일이 있으시다고."

"뭐? 잔… 혈부님? 하하하! 하하하하! 야! 이 새끼가 한 말 들었냐? 잔혈부님이란다. 하하하!"

"하하하! 그 새끼, 아직도 안 뒈졌어? 명이 기네."

"이놈들한테는 호랑이 행세를 하는 모양이지? 하하하! 꺼져, 새끼들아! 눈앞에서 알짱거리지 말고! 그러잖아도 여러 놈이 한 놈 쑤셔대려니 성이 안 차는 판인데… 네놈들까지 쑤셔주랴?"

풋내기 회자수들은 시퍼렇게 질려 버렸다.

잔혈부가 아무리 무서워도 당장 죽는 것보다는 낫지 않은가. 이들 손에 죽을 바에는 잠시라도 더 숨을 쉬련다.

그들은 주춤주춤 물러섰다.

그 시간이면 충분했다.

잔혈부는 달려오는 마차를 향해 손을 들었다.

관도 한복판에 서서, 맹렬하게 치달려 오는 마차를 똑바로 노려보면서 손을 들어 올렸다.

"죽기 싫으면 비켓!"

맹삼력은 멈추지 않았다.

멈추는 순간, 피바람이 시작된다. 그런 점을 짐작했기에 마차를 더욱 거칠게 몰았다.

슥!

들지 않은 손이 혈부를 움켜잡았다.

달려와라! 찍어주마!

비켓! 짓뭉개지기 싫으면!

양쪽의 고집이 허공에 뒤엉켜서 한 치도 물러서지 않는다.

꾸르르르릉!

마차가 성난 바위처럼 굴러온다. 말 두 필이 미친 듯이 치달린다.

"큭! 세상엔 웃기는 놈들이 참 많아."

잔혈부가 입꼬리를 비틀면서 웃었다.

쉬익!

그는 허공으로 붕 떠올랐다. 그리고 코앞까지 다가온 말 머리에 혈부를 힘차게 내리찍었다.

퍼억!

말 한 필이 머리가 반으로 갈라지면서 꼬꾸라졌다.

그 순간, 맹삼력의 칠절편이 차라랑! 힘찬 쇳소리를 토해내며 뻗어나갔다.

탁! 쒜에엑!

혈부는 계속 움직였다. 도끼머리로 칠절편을 퉁겨냄과 동시에 다른 한 필의 두 다리를 꽈직 찍어냈다.

히히힝!

남은 말마서 피를 쏟아내며 나뒹굴었다.

마차는 안전하게 설 수 없었다. 맹렬하게 달려오던 속도가 있는지라 서고 싶어도 설 수 있는 형편이 아니었다.

마차 바퀴가 죽어버린 말을 짓뭉개면서 붕 떠올랐다.

잔혈부는 말 두 마리를 죽인 데 이어 마차까지 노렸다.

쐐엑!

피 묻은 혈부가 어자석에 있는 맹삼력을 노리며 짓쳐 갔다.

촤라랑! 쐐에엑!

맹삼력도 칠절편을 창처럼 꼿꼿이 세워서 찔러왔다.

탁!

예상한 대로 혈부는 칠절편을 쳐냈다. 그 순간, 칠절편이 툭 꺾어지면서 편(鞭)의 성질을 띠었다.

촤르륵! 혈부가 휘감긴다.

잔혈부는 도끼를 뒤로 확 빼냈다.

"엇!"

맹삼력이 다급히 경악성을 토해냈다.

그는 버티려고 했지만 혈부가 당기는 힘을 이기지 못하고 주춤 끌려왔다.

그는 칠절편을 놓아버렸고, 그리고 비룡번신(飛龍翻身)으로 신형을 뒤집은 후 땅 위로 내려섰다.

촤르르륵! 툭!

혈부를 휘감았던 칠절편이 싱겁게 풀려 버렸다.

"한가락 하는 놈이군."

잔혈부가 씩 웃으면서 말했다.

"그 자식, 참 더럽게 생겼다."

맹삼력이 양 소매를 떨쳤다. 그러자 칠절편 두 개가 쑥 밀려
나와 양손에 쥐어졌다.

칠절편은 종류가 많다.

맹삼력의 칠절편은 쇠막대 일곱 개를 고리로 엮은 형태다.

쇠막대의 두께가 손가락 절반 정도밖에 되지 않아서 일곱
개를 모두 접어도 그리 두껍지 않다.

"어이, 장난감 치우고……. 루주란 놈, 얼굴 좀 보자."

잔혈부는 간신히 멈춰 선 마차를 쳐다봤다.

맹삼력이 대꾸를 하려고 할 때, 마차 문이 열리며 루주가 내
려섰다.

"좋은 날씨군."

루주는 청명한 하늘을 보면서 기지개를 쭉 켰다.

"마차 안에만 있으려니 오금이 쑤셨는데… 이렇게 바깥 구
경을 시켜주는군."

그는 정말로 맑은 날씨를 즐기는 듯했다.

"후후후! 이놈도 재미있는 놈이군."

잔혈부가 혈부에 묻은 말 피를 쓱 핥아 먹으면서 노려봤다.

그는 자신의 직감을 믿었고, 확인했다. 천요루주를 조사하
면서부터 껄끄러운 느낌을 받았는데 역시 그렇다. 이놈, 자신
이 죽여야 할 놈이다.

때로는 아무 이유 없이, 별다른 은원이 없어도 죽이고 싶은
놈이 생긴다.

루주가 그런 놈이다.

우선 뺀질뺀질한 얼굴이 마음에 들지 않는다. 기녀 등쳐먹는 놈이라는 점도 배알이 뒤틀린다. 그런데 놈은 야수의 피까지 지녔다. 싸움까지 즐긴다.

말을 섞을 필요도 없다. 죽일 놈이다.

잔혈부의 눈동자에 혈광(血光)이 감돌았다.

루주가 맹삼력을 쳐다보며 말했다.

"편 거두고 물러서. 저놈, 너보다 한 수 위야."

"허, 그 자식 거 말하는 거 하고는. 야, 인마! 나도 알아. 그렇다고 꼭 그렇게 말해야겠냐!"

맹삼력이 고함을 빽 질렀다. 하지만 그의 얼굴에는 안도의 표정이 스쳐 지나갔다.

루주는 삶을 포기한 사람 같았다. 팽가촌에서는 너희 하고 싶은 대로 마음껏 해보라는 투였다. 배짱이 아니다. 정말로 삶을 포기한 사람처럼 보였다.

루주를 잘 안다고 생각했는데, 오늘 같은 일은 정말 처음이다. 루주가 타인에게 두 손을 펴 보이면서 목숨을 내맡기는 경우는 진정 오늘 처음 봤다.

그런 현상은 계속 이어졌다.

맹삼력은 회자수와 싸울 때도 루주가 그런 태도를 취할까봐 적이 걱정했다.

걱정 안 할 수가 있는가.

그런데 루주가 정신을 차린 것 같다. 아니, 아니다. 보기 싫은 놈을 봤기 때문에 싸우려는 게다.

루주는 잔혈부 같은 자를 싫어한다.

아무 이유 없이 병기를 휘둘러대는 놈, 자기 살겠다고 남을 죽이는 놈, 계집 등이나 쳐먹는 놈……. 따지고 보면 자기도 그런 놈이면서 그런 놈들을 무척 싫어한다.

그런 놈, 그런 놈 중에서도 아주 지독한 놈이 도끼를 들이대고 있기에 싸우려는 게다.

'일이 이렇게도 풀리는군. 천만다행이야. 휴우!'

맹삼력은 안도의 한숨을 내쉬면서 마차로 다가갔다.

"그래도 이놈아, 병기는 있어야 할 거 아냐. 저놈은 도끼를 들었는데 넌 맨몸으로 싸울래!"

그는 마차에서 검 세 자루를 꺼내 가져왔다.

"이거면 되겠냐?"

루주는 묵묵히 검을 받았다.

스릉! 스릉! 스릉!

검 세 자루가 뽑혔다. 한 자루는 입에 물고, 다른 한 자루는 땅에 꾹 찔러 넣고, 남은 한 자루는 두 손으로 움켜잡았다.

어미의 품에서 태아를 떼어냈다.

패륜아도 이런 패륜아가 있을까 싶다.

이만하면 족하다. 이만하면 저승도 가지 못하고 원귀가 되어버린 못난 인간도 용서할 게다.

이제는 어미가 주는 칼을 맞자.

어미의 바람대로 세상에서 사라져 주자.

어미가 칼을 들고 나타났다면, 아무 미련 없이 웃으면서 칼을 맞았으리라.

이들은 아니다. 어미의 칼이 아니다.

이런 자에게 죽을 수는 없지 않은가. 어미가 아닌 다른 자의 손에 죽을 수는 없다. 정 죽이고 싶으면 직접 나서야 할 게다.

루주는 이런 자들에게 죽을 생각이 없었다.

적어도 직접 칼을 들고 앞을 가로막을 줄 알았는데, 그게 그래도 피붙이를 대하는 배려일 것이라고 생각했는데 언제까지 남의 손을 빌릴 것인가.

"후후후! 뭐야?"

잔혈부가 가소롭다는 표정을 지었다.

수많은 사람과 싸워봤지만 루주처럼 기괴한 기수식(起手式)을 취하는 놈은 처음이다.

입에 물고 있는 검은 뭔가? 땅에 박아놓은 검은 뭔가? 한 손으로 휘둘러도 충분한 검을 쌍수로 잡고 있는 건 뭔가? 공격할 의지나 있나? 수비는? 저렇게 두 손으로 검을 잡고 있어서야 재빨리 움직일 수도 없지 않은가.

하지만 방심해서는 안 된다. 저런 놈에게 홍독사가 나가떨어졌다. 북경을 주물럭거리던 놈이 하루도 견디지 못하고 나가떨어졌다면 그만한 이유가 있는 게다.

"물어볼 게 많다만… 우선 다리부터 잘라놓고. 퉤!"

잔혈부는 손에 침을 뱉었다. 그리고 혈부를 단단히 움켜잡았다. 그리고 찰나의 여유도 주지 않고 번개처럼 신형을 쏘아냈다.

쒜에에엑!

도끼가 공기를 가른다.

묵중한 파공음이 말 머리를 내리찍을 때보다 더 큰 위력을 담고 쏘아진다.

정면으로 부딪쳤다가는 뼈마디가 성치 않겠다는 느낌이 절로 든다.

루주는 미동도 하지 않았다.

쳐다본다. 혈부를 쳐다본다. 무심히 눈 한 번 깜빡이지 않고 뚫어지게, 정확하게 쳐다본다.

잔혈부는 루주의 눈동자에서 독사의 차가움을 읽었다.

'한 번에 치지 않으면 당한다!'

자신도 모르게 그런 예감이 치밀었다.

"크큭!"

쒜엑!

잔혹한 웃음과 함께 도끼가 정수리를 내리찍었다. 그 순간,

쫙!

기묘한 소리가 울렸다.

공기를 가르는 파공음이 아니다. 무언가 눈앞에서 천지가 붕괴되는 느낌이랄까? 거대한 굉음, 너무 커서 전부 들을 수 없는 폭음(爆音) 같은 울림이 터졌다.

쏴사작!

루주가 쳐낸 검은 혈부를 가격했다. 위에서 강렬한 힘으로

찍어 내리는 혈부를 정면으로 쳐올렸다.

검이 갈라진다. 산산조각난다.

당연하다. 혈부에는 전력이 깃들어 있다. 묵직한 쇳덩이에 내력(內力)까지 전력으로 가미시켰으니 쏟아져 내리는 힘은 천 근 바윗덩이와 버금간다.

검은 약하다.

검은 찌르기 위한 병기이지, 중병(重兵)과 부딪치는 병기가 아니다. 그런데,

꽈자자작!

부서지는 것은 검뿐이 아니다. 그가 내려친 혈부도 같이 쪼개지고 있다.

잔혈부는 본능적으로 위기를 느꼈다. 그때,

쫙!

또 한 번 천번지복(天飜地覆), 하늘과 땅이 뒤집히는 듯한 굉음이 울렸다.

'저 검은!'

팽가연은 깜짝 놀랐다.

루주는 난생처음 보는 기괴한 검법을 구사한다.

첫 번째 검이 혈부와 함께 부서졌다.

양쪽의 병기가 단 일합에 깨져 버렸다.

그 순간, 루주는 입에 문 검을 움켜잡았다. 그리고 눈에 보이지 않을 속도로 잔혈부의 배를 갈라 버렸다.

괭장한 힘, 괭장한 속도다.

그런데 그다음, 잔혈부를 베어낸 다음 루주는 이상한 행동을 취했다.

피 묻은 검을 버리고 땅에 박아놓았던 검을 뽑아 든 것이다.

새로운 검이 필요해서 검을 취한 것은 아니다. 무인이 일련의 초식을 구사하듯이 그런 식으로 검을 교체하는 게 습관처럼 몸에 익어버렸다.

이게 어떤 종류의 검법인가?

중원 천지에 일합(一合)마다 검을 바꿔 쥐는 검법이 있다는 소리는 들어보지 못했다.

그 외에는 눈여겨볼 것이 없다. 초식도 없는 단 일합의 검공이다. 성공하면 살고 실패하면 죽는 이해 불가(理解不可)한 검법이다. 싸우다 보면 배수진(背水陣)을 칠 때도 있지만, 매 싸움마다 그런 식으로 싸우다가는 살아남기 힘들다.

아니, 피곤해서 싸우지 못한다. 생각만 해도 피곤하지 않은가.

그런데 굉장히 강하다.

검으로 도끼를 쪼갠다는 말은 들어본 적이 없다. 옆을 치거나 결을 가르는 것이 아니라 날과 날이 부딪쳐서 쇳조각으로 만들어 버린다는 소리는 들어보지 못했다.

루주의 검은 세상 만물을 부숴 버리는 파멸의 검이다.

팽가연은 유엽도를 꾹 쥐었다.

싸우고 싶다. 피가 끓는다. 지런 검과 부딪쳐 보고 싶다.

놈의 검법이 생소하지만 이대로 살려 보낼 수 없다. 마침 놈이 멈춰 선 참이니 이 기회에 제거한다.

그런데 뒤에 시립해 있던 여인들이 그녀의 어깨를 꽉 잡았다.

"놔!"

"기다리거라."

여인의 음성이 아니다. 창노한 노인의 음성이다.

팽가연은 화들짝 놀라서 뒤를 쳐다봤다.

어깨를 잡은 사람은 비연사도가 아니다. 넷째 조부 팽가사로 팽청치다.

"언제 오셨어요?"

그녀의 얼굴에 반가운 미소가 활짝 피었다.

팽청치는 웃지 않았다. 평소에도 잘 웃는 편이 아니었지만 오늘은 더 차가웠다.

그는 팽가연을 쳐다보지 않았다. 그녀의 어깨를 잡고 있지만 눈길은 루주를 좇았다.

"저놈 무공이… 재미있구나."

"제가 보기엔 별것 아닌 것……."

팽청치는 그녀의 말까지 끊었다.

"조금 더 지켜보자."

의사를 묻는 게 아니다. 명령이다.

第六章

혈귀(血鬼)가 되어

1

살(殺)!

회자수들에게 명이 떨어졌다.

루주가 잔혈부를 쳤다는 것은 회자수들과 전면전을 선포했다는 뜻이 된다.

루주는 그런 생각이 없었을 게다.

잔혈부가 먼저 선제공격을 가해왔다. 마차가 관도를 질주했을 뿐인데, 길을 가로막고 서서 달려오는 말을 공격했다. 그런데도 공격을 당하고 있으란 말인가.

루주는 정당방위다.

그러나 회자수들은 그렇게 생각하지 않는다. 회자수를 쳤다는 사실만 중요시한다.

자신들의 살점을 도려낸 자는 이유 불문하고 무조건 적이라는 개념이다.

루주가 잔혈부를 치는 순간, 살령(殺令)은 떨어졌다.

철컹! 철컹!

맹삼력이 칠절편을 가지고 놀았다. 늘어뜨렸다가 접고, 접었다가는 늘어뜨렸다.

칠절편이 혁편(革鞭)처럼 축 늘어졌다가 쇠막대기로 접히는 시간은 찰나에 불과했다. 늘어지는가 싶으면 접혀져 있고, 접혀져 있다 싶으면 다시 늘어졌다.

"나보다 한 수 위라고? 끄응! 날 어떻게 보고 하는 소린지. 이게 그놈한테 안 된단 말이야?"

쒜엑! 쉑!

칠절편이 바람 소리를 일으켰다.

오른손에 들린 편은 머리 위에서 빙글 회전했고, 왼손에 들린 편은 앞을 향해 화살처럼 쏘아졌다.

탁! 탁! 탁!

겨냥했던 고목에 구멍이 숭숭 뚫렸다.

맹삼력은 양손을 번갈아 여섯 번이나 쳐냈고, 고목에는 그만큼에 해당하는 구멍이 뚫려졌다.

"칠절편은 네가 더 잘 써."

"그런데?"

"네가 칠절편을 날리면 그놈은 막지 않았을 거야."

"막지 않으면? 뒈지기라도 한다는 거야?"

"손으로 낚아챘겠지."

"그걸 말이라고……."

맹삼력이 어이없다는 듯 코웃음을 쳤다.

칠절편을 손으로 낚아챌 수 있는 사람은 없다.

칠절편은 쇠막대기 일곱 개가 둥근 고리로 연결되어 있는 형태이지만 쇠막대에 문제가 많다. 둥그런 형태가 아니라 비수의 형태를 띤다. 가늘면서 납작하고, 양쪽으로는 날이 서 있다.

도(刀)도로 쓸 수 있고, 검(劍)으로도 쓸 수 있으며, 창(槍)도 되고, 편(鞭)도 된다. 때로는 올가미로도 쓰고, 비추(飛錘)의 초식도 받아들일 수 있다.

칠절편 일곱 쇠막대가 모두 날카로운 흉기인데 어떻게 육장(肉掌)으로 잡아낸단 말인가.

루주가 말했다.

"그랬을 거야. 상처를 입는 것 따위는 중요하지 않아. 육참골단(肉斬骨斷)이라고 하지? 살을 내주고 뼈를 취하는 거. 놈은 단번에 널 죽일 수 있는 최고의 수법을 찾아냈을 거야."

"육참골단? 햐! 그게 말처럼 쉬운 건가."

"그러니까 강하다는 거지. 그런 걸 망설임없이 쓰니까. 그 놈이 강한 이유야. 그럴 수 있어?"

"그래, 졌다. 네가 졌어. 네가 지니까 속 시원하냐?"

"연수(聯手)하자."

"뭐?"

"아무래도 그 수밖에 없겠어. 내가 앞, 네가 뒤. 전면은 내가 치고, 좌우는 네가 쳐."

"내 뒤는?"

"하늘에 맡겨야지."

"빌어먹을 자식! 결국 나 먼저 뒈지라는 소리네."

"잔소리도 귀찮은데, 그러든지."

루주가 검을 들어 올렸다.

그가 준비한 검은 많지 않다.

팽가촌을 찾아갈 때부터 치열하게 싸울 생각 같은 건 하지 않았다. 저쪽에서 죽이겠다고 하면 죽을 생각이었다. 그래서 형식적으로 몇 자루 취했다.

잔혈부를 베면서 두 자루를 쓰고, 이제 한 자루 남았다.

사방에서 회자수가 몰려들었다. 그 수는 어림잡아도 서른 명이 훌쩍 넘어 보였다.

스룽! 스룽! 스룽!

여기저기서 검이 뽑힌다. 이미 검을 뽑고 있는 자도 있다.

'검, 검, 검, 도, 검, 겸(鎌)…….'

루주는 빠른 눈썰미로 상대의 병기를 훑었다.

"한 자루로 되겠어? 제길! 이럴 줄 알았으면 함(函)을 가져오는 건데. 그러게 어떻게 될지 모르니까 일단 싣고 가자고 했잖아!"

맹삼력이 투덜거렸다.

루주에게는 검함(劍函)이 있다.

등에 짊어지고 다닐 수 있게 만든 것인데, 그 속에 족히 검 열 자루는 담긴다.

그래서 검함이라는 이름까지 지어주었다.

맹삼력이 꺼내준 검 세 자루도 검함에서 꺼낸 것이다.

"됐어. 해볼 만해."

"정말 해볼 만해?"

"옆이나 잘 막아."

"제길! 그러자면 내 뒤가 뚫린단 말이야! 보아하니 오늘 칼 몇 대 맞아야 할 것 같은데… 너, 술 사야 된다."

"후후! 살 수나 있을라나 모르겠다."

두 사람은 조금씩 움직여서 큰 나무로 등을 가렸다.

이들이 치기로 작정했다면 도주는 불가능하다. 십 리 밖으로 도주하면 이십 리 밖에서부터 조여올 인간들이다. 십 년, 이십 년 후에도 불쑥 나타나서 검을 쳐낼 인간들이다.

회자수의 무서움은 악착같은 성질에 있다.

이들은 무림문파가 아니다. 무림문파가 될 생각도 없다. 되는대로 살다가 죽으면 그만이다. 인생의 동반자로는 술과 도박과 여자만 있으면 된다.

그들은 자신들 스스로 인생 막장이라고 생각한다. 그렇기 때문에 누기 자신들을 건드리는 걸 용납하지 못한다. 남에게 손가락질받는 게 싫어서 더욱 지독한 인간 백정이 된다.

시작했으면 뿌리를 뽑아라.

회자수들의 불문율이다.

그들의 불문율이 루주와 맹삼력을 향해 쏟아졌다.

"흐흐흐!"

"히히! 살이 야들야들한 계집들하고 한동안 잘 지냈지? 너무 걱정 마라. 저승에도 그런 계집은 많다."

"낄낄! 그런 계집은 이승보다 저승이 더 많을걸?"

"이승에 미련두지 말고 쉽게 가라. 이 어르신들 말이야, 팔힘 너무 쓰면 네놈 사돈에 팔촌까지 싹 쓸어버리는 경우가 생기거든. 그러니 곱게 가. 응!"

쉐엑! 쉑! 쉑! 쉑!

사방에서 병기가 날아들었다.

"병신들, 지랄도 가지가지로 하네. 네놈들이 무서웠으면 숨도 쉬지 않았다."

맹삼력이 재빨리 칠절편을 휘둘렀다.

까앙! 까아앙!

양옆에서 쏟아지던 병장기들이 튕겨 나갔다. 그사이 루주는 전면에서 쳐오는 검을 향해 일검을 쏟아냈다.

쉐엑! 까까각!

검과 검이 부딪쳤다. 아니, 부딪친다 싶은 순간에 양쪽 검 모두 산산조각났다. 쇠로 만든 청강장검이 마치 수수깡끼리 부딪친 것처럼 조각조각 갈라져 버렸다.

"엇!"

검을 쳐온 사내가 깜짝 놀라서 눈을 부릅떴다.

루주는 사내의 팔을 끌어당기더니 등 뒤로 꺾어버렸다. 그리고 다른 손으로는 목을 휘둘러 감았다.

"컥!"

사내는 숨이 막히는지 입을 벌렸다.

루주는 바로 이어서 목 감은 손으로 사내의 목을 힘껏 한 바퀴 돌려 버렸다.

우둑!

목뼈 부러지는 소리가 울려 나갔다.

하지만 팔 꺾인 사내는 그전에 죽었다. 사방에서 쏟아져 들어온 검이 그의 몸을 난자해 버렸다.

퍽퍽퍽! 퍽퍽!

적어도 오 검 내지 육 검 정도는 두들겨 맞았다.

루주는 그 점을 노렸다. 검 하나가 쏟아져 오는 힘을 이기지 못하고 사내의 몸을 두들길 때, 바위도 으스러뜨리는 수도(手刀)가 그자의 손목을 강타했다.

"끄윽!"

사내는 손목을 움켜쥐면서 물러났다.

루주는 사내가 놓고 간 검을 집어 들었다. 그리고 그제야 넋이 떠나 버린 시신을 내려놓았다.

"헉헉! 야, 나 힘들다!"

맹삼력이 거친 숨을 토해내며 말했다.

루주가 한 사내를 죽이고 검 한 자루를 취하는 동안, 맹삼력은 무려 네다섯 검과 싸워야만 했다. 루주의 옆과 등을 보호함과 동시에 자신도 살아야만 했다.

그는 벌써 두어 대 얻어맞은 것 같다.

상체에서 피가 흐르고, 눈은 벌겋게 상기되었고, 숨은 황소처럼 씩씩 몰아쉰다.

정말 힘들다는 뜻이다.

"알았어. 내가 먼저 맞을 줄 알았는데, 후후! 약해졌어."

"뭐, 뭣! 이 자식이, 기껏 보호해 주니까 한다는 소리가!"

쒜엑! 쒜에엑!

루주를 향해 강도(鋼刀)가 쏘아져 왔다.

까강! 까까강!

좌우에서 병장기 부딪치는 소리가 요란하게 울렸다.

맹삼력은 힘이 장사다. 힘으로는 자신보다 두 배나 더 큰 거한도 이긴 바 있다.

그런 사람이 중병이 아닌 칠절편을 쓴다.

중병을 휘두르면 훨씬 위력이 막강한데, 파공음부터가 달라지는데 여인이나 씀 직한 칠절편을 사용한다.

빠름이 필요하기 때문이다.

거력(巨力)을 칠절편에 쓰면 속도가 빨라진다. 적어도 두 배 이상은 빠르다. 펼쳐 내는 힘도 강해지고, 더불어서 오래 버티는 것도 가능해진다.

비무(比武)라면 당연히 철추를 들었겠지만, 몇 명인지도 모를 자들과 싸울 때는 늘 칠절편을 쓰곤 했다.

루주는 좌우에서 터지는 소리에는 신경 쓰지 않았다. 살기를 머금고 다가오는 병장기에도 눈길을 주지 않았다. 그는 오직 앞에서 쳐오는 병기에만 초점을 모았다.

쒜에엑!

도가 날아든다.

그도 검을 떨쳐 내야 한다. 그래야 중도에서 차단할 수 있다. 하지만 한 숨 더 참았다.

쒜에엑!

막아내기에는 너무 늦었다 싶을 정도로 가까이 다가왔다.

루주는 그제야 검을 쳐올렸다. 허리를 숙이면서 좌에서 우로 부욱 그었다.

퍼억! 까각!

도가 어깨를 찍있다. 동시에 루주의 검도 상내의 허리를 살라냈다. 좌측으로 파고든 검이 갈비뼈를 자르고, 내장을 베어내고 계속 안으로 파고든다. 그러다가 복부 중간쯤에서 뚝 멈췄다.

루주는 검을 놓아버리고, 어깨에 박힌 도를 뽑아 들었다.

"심한 게 맞은 것 같은데?"

"괜찮아."

"정 죽겠으면 말해. 내가 앞을 맡을게."

"그러지."

루주는 픽 웃었다.

맹삼력도 피투성이다. 누가 누구를 염려할 처지가 아니다.

이제 겨우 두 명 넘어뜨렸을 뿐인데…….

그때, 루주가 묘한 행동을 했다.

그는 사방을 노려보면서 죽은 자의 팔을 잘라냈다. 어깻죽지에서부터 싹둑 잘라냈다.

"이 새끼도 어지간하군."

"흐흐흐! 이놈 이거 우리보다 더한 백정이잖아."

회자수들이 웃으면서 다가왔다.

승부는 이미 끝난 듯했다. 회자수는 겨우 두 명이 죽었을 뿐인데, 이들은 피투성이가 되었지 않나.

그러나 맹삼력은 달리 생각했다.

'휴우! 이제 살았군.'

쒜엑! 부우욱! 꽈지직!

검이 날아온다.

루주는 자른 팔을 검처럼 휘저었다.

팔에서 흘러나온 피가 사방으로 흩뿌려졌다.

놀라운 점은 그다음에 벌어졌다. 인간의 육신은 병기 앞에서는 무력하기 짝이 없는 것이다. 팔을 떼어내도 좋고 다리를 떼어내도 좋은데, 뭐로 휘두르든지 간에 병장기 앞에서는 썩은 무처럼 잘려 버린다.

이번에도 그럴 것이라고 생각했다.

한데 잘린 팔 안에서 화약이라도 폭발한 것처럼 살과 뼈가 사방으로 비산했다. 상대의 병기와 맞닥뜨리는 순간, 기다렸다는 듯이 터져 나갔다.

상대의 병기도 산산조각났다. 유리로 만든 병기인 듯 쩡쩡 금이 가더니 조각조각 떨어졌다.

쒜에엑!

바람이 한 번 더 분다.

들고 있던 루주의 병기가 상대를 가르는 소리다.

그런데 여기서도 묘한 점이 있다. 육신을 파고들긴 하는데 끝까지 그어내지 못한다. 허리를 파고들든 어깻죽지부터 내리 긋든 항시 중간쯤에서 멈춰 버린다.

당연히 병기를 버려야 한다.

그다음에 취한 것은 검집이다. 그리고 방금 전에 죽은 자의 팔 한 짝을 뜯어내는 거다.

사람은 몇 명 죽지 않았다. 그러나 피는 유독 많이 흘렀다. 사방에 흩어진 피, 흘러내린 피를 보면 마치 수백 명이 죽은 전장(戰場)을 연상시킨다.

사람들의 몰골도 말이 아니다.

루주가 뜯어낸 팔을 휘두를 때마다 팔에서 쏟아져 나간 피가 회자수들의 옷을 물들였다.

검은 쳐내지도 않았는데 손아귀는 피로 물들어 끈적거리는 경우도 생긴다. 싸움 곁에는 다가서지도 않았는데, 하늘에서 빗방울처럼 떨어진 핏물에 얼굴이 피로 물든 경우도 있다.

많은 사람들이 혈귀가 되었다.

"죽엿!"

"이 새끼, 오늘 이 자리에서 꼭 죽여 버려야겠어! 죽여!"

피를 보고 흥분한 회자수들이 벌 떼처럼 달려들었다.

두 사람을 죽이기 위해서라면 자신이 죽어도 좋다는 투다. 희생은 얼마가 나도 좋지만 두 놈만은 반드시 죽이고 말겠다는 의지, 분노가 활활 타올랐다.

콱! 쩌직! 쒜엑!

한 폭의 지옥도가 그려졌다.

"걸을 수 있어?"

"아직은."

"힘들면 부축하고."

"힘이라면 너보다 내가 낫다. 네 몸이나 챙겨."

루주와 맹삼력은 무덤에서 갓 일어난 강시(殭屍)가 걷듯이 뒤뚱뒤뚱 걸었다.

팔과 다리와 몸통 어느 한구석 성하지 않다.

그들은 무려 서른 명에 이르는 회자수를 죽였다. 그리고 그 결과로 걷지도 못할 정도로 심한 상처를 입었다.

싸움은 끝나지 않았다.

북경 회자수는 백 명이 넘는다. 그들 중 겨우 삼 할 정도만 몰려들었다. 서른 명? 두 사람이 죽인 사람보다 훨씬 많은 사람들이 남아 있다.

더군다나 두 사람은 굉장히 힘든 상태다. 만약 회자수가 십여 명만 더 있었어도 두 사람은 살아남지 못했을 게다.

맹삼력이 말했다.

"우선 치료부터 해야지?"

"그래야지."

루주가 주위를 둘러보며 말했다.

회자수는 악착같지만 영리하지 못하다. 그들은 전멸할 줄은
알아도 다른 자들을 불러 모을 줄은 모른다. 전멸할 기미가 보
였다면 하다못해 전서구라도 날렸어야 하는 거 아닌가.

그들을 탓할 수는 없다. 덕분에 목숨이 붙어 있는 거니까.

"좋은 데 있어?"

"없어. 눕기 편한 곳이나 찾자."

"회자수 놈들… 개가 있어."

"그래?"

"눕기만 했다가는 영원히 일어나지 못할 거야."

두 사람은 뒤뚱거리면서 힘들게 걸어갔다.

검을 지팡이 삼아서 땅을 짚고 있지만 무너지는 육신을 버
텨내기에는 역부족이었다.

쿵!

루주가 먼저 쓰러졌다.

맹삼력은 루주를 일으키지 않았다. 자신도 걸을 힘이 없다
는 듯 루주 곁에 쭈그리고 앉았다.

"강한 척하더니… 나보다 더 심하게 당했잖아. 크크! 그러게
누가 앞을 맡으래."

맹삼력은 하늘을 쳐다봤다. 그리고 살그머니 눈을 감았다.

그 역시 혼절해 버린 것이다.

2

팽가연과 팽청치는 죽은 자부터 살펴봤다.

루주는 왜 검을 끝까지 쳐내지 못했나? 설마 사람 몸 하나
가를 힘이 없는 것은 아니겠지?

상대에게서 빼앗은 무기로 상대를 치는 경우는 종종 있다.
찌른 검을 빼내는 것보다 더 급하게 쳐야 할 때, 병기가 뼈에
잘못 틀어박혀서 빠져나오지 않을 때…… 병기를 놓아버려야
할 경우는 헤아릴 수 없이 많다.

하지만 루주처럼 매번 병기를 놓지는 않는다.

슥!

팽가연이 검을 뽑았다. 한데,

"어!"

그녀는 검이 너무 쉽게 뽑혀서 놀라고 말았다.

이런 건 뽑는 게 아니라 길에 떨어진 검을 줍는다고 하는 편
이 나을 성싶다.

잘 뽑히지 않을 것을 예상하고 힘을 주었는데, 뜻밖에도 종
이처럼 가벼운 검이 쏙 뽑혀서 하마터면 뒤로 넘어질 뻔했다.

"이게 뭐야?"

그녀는 손에 든 검을 보고 눈을 휘둥그레 떴다.

검, 아니, 검 자루.

검날은 없고 검 자루만 들려 있다. 검날이 붙어 있기는 한데 한 뼘이 채 되지 않는다.

그녀는 다른 검을 뽑아봤다.

마찬가지다. 검날이 한 뼘도 남지 않은 부러진 검만 뽑힌다.

"이게 도대체……."

이해할 수 없는 현상이다.

그녀는 죽은 자들을 살펴봤다. 그리고 검이 그런 형태로 뽑힌 이유를 알았다.

부러진 검은 시체 속에 들어 있었다. 조각조각 부서져서 검편(劍片)이 되어서 몸속을 휘저어놓았다.

몸 안에서 검이 터진 것과 같은 현상이다.

"이게 무슨 검법이죠?"

"……."

팽청치는 그녀의 말을 듣지 못한 듯 묵묵부답, 시신만 노려봤다.

넷째 할아버지가 긴장하고 있다. 세상의 모든 무공을 오시(仵視)할 것 같은 분인데 긴장한다.

팽가연의 눈동자에 이채가 떠올랐다.

'이게 무슨 검법이기에…….'

루주와 맹삼력은 푸줏간의 고깃덩이처럼 난자당했다.

억지로 버티면서 걸을 때는 이 정도까지 심한 줄 몰랐는데, 가까이에서 상처를 살펴보니 성한 구석이 없다.

'대단한 의지야!'

팽가연은 호기심을 느꼈다.

뭐랄까? 새로운 세계를 본 기분이랄까? 그녀가 살고 있는 세계와는 전혀 다른 세계가 같은 하늘 아래 존재한다는 데 대해서 진한 끌림이 일어났다고 할까?

루주의 무공은 패악(悖惡)한 편이다. 초식을 염두에 두지 않고 힘으로 싸운다.

팽가 무인 중에서 루주의 상대를 고르자면 너무 많아서 고를 필요도 없다.

회자수는 더하다. 그들의 무공은 무공이라고 할 것도 없다.

근본적으로 이들은 초식을 쓰지 않는다. 동물적인 움직임만으로 승부를 결정 낸다.

하지만 싸움만은 치열하다. 어떤 문파 간의 싸움도 이들보다 치열하지는 않을 것 같다. 마치 길들여지지 않은 맹수들의 싸움을 본 것 같다.

이 모든 면을 종합해 보면 이들은 뜻밖에도 강하다.

루주와 비무를 할 사람은 많다. 그중 대다수가 아주 쉽게 이길 수 있을 것 같다. 한데 만약 비무가 아닌 싸움이라면, 목숨을 걸고 싸움을 하라고 하면 많은 사람들이 정리된다.

루주의 상처는 회생 불능이다.

금창약을 바르고, 영약을 복용시켜도 몸을 운신하려면 일년 이상이 걸릴 것 같다.

맹삼력도 마찬가지다.

그가 늦게 혼절했다고 해서 상처가 얕은 것은 아니다. 근력이 루주보다 월등하기 때문에 조금 늦게 혼절했다.

두 사람은 다시 싸울 수 없다.

이들이 팽가촌 무인이라면 틀림없이 그렇게 단정한다.

하나 이들은 들개다. 다시 일어서지 않으면 죽는다는 것을 안다. 누가 대신 일으켜 세워주지 않는다는 것도, 아프면 동료조차도 등을 돌린다는 사실을 명확히 안다.

그래서 일어선다. 다시 싸운다.

회자수들을 일컬어 인간 백정이라고 하는데, 독기만 남은 인간들이라고 하는데 맞는 것 같다. 싸우는 모습을 보니 하나도 틀린 말이 아니다.

"이 사람들, 죽을 것 같은데."

비연사도가 말했다.

"실으라면 실어."

"그럼 네가 실으면 되잖아."

"저리 비켜. 내가 실을게."

비연사도가 서로 실랑이를 벌이더니 언제나 궂은일을 도맡아 하는 취취(翠翠)가 나섰다.

그녀는 비연사도 중에서 가장 헌신적이다. 성격도 온순하고 내성적이다. 궂은일을 마다하지 않고 다소곳이 행하는 모습도 성격에 기인한 것일 게다.

취취는 루주와 맹산려을 말에 실었다.

"정말 이 사람들을 치료해 줘요?"

팽가연이 확인하듯이 물었다.

팽청치는 고개를 끄덕였다.

"치료해 주거라. 하지만… 휴우! 앞일은 어떻게 될지 모르는 것, 가주의 명을 받아야 하니 당분간은 감시를 철저히 해야 할 게다. 다시 죽여야 할지도 모르니 말이다."

팽가연은 이해하지 못한 듯 되물었다.

"이자, 죽일 거 아닌가요?"

"알아볼 게 있구나. 지금은 그렇게만 알아라."

'이자의 검법!'

팽가연은 넷째 할아버지가 내린 뜻밖의 명령을 이해했다.

할아버지는 루주의 검법을 알아봤다. 그를 살려주라고 한 것도 그가 사용한 검법과 상관있다.

아니다. 검법을 알아보지 못했다. 루주의 검법을 잘 모른다. 루주의 검법은 너무 특이해서 누구든 한눈에 알아볼 수 있다. 어떻게 매번 검을 바꿔치는 특이한 검법을 알아보지 못한단 말인가.

그런데 넷째 할아버지는 알아보지 못했다.

자신이 궁금증을 느끼면서 지켜볼 때, 할아버지도 같은 심정으로 지켜봤다.

할아버지의 의중이 바뀐 것은 시신을 보고 난 다음이다.

그전까지만 해도 루주는 '죽일 놈'에 지나지 않았다. 회자수에게 죽으면 다행이고, 그렇지 않으면……. 루주를 살피러 나올 때도 비연사도에게 숨을 끊으라고 지시까지 해놓은 상태였다.

루주가 펼쳐 낸 검법과는 상관없이 루주는 죽은 목숨이었다. 그런데 시신을 본 다음 의중이 바뀌었다.

일단 살려라. 살려놔라.

무엇 때문인가? 루주의 검법과는 어떤 인연이 있는 것인가.

팽가연은 궁금증을 묻지 않았다. 물어도 돌아올 대답이 없다.

그녀는 할아버지의 마음이 편해지도록 환하게 웃으면서 말했다.

"어머님을 생각하면 당장 죽이고 싶지만 참죠, 뭐."

루주와 맹삼력은 상당한 중상(重傷)을 입었다.

무가의 일반적인 금창약으로는 치료할 수 없고, 의원은 전문적인 손길을 필요로 한다.

그렇다고 북경성 안으로 들어갈 수는 없다.

이들의 목숨은 회자수에게 내맡겼기 때문에 끝까지 그들이 처리하도록 내버려 둬야 한다. 만약 팽가촌에서 중간에 낚아챈 사실이 알려지면 서로 입장이 곤란해진다. 그렇다고 해도 감히 회자수 따위가 팽가촌에 섭섭함을 드러낼 수는 없겠지만, 앙금이 새겨질 것만은 분명하다.

가급적이면 회자수에게 들키지 않고 치료해야 한다.

팽기언은 강가에 있는 하가(夏家)를 떠올렸다.

하가는 팽가 무인들이 여름 더위를 피하기 위해 강가에 지은 저택으로 온전히 휴양을 목적으로 한다.

"하가로 가자."

팽가연이 말에 오르며 말했다.

"네."

비연사도는 재빨리 말에 올랐다.

그들도 지금 상황을 안다. 지금 가장 경계해야 할 무리는 회자수다. 혹여 이동하는 동안에라도 그들의 눈에 띄면 곤란하다. 한데 불행 중 다행이랄까? 회자수들이 눈에 띄지 않는다.

"하늘이 돕네."

효령(曉玲)이 말했다.

"너무 이상하지 않아? 그놈들이 이렇게 물러날 리는 없잖아. 몰살하는 한이 있어도 반드시 끝장을 보는 인간들인데."

유리(琉璃)가 주위를 두리번거리며 말했다.

유리의 눈썰미는 비연사도 중에서 제일이다.

그녀들 중에서 유일하게 청명공(淸明功)을 수련한 덕에 매의 눈을 지녔다.

그녀가 사방을 둘러봤지만 회자수는 보이지 않았다.

"흠화(鑫華)야, 넌 의원을 모셔와. 비밀리에. 알지?"

"걱정 마세요."

흠화가 북경성을 향해 치달려 갔다.

"우리도 가자. 유리 넌 계속 사방을 주시해. 한시도 주의를 늦추면 안 돼!"

"알겠어요."

파아아앗!

유리의 검은 눈동자에 시퍼런 기운이 어렸다.

청명공을 극성으로 끌어올렸을 때 나타나는 현상이다.

3

"큭! 쿨룩!"

잔혈부는 갈라진 배를 움켜잡고 일어섰다.

손이 말을 듣지 않는다. 몸을 일으켜 보려고 하지만 바윗덩이를 올려놓은 듯 무겁다. 아니, 손가락만 꼼지락거려도 뜨겁게 달군 쇠꼬챙이가 마구 찔러대는 듯한 통증이 치민다.

"큭! 큭큭큭!"

그는 히죽히죽 웃었다.

검에 베였다고 진 것이 아니다. 그런 것은 정파 놈들이나 하는 말장난이다. 승패는 삶과 죽음으로 결정된다. 살았으면 이긴 것이고 죽었으면 진 것이다.

양쪽 다 살았다.

그러면 싸움은 아직 끝나지 않았다.

"후욱! 훅!"

그는 거친 숨을 토해냈다.

삐죽 밀려 나온 창자를 안으로 밀어 넣고, 옷을 찢어서 갈라진 복부를 감쌌다.

놈의 검은 깊지 않았다.

자신 같으면 조금 더 힘을 써서 단숨에 허리를 잘라 버렸을 텐데 놈은 배를 가르는 쪽을 택했다.

기(技)는 충분하지만 힘이 부족하다.

놈은 기로써 충분하다고 생각했다. 또 충분하다. 다른 놈 같았으면 결코 일어서지 못할 만큼 베였다. 자신이나 되니 지옥에서 되살아난 게다.

'노옴!'

그는 분노를 일깨웠다. 아니, 분노를 심었다.

그와는 원수진 일이 없다. 싸움을 할 만한 이해관계도 없다. 단지 자신이 죽여야 할 놈인 것 같아서 싸웠다.

이제는 다르다. 원한이 생겼다.

후후후! 이 싸움…… 둘 중 한 놈이 죽어야 끝난다.

그는 몸을 일으켰다.

한데 일어서는 그의 머리를 짓밟는 발이 있다.

"누가 네놈더러 나서라고 했더냐!"

쿡!

일어서려던 잔혈부의 머리가 다시 땅에 처박혔다.

"큭큭큭! 큭큭! 큭큭큭……."

잔혈부는 미친놈처럼 낄낄 웃었다.

복부에서 흘러나온 피가 땅을 흥건히 적시고 있다. 내장도 상하고, 뼈도 갈라졌다.

솔직히 보통 사람 같으면 숨을 쉬기도 힘들다.

"미친 새끼, 너 같은 놈은……."

잔혈부는 말을 듣고 있지 않았다. 그는 눈앞에 떨어져 있는 장검을 쳐다봤다.

피 묻은 장검.

루주가 자신을 벤 후 망설임없이 던져 버린 검이다.

"큭큭!"

그는 또 웃었다.

바보 같은 놈!

머리를 짓밟고 있는 놈에게 하는 소리다.

검이 손에 닿을 거리에 있다. 더군다나 상처 입은 늑대를 건드렸다. 그러면 그다음도 생각했어야 할 게 아닌가.

잔혈부는 손을 뻗어 검을 잡았다.

"이거 정말 정신이 회까닥한 놈 아냐? 이 지경에서도 웃음이 나와? 에라이, 지옥에나… 아악!"

느긋하게 말을 이어가던 자는 잔혈부의 머리에 핏줄기를 뿜어내며 나가떨어졌다.

번개처럼 그어버린 검이 머리 밟은 다리를 잘라냈다.

잘린 다리에서 핏물이 폭포처럼 솟구쳤고, 그 피는 고스란히 잔혈부의 머리를 적셨다.

"큭큭큭!"

잔혈부는 웃으면서 일어섰다.

피를 보기 전에는 상처가 무척 아팠는데, 몸을 꿈쩍거릴 수도 없을 만큼 극통이 치밀었는데 주일 놈이 생기자 전신에 생기가 넘쳐흐른다.

"끄으윽! 저, 저 미친놈을… 꺼억!"

다리 잘린 자는 한을 풀지 못했다.

잔혈부는 그의 목에 검을 쑤셔 넣었다. 그리고 힘껏 비틀어 버렸다.

창! 차앙!

소위 말해서 일급 회자수로 불리는 자들이 검을 뽑았다.

그들은 동료의 죽음을 대수롭게 여기지 않았다. 풋내기 회 자수에 속한 잔혈부가 죽었는데도 놀라지 않았다.

원래 잔혈부는 풋내기가 아니다.

워낙 통제가 안 되는 자라서 하급으로 내려보낸 것뿐이다.

통제만 안 된다면 어떻게든 같이 있었을 텐데, 그는 툭하면 일급 회자수들을 죽여댄다.

밑으로 내려가서도 그런 습성은 변하지 않았지만, 그래도 쓰레기들이 죽는 것이니 그것은 그나마 좀 낫다.

검을 들고 일어선 잔혈부는 웃지도 않았다.

미친 듯이 웃어댈 때는 광인(狂人) 같았다. 한데 그때가 오 히려 낫다. 웃지 않는 모습은 평소의 잔혈부를 떠올리게 만든 다.

잔혹하고, 용서없고, 죽음만 아는 인간 백정.

하기는 그런 점은 다른 회자수도 마찬가지다.

죽여야 할 놈인가? 그럼 죽인다.

쒜엑! 쉑!

회자수 두 명이 양쪽에서 공격해 왔다.

"병신들!"

잔혈부는 나지막이 중얼거렸다.

자신 같은 자를 상대하면서 피를 흘리지 않을 생각을 했다면 아주 큰 오산이다.

한 놈은 뒈지고 남은 놈이 살검을 떨쳐 냈다면 승산이 있었다. 하지만 이렇게 두 놈 다 살겠다고 양쪽에서 협공을 가해오는 건 두 놈 다 죽겠다는 뜻이다.

쒜엑!

잔혈부는 검을 도끼처럼 휘둘렀다.

까앙!

검과 검이 부딪치면서 상대 회자수가 휘청거렸다. 그 순간, 왼 수도(手刀)가 벼락처럼 휘둘러졌다.

뻐억!

상대의 목에서 뼈 부러지는 소리가 울렸다.

잔혈부도 무사한 건 아니다. 다른 쪽에서 덮쳐 온 검이 등을 뚫고 들어섰다.

이러니 병신이라는 거다.

무조건 뚫기만 하면 이긴 것으로 안다. 일격만 격중시키면 회심의 미소를 짓는다.

몇 번을 말해도 부족하지 않은데, 싸움은 한 놈이 죽어야 끝나는 거다. 그전에는 아무리 찔러도 무효다. 팔다리를 끊어내도 이긴 게 아니다.

잔혈부는 목을 가격한 왼손으로 검날을 잡았다.

"큭큭!"

목구멍에서 웃음이 새어 나오는 순간, 오른손에 들린 검이 머리 위로 둥글게 호선을 그었다.

퍼억!

사람 뼈를 갈라내는 둔중한 느낌이 울린다.

잔혈부는 내친김에 목을 가격당해 쓰러진 자까지 베어냈다. 자신의 신조(信條)대로 확실하게 죽음을 확인할 수 있게 머리를 잘라냈다.

그는 그제야 옆을 돌아봤다.

검으로 등을 꿰뚫은 자는 머리가 반쯤 갈라진 채 한쪽 무릎을 꿇고 있다. 쓰러지지도 못하고 앉은 자세로 절명해 버렸다. 쓰러지다 보니 어쩌다가 앉은 모습이 되어버린 것이겠지만.

그는 눈에 뻗친 혈광을 지우지 않았다.

회자수 이놈들이 어떤 놈들인가. 죽일 자는 지옥 끝까지 따라붙는 놈들이다.

귀찮다.

"흐흐흐!"

그는 검을 꽉 움켜쥔 채 휘청거리면서 걸었다.

몸이 엉망이다.

아무리 뼈대가 굵은 자라도 한두 달, 아니, 반년 이상은 푹 쉬어야 할 중상이다.

그든 수하들을 불러 모았다.

"병신 새끼들."

첫마디는 욕이었지만 사실은 조롱이다.

"상서(尙書)를 친다."

"네?"

어지간해서는 대답을 하지 않지만 이번 말만큼은 그냥 넘어갈 수 없다.

상서. 바로 회자수들의 우두머리를 칭하는 말이다.

그가 상서라고 불린 이유는 아무도 모른다. 들리는 말에는 언젠가 상서 벼슬을 했다는 풍문도 있는데, 정확하지는 않다. 그러나 그런 벼슬을 했음 직한 사람처럼 높은 위치에 있는 사람들을 많이 아는 것만은 틀림없다.

당장 하북에서만 해도 그렇다.

사람들이 회자수를 꺼리면서도 치지 못하는 것은 그들 뒤에 하북팽가가 있다는 점을 짐작하기 때문이다.

귀찮은 일, 지저분한 일, 그런 일들이란 것이 거의 대부분 정당하지 못한 것이지만 때로는 해야 할 때도 있다. 그때 회자수를 이용한다.

상서는 하북팽가와 연(緣)이 닿아 있다.

"너희는 곧바로 가서 상서 집을 포위해. 들이치는 건 내가 한다."

잔혈부는 멀쩡한 도끼를 챙겼다.

좌우에 한 자루씩, 등에도 한 자루 꽂아 넣었다.

전에는 그러지 않았는데 왜 그런지 몰라도 여러 자루를 준비해야 할 것 같은 느낌이다.

"저, 상서를 치는 것은……."

"이 새끼가!"

"아닙니다. 아네요."

말을 걸었던 자는 급히 손을 내저었다.

움직이는 것도 힘들어 보이는 사람이 회자수들을 영도하는 상서를 치겠단다.

이게 제정신인가?

루주나 제대로 죽이고 난 다음에 하는 말이라면 이해라도 할 수 있다. 그를 죽이겠다고 나섰다가 되레 죽기 일보 직전에 간신히 목숨만 구한 처지에 뭘 하겠다는 건가.

하지만 수하들은 따를 수밖에 없었다.

칼로 찔러? 죽지 않는다. 도끼로 찍어? 그래도 죽지 않는다. 어지간한 공격쯤은 그냥 맨몸으로 받아버린다. 그리고 상대를 반드시 죽인다. 상대에게 일행이 있으면 일행까지도 죽인다.

잔혈부의 부법(斧法)은 난폭하다. 오로지 힘으로만 짓눌러 버리는 광폭함을 지녔다. 하지만 정작 잔혈부가 두려운 것은 그의 부법이 아니라 죽여도 죽여도 되살아나는 생존력이다.

그를 아는 사람들은 검을 찔러 넣지 못한다. 그와 시비가 붙는 것조차 꺼린다.

그런 그가 상서를 노린다.

'미치겠네.'

말은 하지 않았지만 수하들의 얼굴은 흙빛으로 변해 있었다.

길게 끄는 것을 좋아하지 않는다.

그는 걷기도 힘든 몸을 힘들게 질질 끌면서 거대한 저택으로 들어섰다.

"어떤 놈이… 킥!"

앞을 막아서던 장한이 가볍게 휘두른 혈부에 목이 반쯤 찍혀서 쓰러졌다.

"암습이다!"

"적이다!"

거대한 저택이 발칵 뒤집혔다.

"그 새끼… 잘사네."

잔혈부는 무표정한 얼굴로 저택을 휘둘러 봤다.

"와아! 죽엇! 이 새끼들이! 이 자식들이 미쳤나!"

난장판, 난장판, 이런 난장판이 따로 없다.

여기저기서 욕이 튀어나오고, 병기가 부딪치고. 당연히 죽는 사람이 속출한다.

다른 때 같으면 상서를 치는 건 엄두도 못 낸다.

그가 데려온 수하들 정도는 강풍 앞에 내던져진 촛불처럼 쉽게 꺼져 버린다.

일급 회자수들은 일급 무인으로 간주해도 부족하지 않다.

하나 지금은 거의 대부분 자리를 비웠다. 뜻밖에도 천요루주가 그들을 뭉텅이로 끌어냈다.

덕분에 상서의 저택은 텅 비었다.

몇몇 회자수가 남아 있기는 하지만 그 정도는 수하들이 요리할 수 있을 게다.

강한 놈 한 놈이 열 명, 스무 명을 상대할 수 있다. 하나 그 반대로 약한 들개 열 마리가 호랑이를 물어뜯을 때도 있다.

회자수의 세계에서 후자 같은 경우는 왕왕 일어난다.

"흐흐흐!"

그는 웃으면서 안채로 들어섰다.

상서는 강하다. 회자수들을 수족처럼 움직이는 자이니 강하지 않을 리 없다.

스룽!

그가 검을 뽑았다.

그에게서 정통 무인의 향기가 풍긴다: 제대로 검을 배운 사람의 검도가 느껴진다.

"들개들이란……."

상서의 표정에 비웃음이 스쳐 갔다.

그에게 반역이란 말은 자주 듣는 말 중에 하나일 게다.

회자수들은 종종 역심을 품는다. 윗대가리만 꺾어버리면 자신이 회자수를 이끌 수 있을 것이라고 오판한다. 솔직히 회자수치고 그런 생각을 한두 번쯤 안 해봤다면 거짓말이다.

역심을 품은 자들에게 약간의 기회는 언제나 생긴다.

상서가 술에 취했을 때도 기회다. 계집과 운우지락을 즐길 때도 기회다. 처자식과 한가로운 한때를 보내는 것조차 기회로 보인다. 방심한 것처럼 보이니까.

그럴 때 무리를 지어서 덤벼드는 경우가 많다. 자신있는 자는 일대일의 승부도 걸어온다.

상서는 늘 싸울 준비가 되어 있어야 한다.

"이게 네게는 기회로 보인 모양이구나. 밑으로 내려보낼 때는 근신하라는 뜻이었거늘. 후후! 모반이라……. 건방진!"

쉐엑!

그가 검을 좌우로 흔들어댔다.

잔혈부는 귀를 후볐다.

"할 말 다 했어?"

"꼴이 말이 아니구나. 얼굴이 썩은 돼지 간 같아."

"평소에 돼지 먹는 거나 던져 주니 이 모양이 된 거지. 그래서 바꿔보려고."

"후후후!"

상서는 웃었다.

마음대로 공격해 보라는 듯이 양팔을 활짝 펼쳐 보이기까지 했다.

잔혈부는 손에 든 도끼를 힘껏 내던졌다.

쉐엑! 파라라락!

혈부가 공기를 찢어내며 달려든다.

상서는 상반신을 살짝 움직이는 것으로 맹공을 피해냈다. 아니, 그저 날아오는 혈부만 피한다 싶었는데 어느새 코앞까지 달려와서 일검을 뻗어낸다.

슉!

검이 창처럼 파고들었다.

그사이, 잔혈부는 왼쪽에 차고 있던 혈부를 뽑았다. 오른손으로는 등 뒤에 숨겨놓은 혈부까지 꺼냈다. 아니, 꺼내려고 했다.

푹!

검이 오른쪽 견정혈(肩井穴)을 뚫었다.

굉장히 빠르다!

잔혈부의 동공이 크게 확대되었다. 너무 빠른 속도에 깜짝 놀라서 다음 행동을 잊어버린 채 상서만 쳐다봤다.

짜르르르!

찔린 상처에서 통증이 치민다. 그제야 그는 자신이 어떤 상황인지 깨달았다. 상처는 기회다. 그는 왼손에 든 혈부로 턱을 올려쳤다.

쒜엑!

혈부가 상서의 얼굴을 반으로 갈랐다. 분명히 갈랐다. 한데 손에 느낌이 없다. 뼈를 갈라내는 느낌이 전해져야 하는데 아무런 느낌도 들지 않는다.

슛!

또 한 차례 검풍이 불고, 이번에는 왼쪽 견정혈까지 찔렸다.

왼손에서 힘이 풀리며 도끼가 굴러 떨어졌다.

양쪽 손은 혈을 베여서 움직일 수 없고, 두 다리는 복부 상처 때문에 자유롭지 않다.

처음부터 무리였나!

"너희 같은 놈들, 한두 놈 상대한 게 아니다. 내가 그렇게 만만해 보이나? 이것들이 툭하면……."

'병신.'

상서는 기회를 놓치고 있다.

그는 싸움에서 이긴 게 아니다. 검으로 두 번 찔렀을 뿐이다. 그런데도 다 이긴 듯이 횡설수설 잡담을 늘어놓고 있다. 누가 들어준다고, 들어줄 사람이 누가 있다고.

'끄응!'

간신히 뒤로 돌아간 팔이 등 뒤에 꽂아놓은 혈부를 움켜잡았다.

상서는 그의 움직임을 지켜보면서도 무시했다. 한낱 벌레의 마지막 발버둥쯤으로 생각했다.

견정혈을 꿰뚫린 인간은 팔을 움직일 수 없다. 두 팔이 멀쩡했을 때도 상대가 안 되는 자인데, 상처까지 입은 팔로 무엇을 하겠단 말인가.

"끄응!"

잔혈부는 마지막으로 안간힘을 썼다.

무너지듯이 무릎을 꿇었다. 상서의 발 앞에 머리를 조아렸다. 애원이라도?

덜덜 떨리는 왼손이 상서의 발을 붙잡았다.

혈부를 들고 있기는 하지만 구차하게 목숨을 구걸하는 모습이 역력하다. 지금 같아서는 발이라도 핥을 기세이지 않은가.

목숨만 살려주면 무슨 짓이라도……. 순간,

꽈직!

상서가 득의의 웃음을 흘리면서 마지막 검을 내리찍으려는
순간에 혈부에서 피가 튀었다.

"악!"

상서의 다리가 뚝 꺾였다.

"흐흐!"

퍽! 퍽퍽!

잔혈부의 도끼질이 시작되었다.

사태를 깨달은 상서가 검을 쑤셨다. 도끼로 찍혔지만 그래
도 검을 쓸 힘은 남아 있다. 그도 독기라면 누구에게 지지 않
는 회자수 출신이 아니던가.

푹!

검이 배를 뚫었다. 루주가 갈라놓은 배를 쭈욱 뚫고 들어왔
다.

"흐흐흐!"

이런 싸움은 잔혈부가 유리하다. 치고, 받고…… 누가 한 번
이라도 더 치느냐.

퍽퍽! 퍽퍽퍽!

잔혈부는 상서가 움직임을 멈춘 후에도 계속 내리찍었다.

잔혈부의 수하들은 몰살당했다.

처음에는 수적 우세로 밀어붙였다. 하인들이 추풍낙엽처럼

나가떨어졌다. 하지만 천요루주에게 달려가던 회자수들이 상서가 습격받는다는 소리를 듣고 돌아서면서부터 상황이 급격하게 역전되었다.

그들은 일급 회자수들의 상대가 되지 못했다.

쓰러지고, 쓰러지고…… 싸우다 죽고, 도주하다 죽었다.

바깥을 정리한 회자수들은 상서의 방으로 짓쳐왔다.

그들은 축 늘어진 잔혈부를 봤다.

등을 기둥에 기대고 앉아서 피떡이 되어버린 상서를 계속 찍어대고 있었다.

퍽! 퍽! 퍽!

찍고, 빼고, 찍고, 빼고…….

회자수가 다가와서 손으로 혈부를 잡았다.

잔혈부가 무심한 눈길로 그를 쳐다봤다.

마치 '흐흐! 늦었어. 이놈 죽었다. 복수하고 싶냐? 죽이고 싶으면 죽여' 하고 말하는 것 같았다.

회자수가 말했다.

"그만. 그만해도 됩니다, 상서."

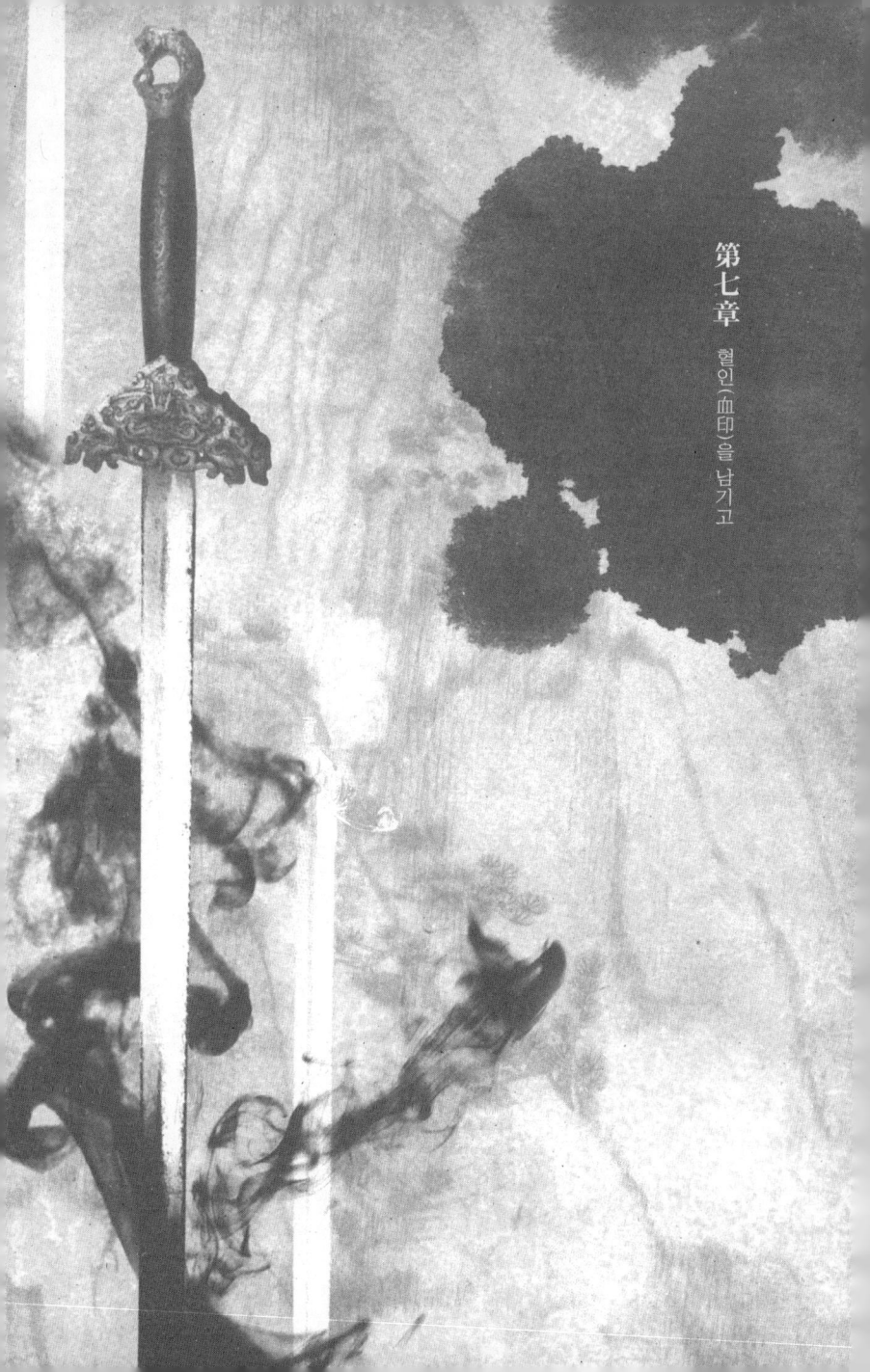

第七章 혈인(血印)을 남기고

1

팽가오로가 세심루에 모였다.

"그래, 무슨 일인가? 이 야밤에 우릴 여기로 부른 걸 보면 아주 중한 일 같은데."

팽가일로가 사로를 쳐다보며 말했다.

"가주께서 나오시면."

"가주께도 연락했는가?"

"아셔야 할 일이라서."

"허! 되게 궁금하네. 형님이 이런 회합을 소집한 적은… 아마도 내 기억에는 없는 것 같은데?"

오로가 고개를 갸웃거리며 말했다. 그때, 어둠을 뚫고 엳은 발걸음 소리가 울렸다.

가주의 신법은 나는 새처럼 가뿐해서 소리를 흘리지 않는
다. 옷자락 펄럭이는 소리를 흘릴 만큼 방심하지도 않는다. 그
럼에도 소리가 울려나왔다. 어른들을 공경하는 의미에서 자신
스스로 위치를 밝힌 것이다.

"제가 좀 늦었습니다."

어둠 속에서 가주가 모습을 드러냈다.

"우리가 일찍 나온 게지. 괘념치 마시게."

"지금 시간이 이경(二更)입니다. 무척 급한 일이신 것 같으
니 말씀부터 들어보죠."

가주가 자리에 앉으며 말했다.

사로는 가주가 착석하기를 기다렸다가 입을 열었다.

"천요루주가 검치(劍痴)의 제자였네."

"……."

일순간, 정적이 흘렀다.

"그게… 확실합니까?"

오로가 진중하게 물었다.

"검법으로는 알 수 없었네. 너무 달라져서……. 하지만 사
흔(死痕)은 분명히 검치의 혈파검(血破劍)이었네."

"혈파검……. 허허! 오래전에 들어본 말이군. 죽을 때까지
그 말은 다시 듣지 않으리라 생각했거늘. 허허허! 아무래도 내
가 너무 오래 산 모양이네."

일로가 탄식하며 말했다.

검치는 무림의 재앙이다.

그의 검공인 혈파검은 용서가 없는 사검(死劍)이요, 지옥에서 날아온 초대장이다.

오래전, 혈파검은 무림에 혈풍(血風)을 불러왔다.

이제는 잊힌 옛날이야기쯤으로 생각했거늘 혈파검의 저주가 되살아나는가.

"검치의 제자가 확실한가?"

이로가 재차 물었다.

"회자수의 시신을 한 구 가져왔습니다. 사가(死家)에 놔뒀으니 나중에 살펴보시지요."

"자네의 식견을 무시해서가 아니라……."

"검이 육신을 파고들었으나 양단하지 못했습니다. 옆구리를 파고든 검이 명치에서 멈췄어요. 검을 뽑아보니 검신이 한 뼘밖에 남지 않았습니다."

"나머지는… 모두 검편이 되어 박혀 있던가?"

"그렇습니다."

"휴우!"

이로는 긴 한숨을 내쉬었다.

사혼이 그렇다면 두 번 볼 것도 없다. 틀림없이 검치의 혈파검이 맞다.

중원 무림에 기기괴괴한 검공이 많지만 인간의 육신 속에서 검을 조각내어 비산시키는 공부는 딱 하나뿐이다.

검치의 혈파검.

혈파검은 내공이 강하다고 해서 흉내 낼 수 있는 게 아니다.

병기를 조작한 것도 아니다.

많은 사람이 혈파검을 연구했다.

물체를 가격하는 순간, 검을 깨뜨리는 것은 가능하다. 그 정도는 내공만 강하면 해낼 수 있다. 하지만 육신을 가르는 동안에 검편을 만들고, 육신 속에서 비산시키는 죽음의 손짓은 이해하는 것조차 불가능하다.

혈파검을 재현한 사람은 아무도 없다.

모두들 할 말을 잃고 침묵했다.

"그럼 싸움은 어떻게 됐습니까? 쯧! 회자수가 염왕을 건드렸군. 뿌리째 뽑혔겠어."

오로가 생각난 듯이 말했다.

"그런데 그게 아니네. 회자수를 서른 명쯤 죽이기는 했는데… 루주도 치명적인 상처를 입었네. 삶을 보장하기 힘든 정도인데… 일단은 가연이에게 치료하라고 지시해 놨네."

마지막 말은 가주에게 한 말이었다.

"치… 명적인 상처? 아니, 그게 무슨 말입니까? 치명적인 상처라뇨? 내 귀가 잘못됐나? 검치의 제자가 회자수에게 치명적인 상처를 입었단 말씀입니까?"

오로가 고개를 갸웃거리며 말했다.

말은 오로가 했지만 모두 같은 생각이다.

검치의 제자라고 해서 치명적인 상처를 입지 말라는 법은 없다. 과거, 검치도 치명적인 상처를 입고 은퇴했는데 그의 제자인들 말해 무엇하랴.

하지만 상대가 문제다. 검치의 제자가 회자수 같은 자들에게 당한다는 건 이해가 되지 않는다.

그러나 일로만은 고개를 끄덕였다.

"이해할 수 있는 일이야. 검치가 원래 좀 그렇잖은가."

"아무리 그래도 검치의 제자가……."

"아냐. 나도 이해할 수 있을 것 같아."

삼로까지 거들었다.

사실 말이 나왔으니 말이지, 검치가 제자를 두었다는 그 자체를 믿지 못하겠다.

검치는 지능이 모자란다.

무공은 검신(劍神)의 경지에 이르렀지만, 정신은 어린아이 수준을 넘지 못했다. 그런 정신 연령으로 고절한 검학을 수련한 일은 아직도 무림의 수수께끼다.

열 살 정도 되는 어린아이.

그런 사람이 제자를 둘 수 있을까? 두었다고 해도 제대로 키워낼 수 있을까? 여타의 문파처럼 체계적인 수련 체제를 갖고 성취도에 따라서 차근차근히 계단을 밟아 올라갔을까?

그랬을 리 만무하다.

어떻게 제자를 두었고, 어찌어찌 가르치기는 했을지라도 제대로 수련시킨다는 건 불가능하다.

틀림없이 그랬다.

그렇지 않고서야 검치의 제자가 겨우 회자수 따위에게 중상을 입는다는 게 말이 되는가.

그때, 가주가 조용히 일어섰다.

"죄송합니다만 전 이만 가봐야겠습니다. 이번 일은 넷째 숙부님께서 해결해 주십시오."

"가주!"

"아니, 이게 무슨……."

팽가오로가 깜짝 놀라 가주를 쳐다봤다.

가주의 두 눈이 뜨거운 불길을 담고 이글이글 타올랐다. 하지만 그는 결국 아무 소리도 하지 않고 등을 돌렸다.

팽가오로는 침묵했다.

요즘 가주의 행동은 이해할 수 없는 것투성이다.

루주가 팽가를 찾아왔을 때만 해도 그렇다. 가타부타 여타의 사연을 일절 설명하지 않고 무조건 살려 보내라는 명만 내렸다. 완전히 살령(殺令)을 접은 것도 아니다. 사로에게 맡겨진 명령은 계속 유지된다. 그러니 회자수를 쓴 것이 아닌가.

그런데 이번에도 루주가 검치의 제자라는 데도 놀란 표정을 짓지 않는다.

가주는 분명히 분노했다. 한데 분노를 표출시키지 않는다.

왜?

"혹시 가주께서 검치삼령(劍痴三靈)에?"

"흠! 검치삼령… 그럴 수 있지. 검치삼령이라면……. 그래, 그렇다면 가주의 모든 행동이 이해돼."

"그럼 루주가 여길 찾아왔을 때도?"

"가주께서는 그때부터 아셨을 거야. 하지만 검치삼령에 저촉되는 상황이라면 아무 말씀도 못하셨겠지."

"어떻게 이런 일이!"

"루주가 검치의 제자…… 허허! 이것 참."

모두들 곤란한 표정을 지었다.

일로는 천장에 매달린 줄을 잡아당겼다.

뎅그렁, 뎅그렁, 뎅그렁!

옅은 종소리가 잔잔하게 울려 퍼졌다. 잠시 후,

"부르셨습니까?"

세심루 바닥 밑에서 사람 음성이 들려왔다.

지하 귀신들, 무공을 수련하지 못하는 특이 체질들, 그러나 그들도 엄연히 팽가 사람들이다.

"천요루주가 검치의 제자일 경우, 본가에 미칠 영향을 말해 봐."

"……."

선뜻 대답이 나오지 않았다.

움찔하는 기척이 감지되는 것으로 보아서 바닥 밑에 있는 자도 상당히 놀란 듯하다.

"천요… 루주가 검치의 제자였습니까?"

"확인된 사안은 아니지만 거의 확실해."

"생각을 정리해야겠습니다. 일다경(一茶頃)만 시간을 주십시오."

"좋아."

그 말을 끝으로 침묵이 이어졌다.

세심루 위에서도, 밑에서도 말을 하는 사람이 없었다. 답답한 침묵만 지속되었다.

천요루주가 검치의 제자!

뜻하지 않은, 상당한 파괴력을 몰고 올 대변수가 생겼다.

잠시 후, 바닥 밑에서 음성이 들려왔다.

"보고 드리겠습니다."

"……"

"루주가 죽을 경우, 검치와 본가의 싸움이 예상됩니다."

둥!

가슴속에서 서늘한 북소리가 울렸다.

어느 정도 예상은 했다. 하지만 정말 일이 그렇게밖에 풀리지 않을 것인가.

검치와 하북팽가의 싸움.

세력을 보면 단연 하북팽가가 우세하다. 하지만 무공을 보면 검치를 상대할 만한 사람이 없다. 팽가오로는 물론이고 가주도 한 수 내지 두 수 정도 뒤처진다.

일이 심각해졌다.

검치가 이성적인 인물이라면 자초지종이라도 설명할 수 있을 터이다. 하나 겨우 열 살배기 어린아이 정도의 머리밖에 없으니 무슨 말을 한단 말인가.

감정대로 일을 저지를 게 뻔하다.

팽가가 자신의 제자를 죽였다고 생각하면 물불 안 가리고 쳐들어올 게다.

천요루주를 이대로 죽게 할 수 없다. 어떻게든 목숨을 구해 놓고 볼 일이다.

바닥 밑에서 다시 음성이 들렸다.

"지금 당장 천요루주를 죽이시라는 의견을 드립니다."

"뭐, 뭣! 죽이라는 말인가!"

오로가 놀라서 말했다.

아무리 생각해도 그를 살려야 할 것 같은데, 정반대의 의견이 개진되고 있다.

여기서 가장 큰 걸림돌은 검치다. 그러니 그의 생사 여부부터 확인해야 한다. 그가 살았느냐 죽었느냐에 따라서 모든 가정이 달라진다. 지금 당장은 그가 살았다고 가정해야 한다. 그래야 최악의 사태를 피할 수 있다.

그가 살았다면? 천요루주를 살리는 게 맞지 않은가.

바닥 밑에서 말했다.

"문제는 천요루주에게 있습니다. 그는 저희 하북팽가를 정면으로 겨냥했습니다. 그가 왜 하북팽가에 시비를 걸었을까? 왜 일부러 수작까지 부려가면서 두들겨 맞았을까? 야밤을 틈타서 담장을 넘은 건 뭐고, 미숫가루를 탄 건 또 무슨 행동인가. 겨우 등짝 좀 얻어맞았다고 가모의 마차를 전복시키는 놈이 있을까? 이 모든 게 아직 풀리지 않은 수수께끼입니다. 하나 분명한 것은… 그가 지희 히북팽가에 용건이 있다는 겁니다."

가슴이 답답해진다.

말을 듣고 보니 그 부분도 남아 있다.

천요루주가 살아나도 문제다. 그는 계속 하북팽가를 노릴 게 아닌가. 검치의 후광을 믿고 겁없이 달려든 건가? 그렇다면 앞으로도 계속 그런 행동을 하겠다는 뜻이지 않나.

언제까지 참고 있을 수만은 없다.

팽가의 후손까지 끊은 자인데, 이대로 용서할 수는 없다.

그가 살아나든 죽든 검치와 한바탕 싸울 여지는 여전히 존재한다.

지금까지 하북팽가는 계속적인 도발에도 관대하게 아량을 베풀어왔다.

이공자에게 수작을 부려도 뒤를 캐지 않았다. 약에 중독된 걸 알았지만 누가 무슨 목적에서 하독했는지 찾지 않았다. 야밤에 담장을 넘은 것도 용서했고, 마차를 손상시켜서 전복시킨 사건까지도 이해하고 넘어갔다.

이보다 더 큰 관용을 베풀 수는 없다.

대의명분 측면에서 하북팽가는 떳떳하다.

천요루주를 공격한 사람들은 회자수다. 천요루의 이권을 놓고 싸움을 벌인 것이다.

하북팽가가 거기까지 관여할 수는 없다.

검치가 제자의 죽음을 추궁하는 일이 벌어지면 회자수에게 덮어씌울 수 있다.

하나 그러려면 회자수부터 끊어내야 한다.

세상 사람들이 하북팽가에 대해서 알고 있는 것은 티끌에 불과하다. 빙산의 일각이라는 말이 있는데 정말 그렇다. 하북팽가가 벌이고 있는 일의 대부분은 암중에서 처리된다.

팽가만 그런 게 아니다. 중원에 산재한 대문파 거의 대부분이 이런 식으로 운용된다.

일부 문파는 자체적으로 쓰레기들을 처리할 수 있는 기구를 만들어놓고 있다. 또 일부는 팽가처럼 외부의 힘을 이용하기도 한다. 또 일부는 아예 내놓고 처리하는 경우도 있다.

회자수가 하는 일은 많다.

그들이 하는 일이란 거의 대부분 하북의 평화를 위해서 악(惡)을 악(惡)으로 치는 일이다. 하지만 어느 정도 그들의 편리를 봐줘야 한다는 점에서 악과 손잡은 게 맞다.

회자수를 정리하면 지저분한 일들을 직접 처리해야 한다. 그래도 그것이 검치를 적으로 돌리는 것보다는 훨씬 낫다.

지하에서 음성이 들려왔다.

"현재 루주는 중상입니다. 누가 상처를 돌봐주지 않으면 사망입니다. 즉, 그를 죽인 사람은 우리가 아니라 회자수입니다. 그러니 그냥 죽도록 내버려 두자는 의견입니다."

"흠! 그 후는?"

일로가 물었다.

"상황에 따라서는 우리가 직접 회자수를 치는 일도 벌어질 겁니다. 어쨌든 지금의 상황에서 최선은 그자를 죽여서 사단을 종식하는 겁니다. 더 이상 그자와 얽히는 건 바람직하지 않습니다."

"흠! 그게 좋겠어."

일로가 말하면서 사로를 쳐다봤다.

사로가 말했다.

"알겠습니다. 그럼 이 일은 그렇게 처리하겠습니다."

가주와 팽가오로가 세심루를 떠난 후, 세심루 지하에서 작은 회합이 열렸다.

"천요루주가 검치의 제자라……. 새로운 국면이군."

"이렇게 되면 말이야. 흠……."

"생각하고 있는 게 뭐야?"

"가모님… 아니, 금검문하고 검치하고 어떤 사연이 있지 않을까 해서 말이야. 그러니까 천요루주가 노린 건 우리가 아니라 가모님이란 말이지."

"가모님이 금검문을 떠난 건 십여 년. 십 년 이전 사건을 뒤져 봐야겠군."

"그즈음에 금검문이 크게 움직인 일이 있었나?"

"조용했던 거 같은데?"

"그렇지? 나도 기억나는 게 없어. 그래서 긴가민가하는 거야."

"조사해 봐서 나쁠 건 없지. 어차피 지금은 사방이 막힌 상태잖아? 더군다나 검치까지 들먹거리는 상황이니… 뭐든지 해 봐야지. 그런데 팽가오도에게서는 연락이 없나?"

"가모님? 암자로 들어가셨대."

"그냥?"

"그냥."

"쳇! 헛다리 짚은 건가?"

"계속 주시하라고는 해놨어. 그런데 천요루주 말이야, 정말 죽이는 게 상책일까?"

"상책 중의 최상책이야. 그자가 죽으면 모든 게 해결돼. 검치가 살아 있든 죽었든."

그들은 보고서를 묶었다.

천요루주만 죽으면 이 사건은 일단락된다.

2

하가(夏家)는 양하(洋河) 물줄기가 굽이지는 곳에 세워졌다.

팽가 사람이라면 누구나 이용할 수 있다. 하지만 이용하는 사람은 거의 없다. 하가에서 머문다는 자체가 수련을 중지하고 쉰다는 뜻으로 받아들여지기 때문이다. 또 여름은 한창 바쁜 농번기(農繁期)다. 하루도 쉴 짬이 없다.

비연사도는 하가에 들어서자 청소부터 했다.

저택을 관리하는 사람이 있기는 하지만 이용하는 사람이 워낙 없다 보니 관리가 부실했다.

"이 사람 성발 안 되겠네. 솥은 먼지기 가득하고 방 안은 습기 때문에 곰팡이가 피었어."

"어휴! 냄새."

비연사도는 연신 쓸고 닦았다.

휴양처라고는 하는데 마치 폐가(廢家)에 들어선 기분이다.

그동안 취취는 루주와 맹삼력을 방 안으로 옮겼다.

현장에서 응급조치는 취했지만 상처가 워낙 깊고 많아서 출혈이 계속 이어지고 있다.

그녀는 급히 팽가연을 찾았다.

"저 사람들, 내버려 두면 죽겠어요. 혈을 짚어도 피가 안 멈춰요."

"금창약은?"

"안 먹혀요. 피가 밀고 나와요."

"압박해."

"압박은 해놨는데……."

"그럼 됐어. 우리가 더 할 수 있는 게 없잖아."

팽가연이 냉정하게 말했다.

그녀는 천요루주를 죽이고자 쫓아왔다. 상처 입은 놈을 되살리려고 쫓아온 게 아니다. 상황이 이상하게 돌아가서 치료를 해줘야 할 입장이지만 흔쾌한 건 아니다. 그를 볼 때마다 아이를 잃은 의모의 눈물이 떠올라서 견딜 수 없다.

그녀는 이런 상황 자체가 마음에 들지 않았다.

야수들의 세계는 가슴 찌릿한 흥분을 불러일으켰지만, 그런 자를 치료까지 해주고 싶지는 않다.

"노명단(露命丹)을 쓰면……."

"지금 제정신이야? 저런 자에게 노명단을 쓰라고?"

"아씨, 그게……."

"시끄럿!"

팽가연은 유유히 흐르는 양하로 눈길을 돌렸다.

취취가 루주의 옷을 벗기고, 깨끗한 물로 몸을 닦았다.

찔리고 베인 상처가 온몸에 가득하다. 그 사이사이로 오래 전에 입은 듯한 상처들이 가시나무 얽힌 것처럼 새겨져 있다.

"어떻게 살아온 거야."

유리가 인상을 찡그리면서 말했다.

"훗! 그래도 용케 얼굴은 피했네. 몸은 엉망진창인데 얼굴은 깨끗하잖아."

"칼이 날아오면 두 손으로 머리부터 감쌌나 보지."

루주의 몸은 단단했다. 바윗덩어리처럼 단단했다. 검에 베인 듯한 상처, 창에 찔린 듯한 상처, 톱니 같은 것에 갈린 듯한 상처까지 온갖 상처로 범벅이 되어 있지만 그래도 아름다웠다.

아름다워? 그렇다. 루주의 몸은 그 어떤 여인의 몸보다 아름답다.

유리와 취취는 루주의 몸을 보자 죽지 않을 것이라는 생각이 강하게 들었다.

옷을 벗기기 전에는 금방이라도 숨이 넘어갈 것 같았다. 한데 옷을 벗기고 바위처럼 단단한 몸, 그물처럼 얽혀 있는 상처

자국들을 보자 이까짓 상처쯤은 훌훌 털고 일어설 것 같은 느낌이 들었다.

"그 사람 좀 준비시켜 줘."

취취가 말했다.

유리는 맹삼력의 옷을 벗겼다.

그 역시 한 개의 바윗덩이다. 온몸이 쇳덩어리로 만들어진 듯 손톱조차 들어가지 않는다.

두 여인은 얼룩진 피를 물로 닦아내고 마른 헝겊으로 다시 닦았다.

그제야 두 사내가 사람다운 모습을 띠었다.

"아씨!"

취취가 팽가연을 쳐다봤다.

팽가연은 시큰둥한 표정으로 단환 두 개를 내밀었다.

노명단은 하북팽가의 보물이다.

출타하는 무인에게 한 알씩 지급하며, 출타 중 사용하지 않았을 시에는 다시 회수한다.

그만큼 귀중하게 여기는 영약 중의 영약이다.

당연히 제조 비법도 비전(秘傳)이다. 현재 팽가촌에서는 가주를 제외하고는 제조 비법을 아는 사람이 없다.

팽가연은 항상 세 알을 휴대했다.

워낙 천방지축처럼 돌아다니기를 좋아하는지라 특별히 세 알을 내준 것이다.

그중 두 알이 그녀가 죽이고자 했던 자들에게 복용된다.

취취가 노명단을 받아서 두 사내에게 복용시켰다.

노명단은 삼킬 필요가 없다. 물이 없어도 상관없다. 입에 넣기만 하면 스르륵 녹아서 목구멍 속으로 굴러들어 간다.

피비린내와 곰팡내만 가득하던 방 안에 청아한 향기가 퍼졌다.

"한두 시진은 더 버틸 것 같아요."

"의원을 데리러 간 계집애는 왜 아직 안 오는 거야!"

팽가연이 신경질적으로 말했다.

사람의 몸은 그가 살아온 인생을 말해준다.

루주의 몸은 이 세상에도 지옥이 있음을 말해준다.

취취의 말이 맞다.

얼굴에도 검흔이 새겨졌을 법한데 용케 얼굴을 피했다. 몸에 난 상흔들을 살펴보다 보면 얼굴이 이렇게 깨끗할 수 있나 하는 의문이 생긴다. 마치 제 얼굴이 아니라 깨끗한 가면을 쓰고 있다는 느낌마저 든다.

그녀는 루주에게 호기심을 느꼈다.

그가 야수처럼 싸우는 모습을 보면서 가슴이 거칠게 뛰고 피가 빨리 도는 것을 느꼈다.

자신도 그렇게 싸우고 싶다.

루주와 싸워도 좋고 회자수와 싸워도 좋다. 상대는 누구라도 관계없다. 난시 죽을힘을 다해서, 앞으로 두 번 다시 도를 잡지 못할 만큼 전력을 다해서 싸워봤으면 좋겠다는 생각이

든다.

무인은 저런 싸움을 하지 못한다.

무인의 칼은 너무 날카롭다. 무인들이 수련한 초식은 일격(一擊)에 상대를 절명시킨다. 약간만 방심하면 두 번 다시 손을 써볼 기회가 없다. 이들처럼 칼에 맞고도 꿋꿋이 버티면서 또다시 찔러 넣는 싸움이 못 된다.

그를 깨워서 말이라도 나눠보고 싶다.

정말 그것뿐인가? 그것 이외에는 다른 감정이 없나?

아니, 있다. 진짜 감정이 있다. 놈을 깨워서 진정으로 겨뤄보고 싶다. 놈의 방식대로 싸우면 단 일합의 싸움이 되겠지만 자신에게도 단 일합에 승부를 걸 만한 칼이 있다.

검과 유엽도가 부딪치면 둘 다 부서진다.

이게 놈의 방식이다.

여기서 전제 조건이 깔린다. 부딪친다면, 부딪친다면……

즉, 부딪치지만 않으면 놈은 진다. 허공에 헛손질을 하게 된다. 그리고 허무한 헛손질은 죽음으로 이어질 게다.

자신에게는 그런 칼이 있다.

파르르르!

피가 끓어오른다. 따귀라도 때려서 깨우고 싶다. 지금 당장에라도 싸워보고 싶어서 부글부글 끓는다.

이 모든 것이 호기심이란 말로 함축된다.

그녀는 호기심을 억눌렀다.

그는 죽여야 할 자다. 지금은 치료를 해주고 있지만 결국은 죽이라는 명령이 떨어질 게다. 의모가 낙태를 했는데…… 여인에게는 참으로 한스러운 사건을 묻어둘 수는 없다.

자신이 원하는 기회는 곧 다가온다.

루주에게 진다는 생각은 하지 않는다. 그를 적수라고 생각하지도 않는다. 루주의 검이 독특하기는 하지만 그런 식으로 따지면 무림에 적수 아닌 사람이 없다.

그녀는 루주의 투지를 보고 피가 끓었다. 그것, 투지와 싸워보고 싶은 것이다.

그녀는 호기심을 억눌렀다. 그리고 루주의 검법으로 생각을 돌렸다.

'검법 때문에 살려놓으라고 한 건데… 그게 무슨 검법일까? 아주 독특했어.'

"내 이럴 줄 알았다니까."

그는 언덕 위에서 빠끔히 고개를 내밀고 강가에 위치한 저택을 쳐다봤다.

"어떻게 해요?"

"하! 그것참… 저 계집애들이 보통내기가 아니라서 말이지. 나 같은 것은 한 팔로도 죽여 버릴 수 있는 괴물들이거든. 이걸 어쩐다? 하필이면 저 계집들에게 걸려 가지고."

"얘도 안 돼요?"

주설언이 두 발을 쭉 뻗고 편히 쉬는 흑풍을 보면서 말했다.

"저 똥개가 뭘 안다고."

"영리하다고 하셨잖아요."

"그래 봐야 똥개야."

"그래도 어떻게 해보세요!"

"가만히 좀 있어봐, 이것아! 머리 좀 굴려봐야 될 거 아냐!"

호가는 저택을 내려다보면서 눈을 끔뻑거렸다.

팽가연과 비연사도.

그녀들은 여인이지만 이미 무림에 무명(武名)을 알리고 있는 여협(女俠)들이다.

어설프게 행동했다가는 담장을 넘기도 전에 목이 떨어질 게다.

'어쩐다……'

그는 연신 눈만 끔뻑거렸다.

한참 만에 그가 말했다.

"너 몇 대 맞아야겠다."

"네?"

"괜찮아. 살살 때릴 테니까."

주설언은 피투성이가 되어서 비칠비칠 걸었다.

"흐흐흐! 네가 도망쳐 봤자 부처님 손바닥 안이지. 흐흐흐!"

징그러운 웃음소리가 그녀의 뒤를 쫓았다.

주설언은 악착같이 움직였다. 한 걸음이라도 더 멀어지려고 발버둥 쳤다.

"살려줘, 살려줘요."

실낱같은 음성이 바람을 타고 실려 나갔다.

그러나 그녀의 음성을 들어줄 사람은 없다. 설혹 인근에 누군가가 있다고 하더라도 간신히 목구멍을 비집고 나온 개미소리를 들었을 리 없다.

퍼억!

둔탁한 소리가 울리더니 가냘픈 신형이 끈 떨어진 연처럼 나가떨어졌다.

"네가 도망을 가? 죽일 년 같으니! 너한테 처들인 돈이 얼마인데 도망을 가! 어디, 더 가봐라, 이년아!"

퍼억!

사정없이 내리꽂힌 발길이 그녀의 복부를 내리찍었다.

"컥!"

주설언은 숨도 제대로 쉬지 못했다. 등을 활처럼 굽히면서 배를 움켜잡고 헐떡거리기만 했다.

"내 생각 같아서는 다리몽둥이를 부러뜨리고 싶은데 참는다. 안 일어나, 이년아!"

호가는 주설언의 머리채를 움켜잡았다. 바로 그 순간,

쒜엑!

뭉툭한 도 한 자루가 손목 어림을 스쳐 갔다.

호가가 느낌이 들자마자 재빨리 손을 뺐기에 망정이지 그렇지 않았으면 손목이 뎅겅 잘릴 뻔했다.

"꺼져!"

금배대도를 든 여인이 말했다.

비연사도 중에서 가장 예쁘다는 효령이다. 그러나 이 순간, 그녀의 얼굴은 북풍한설보다도 매서웠다.

호가는 잠시 멈칫하다가 정중히 포권지례를 취했다.

"팽가의 소저 아니십니까?"

"너 뭐야?"

"회자수입니다."

"뭐!"

"하급이라 계집 뒤꽁무니만 쫓아다니고 있습니다만… 곧 일급으로 올라갈 예정입니다."

호가와 효령이 실랑이를 벌이는 사이, 유리와 취취가 무슨 일인가 싶어서 다가왔다.

"뭐야?"

"쓰레기."

유리의 물음에 효령은 미간을 찌푸리면서 말했다.

"꺼지라고 했지!"

"저희와 팽가의 인연도 있는데……."

팽가연이 멀찍이 떨어진 곳에서 말했다.

"개망나니는 매를 들어야 알아들어. 곱게 말하면 기어오르기만 해. 빨리 끝내."

그 말이 떨어지기가 무섭게 찬바람이 불었다.

쒜엑! 퍼억!

거센 발길질이 호가의 턱을 걸어찼다.

하북팽가의 절기인 건곤십이각(乾坤十二脚)이다.

호가는 붕 나가떨어졌다가 입에 피를 물고 일어섰다.

"죄, 죄송합니다."

그는 연신 굽실거리더니 꽁지가 빠져라 달아났다.

쉭!

검은 바람이 몰아쳤다.

'이것 봐라?'

하가 주변에서 남녀가 다투는 일은 좀처럼 보기 힘들다. 더욱이 지금처럼 여인을 동물처럼 두들겨 패는 경우는 거의 없다. 죽음을 각오하지 않고서야 어떤 미친놈이 팽가의 저택 앞에서 여인을 때리겠는가. 안에 누가 있을 줄 알고.

소란이 일어날 때부터 무슨 수작이 있을 것이라고 생각했다. 한데 그 수작이라는 게 개다. 사람만 한 개가 남장을 넘어와 루주를 입에 물고 쏜살같이 달아난다.

팽가연은 눈길을 돌리지 않았다.

쉭!

흑풍이 또 분다.

이놈의 개가 자신을 얻었는지 또다시 담장을 넘어와 맹삼력까지 물고 간다.

의원을 데리러 간 홈화는 아직 오지 않고 있다. 북경제일의 의원이라는 신농선생을 찾는 모양이다. 하기는 그 정도 의원은 되어야만 걸레가 되다시피 한 두 사람을 살릴 수 있을 게다.

두 사람이 아직 정상적인 치료를 받지 않았다는 뜻이다.

그런데 개가 물어갔다.

팽가연은 여기에서도 호기심을 느꼈다.

저 두 사람, 살아날까? 인간의 의지가 죽음도 뚫고 일어설까? 단단한 근육, 상흔투성이의 몸을 봤을 때는 충분히 일어설 것 같은데 정말 일어설까?

유리와 취취가 돌아왔다.

"데려갔어요?"

"응."

"이상하다? 사람이 없을 텐데…… 누가 왔는데요?"

"개."

"개요?"

"호호호! 그래, 개야. 개."

팽가연은 배꼽을 잡고 깔깔 웃었다.

너무 재미있는 자들이지 아닌가.

3

"아프냐?"

"아뇨."

"넌 그저 이놈밖에 안 보이지?"

"어떡해요? 약도 없는데……."

주설언의 눈에 눈물이 그렁거렸다.

"네 꼴이나 살펴. 너도 이놈 못지않게 쥐어 터졌어."

"그래도 구해냈잖아요. 고마워요."

"쯧!"

호가는 혀를 찼다.

가끔 주설언을 기녀로 들였으면 어땠을까 싶을 때도 있다.

기녀 생활에 적응했을까? 아니면 시름시름 앓다가 이류, 삼류로 전락했을까?

기녀로서는 최악이지만 여인으로서는 최상이다.

루주는 어떻게 이런 여자를 알아본 것일까? 다른 기녀들 틈에 섞여서 전혀 눈에 띄지 않았는데.

"너 저리 좀 가 있어."

호가가 턱으로 멀찍이 떨어져 있는 바위를 가리켰다.

"왜요?"

"이놈은 네 사내니까 실컷 벗겨봤겠지만 이놈은 아니잖냐. 왜? 이놈 알몸까지 보게?"

"어멋!"

주설언이 얼굴을 붉히며 급히 고개를 돌렸다.

정말 티없이 맑다. 험한 기녀 생활을 하기도 힘든 여자이고, 그보다 훨씬 험난한 무림 생활을 하기에는 턱없이 부족한 여자다.

이런 여자를 무림에 내놓으면 한 시진도 지나지 않아서 승냥이들에게 잡아먹힐 게다.

지금만 해도 그렇다.

주설언은 루주를 구했다고 생각한다.

잠시 빌려온 것뿐이다. 팽가연이 정말로 뻔한 수작에 넘어갔다고 생각하면 아주 큰 오산이다.

그녀는 십 리 밖에서 떨어지는 낙엽 소리도 들을 수 있다.

바로 등 뒤에서 덩치만 큰 똥개가 들락거리는 것을 모를 리없다.

그녀는 일부러 내줬다. 다시 말해서 주위 어디에선가 쥐를 노려보는 고양이의 눈으로 지켜보고 있을 게다.

호가는 주설언이 후다닥 달려가는 것을 보면서 피식 웃었다.

루주의 여자.

이 세상에 루주가 정을 붙일 수 있는 여자가 있다는 것만으로도 신기하다.

호가는 루주와 맹삼력을 반듯이 뉘였다.

"거 물건 한번 실하다. 이놈 거는… 이 기회에 콩 하나 떼어내 버릴까? 아서라. 저것마저 없으면 무슨 재미로 세상을 사냐. 저거라도 있으니 다행이지."

호가는 피식 웃었다.

두 사내의 몸에 기름을 바른다.

멀리서 봐도 기름칠한 모습이 역력히 보일 정도로 아주 덕지덕지 처발랐다.

"저거 신기한데?"

"쉿! 조용히 해. 들어!"

비연사도가 눈을 부릅뜨고 지켜봤다.

무인은 상처에 금창약을 바른다. 루주 같은 자들은 기름칠을 한다.

유곽(遊廓)에 있는 자들이 어떤 자들인지 모르지 않는데, 이들이 하는 행동은 모두 괴이하기만 하다.

반 시진에 걸쳐서 기름을 바르고 또 바르던 호가가 이윽고 손을 멈췄다.

탁! 탁! 탁!

그가 부싯돌을 켜댄다.

'뭐 하는 거지?'

팽가연과 비연사도의 눈에 호기심이 일렁거렸다. 그때,

화악!

부싯돌에서 불꽃이 피어났다. 아니, 부싯돌에서 일어난 불길은 순식간에 기름칠한 두 사람을 휘감아 버렸다.

"악!"

멀리 있던 주설언이 깜짝 놀라서 비명을 토해내며 달려간다.

그녀도 이런 일이 벌어질 줄은 꿈에도 몰랐던 듯하다.

죽었는가. 그래서 화장을 하는가.

그녀들은 허탈했다.

그래도 혹여 살아날 것을 기대했는데 저들도 그런 상처에는 견딜 수 없었나 보다.

호가가 주설언의 어깨를 붙잡고 뭐라고 말했다. 그러자 주설언이 언제 놀랐냐 싶게 주춤주춤 물러선다. 그녀가 있던 바위로…… 거기까지는 가지 않고 그보다는 가깝게 물러선다.

'살았어!'

팽가연과 비연사도는 본능적으로 감지했다.

루주를 화장하는 것 같으면 주설언이 물러설 리 없다.

여자의 복색을 보아하니 천요루 기녀 중 한 명인 것 같은데, 그리고 외진 산골짜기까지 따라나선 걸 보면 루주와 깊은 관계인 것 같은데 그런 여인이 하는 행동은 믿을 수 있다.

두 사내의 몸에서는 하얀 불길이 일었다.

아니, 아니다. 불길이 아니다. 불처럼 생겼지만 불이 아니다. 호가가 만지고 있지 않은가. 불길 속으로 손을 넣고 두 사내의 몸을 만지고 있지 않은가.

불이 있기는 있다. 두 사내의 몸에 옮겨 붙은 것도 사실이다. 하지만 기름 막을 뚫지 못한다. 기름을 태우고 있으면서도 속살은 태우지 못한다.

이런 기름도 있었나?

잠시 후, 호가는 두 사내를 일으켜 앉혔다.

정신 차리지 못한 사내들을 억지로 일으킨 후 가부좌(跏趺坐)까지 시켰다.

'통혈(通穴).'

팽가연은 호가의 의중을 읽었다.

과연 호가는 그녀의 짐작대로 두 사내의 뒤로 돌아가더니 등을 보며 마주 앉았다.

명문혈(命門穴)에 손을 댔을 게다.

파아아아!

멀리서 통혈을 하고 있지만 바로 곁에서 하는 것처럼 진한 기운이 느껴진다.

'호가 저자… 내공이 상당하다!'

팽가연의 눈에서 기광이 번뜩였다. 아니, 비연사도의 눈에서도 이채가 번뜩였다.

모두 거의 동시에 호가의 기운을 읽었다.

"저놈은 내 거야."

효령이 말했다.

두 사람은 이미 일전을 겨뤘다.

효령이 발길질을 했고, 호가는 얻어맞았다. 하지만 서로 계획된 일전은 싸움이라고 할 수 없다. 그런 것은 악연(惡緣)이 비로소 맺어졌다고 하는 게다.

저들과 사생결단을 내야 한다면 호가는 효령 차지다.

호가가 손을 떼고 물러섰다.

두 사람은 가부좌를 한 상태에서 눈을 뜨지 않았다. 정신을 차린 기미도 보이지 않았다.

두 사내가 벌거벗은 채 앉아 있다.

호가는 사흘에 걸쳐서 같은 행동을 반복했다. 기름칠을 하고, 불을 붙이고, 통혈했다.

"불기화령혼(佛氣火靈魂)이라는 대법(大法)입니다."

신농선생이 말했다.

홈화는 기어이 신농선생을 모셔왔다. 하지만 그가 치료해야 할 사람은 다른 자의 손에 쥐어졌다.

신농선생은 호가의 기괴한 치료법을 한눈에 알아봤다.

"불기화령혼이 뭐죠?"

"저도 잘 모릅니다. 다만 부처께서 열반 직전에 천축(天竺)에 준 선물이라고만 알고 있습니다."

"천축에 준 선물?"

"저 대법을 아는 자가 있군요."

신농선생의 눈에도 팽가연이 느끼고 있는 것과 같은 호기심이 일렁거렸다.

"저건 오래 해야 하는 건가요?"

"오늘로 사흘째라고 들었습니다만……"

"그래요."

"그럼 오늘 마무리될 겁니다. 저기서 일어나면 회복되는 거고, 일어나지 못하면 죽을 겁니다."

"아직 생사가 결정되지 않았다고요?"

"후후! 저건 치료가 아닙니다. 생기(生氣)가 소멸되지 않게 붙잡아놓고 있는 거죠. 이겨내거나 지는 것은 순전히 본인 몫입니다. 본인 의지에 달렸다고나 할까."

"그럼 치료는 언제 어떻게 해요?"

"그건 어렵지 않습니다. 저기서 눈을 뜨기만 하면 순조롭게 진행될 거예요. 상처가 어떤지 모르겠습니다만……"

"엉망이에요. 깊은 상처가 열 곳 이상이에요."

"그 정도면… 보름이면 일어날 겁니다."

"보름!"

팽가연은 놀라서 눈을 부릅떴다.

루주의 상처는 아무리 빨라도 일 년 이상을 요양해야 할 듯 싶었다. 그런데 보름이라……. 불기화령혼이라는 게 정말 대법은 대법이지 않은가.

"그럼 선생께서 하실 일은……."

"허허! 불기화령혼을 아는 자가 있는데, 제가 무슨 소용이겠습니까. 저자는 저보다 고명합니다. 저런 자가 있다는 소문은 들어보지 못했는데……."

신농선생이 고개를 갸웃거렸다.

모두 저들을 보면 고개부터 갸웃거린다

처음에는 팽가촌이 그랬고, 나중에는 회자수가 그랬다.

저들을 알거나 만나는 모든 사람들이 예외 없이 기괴한 일을 한두 개씩은 겪는다.

"먼 길 오셨는데… 수고하셨어요."

팽가연은 신농선생을 돌려보냈다.

그는 호가와 이야기라도 하고 싶은 눈치였지만 그렇게 해줄 수 없지 않은가.

신농선생이 뜰이간 직후, 팽가연은 사촌의 방문을 받았다.

"소식 없이 뜨는 바람에 한참 찾았다."

그녀는 찾아온 사람을 보자 때가 되었음을 짐작했다.

넷째 할아버지의 둘째 손자 팽효기(彭曉淇)가 왔다. 철혈적성도(鐵血摘星刀)의 달인이자 할아버지의 신뢰를 한 몸에 받고 있는 기린아(麒麟兒)다.

그는 할아버지의 전갈을 가지고 왔으리라. 아니, 직접 명령을 받들고자 왔을 게다.

"어떤 결정이에요?"

"죽인다."

"역시!"

"짐작하고 있었구나."

"오라버니가 오셨잖아요."

"내가 오면 그런 뜻인가?"

"오라버니는 죽음이 있는 곳에만 계시니까. 사실 팽가촌에서 오라버니처럼 무서운 사람도 없을 거예요. 그렇죠?"

"후후! 칭찬으로 받아들이마."

"부러움이에요. 그런 일은 왜 남자에게만 시키는지 몰라."

팽가연이 입을 삐죽 내밀며 말했다.

"후후! 빨리 끝내고 오마."

팽가연은 일어서는 팽효기의 옷소매를 잡았다.

"저자는 제가 해요. 내 동생을 세상 빛도 못 보게 만든 놈……. 제가 해요."

"그것도 괜찮겠지."

팽효기가 순순히 고개를 끄덕였다.

"단 보름 후에요."

"그건 곤란한데…… 치료를 받지 못하게 하라는 분부셨다."

"치료는 벌써 받았는걸요. 저놈 보름 후면 완쾌된대요. 신농선생 말이니까 맞을 거예요. 그때 제가 해요."

팽효기는 하북제일미인의 얼굴을 뚫어지게 쳐다봤다.

두 눈 속에 뜨거운 열망이 어려 있다. 두 눈동자에 뜨거운 열기가 가득 담겨 있다. 반드시 베어 넘기고 말겠다는 의지가 그 어느 때보다도 강렬하다.

팽효기는 잠시 고민하다가 그래도 결과가 별반 달라질 것 같지 않기에 순순히 승낙했다.

"그러자. 내가 지켜보마."

팽가연은 그제야 씩 웃었다.

루주가 눈을 떴다.

그로부터 한 시진쯤 지나서 맹삼력이 눈을 떴다.

"살았네. 지겨운 놈."

호가가 시큰둥하게 말했다.

"빚졌다."

루주가 억지로 웃음을 지어 보이며 말했다.

"그놈의 빚… 그만 좀 지고 이젠 한두 푼이라도 갚아봐라. 어떻게 맨날 빚만 지냐."

마지막 말은 듣지 못했다.

루주는 다시 혼절했다.

호가는 주설언이 울고불고 난리치기 전에 재빨리 말했다.

"다시 혼절한 것뿐이야. 이제 위기는 넘겼으니 회복하는 일만 남았어. 가서 어디 죽 쑬 거 없나 나물이라도 찾아봐. 뭘 먹어야 기력이 회복되지."

"네, 알았어요!"

주설언이 날아갈 듯 활짝 웃었다.

'지금이 최적의 기회인데……'

도인은 루주를 노려봤다.

당장에라도 치고 싶은데 루주에게서 시선을 떼지 않는 팽가연이 마음에 걸린다.

그녀가 지켜보고 있는 한 소리없는 암살이란 불가능하다.

'한 번만… 한 번만 시선을 놓치면……'

그는 죽여야 할 자보다 지켜보는 자를 주시했다. 한 번만 눈길을 돌리기만 고대하면서.

『십검애사』 2권에 계속…

따분한 일상에서 도망친 낭인왕 을지혁.
어린 시절 동생들과 나눈 약속을 지키기 위해
귀현상의 낡은 장원을 사들여 가꾸어가는데……

내가 원하는 건 단란한 집인데 왜 이렇게 방해하는 이들이 많은가!

아무도 찾지 않는 귀현산 중턱의 낡은 장원. 그곳에서 천하를 뒤흔들 주인이 탄생한다!
나의 꿈을 방해하는 자, 그 목숨을 걸어라!

천하장주!

Book Publishing CHUNGEORAM

유행이 아닌 자유추구 -
WWW.chungeoram.com

1월 0일

진호철 장편 소설

살아진다고 사는 것이 아니다.
스스로 살아야만 진정한 삶이다!

우주의 법칙마저 뛰어넘은 미증유의 힘, 반물질과의 만남.

**1월 0일, 운명이 격변하는 날!
오늘은 새로운 삶의 시작이다!**

Book Publishing CHUNGEORAM

유행이 아닌 자유추구 -
WWW.chungeoram.com

돈 빌려 드립니다

THE N 장편 소설

친구를 위해서 끌어다 쓴 사채, 그로 인해 죽음에 내몰린 남자.
절망의 끝에서 만난 신비로운 목소리가 그의 삶을 새롭게 이끄노니...

세상의 모든 더러운 돈과 전쟁을 선포한
가장 밑바닥에서부터 기어오른
한 사내의 이야기!!

"그 돈, 제가 빌려 드리죠."

더러운 사채는 모두 사라져라.
이제 새로운 돈의 절대자가 탄생한다!

Book Publishing CHUNGEORAM
유행이 아닌 자유추구 -
WWW.chungeoram.com

黃龍悍神

황룡
난신

무황 新무협 판타지 소설

『무황학사』 일황 작가의
2012년 벽두를 여는 신작!

이백 년 만의 귀문. 그러나 그가 목도한 것은 폐허처럼 변해 버린 문파!
다시 돌아온 자운의 무공이 광풍처럼 몰아친다!

"누가 우리 황룡문을 이렇게 만든 것이냐!"

황룡문을 건드리는 자, 나의 검이 용서치 않을 것이다!

천하제일문 스승과 대사형의 꿈을 이루는 그날!
잠들었던 황룡이 다시 하늘을 뚫고 솟을지니.

부숴라, 답답한 지금을!
파괴하라, 앞을 막아서는 적들을! 날아올라라, 황룡이여!

Book Publishing CHUNGEORAM

유행이 아닌 자유추구
WWW. chungeoram.com